世界科普巨匠经典译丛·第四辑

瓦尔登湖

（美）梭 罗 著
李爱军 译

上海科学普及出版社

图书在版编目（CIP）数据

瓦尔登湖/(美)梭罗著;李爱军译.—上海:上海科学普及出版社,2014.4
(2021.11重印)

(世界科普巨匠经典译丛·第四辑)

ISBN 978-7-5427-5974-0

Ⅰ.①瓦… Ⅱ.①梭…②李… Ⅲ.①散文集—美国—近代 Ⅳ.①I712.64

中国版本图书馆 CIP 数据核字(2013)第 289491 号

责任编辑：李 蕾

世界科普巨匠经典译丛·第四辑

瓦尔登湖

(美)梭罗 著 李爱军 译
上海科学普及出版社出版发行
(上海中山北路 832 号 邮编 200070)

http://www.pspsh.com

各地新华书店经销 三河市金泰源印务有限公司印刷
开本 787×1092 1/12 印张 20 字数 240 000
2014 年 4 月第 1 版 2021 年 11 月第 4 次印刷
ISBN 978-7-5427-5974-0 定价：39.80 元

本书如有缺页、错装或坏损等严重质量问题
请向出版社联系调换

目录
Contents

001 / 关于经济

058 / 补充诗篇

060 / 我居于何处，又因何而生

073 / 阅　读

081 / 声　音

093 / 远离喧嚣

100 / 访　客

110 / 种　豆

118 / 村　子

123 / 湖

141 / 贝克田庄

148 / 更高的法则

目录

157 / 禽兽为邻

167 / 室内取暖

179 / 旧居民：冬天的访客

191 / 冬天的禽兽

199 / 冬天的湖

210 / 春　天

225 / 结束语

关于经济

当我写下这些文字以及后面那些篇章的时候,我正独自一人过着孤独的生活。那是马萨诸塞州康科德城的森林深处,瓦尔登湖的岸边,我亲手建造了我的住所——简陋的小木屋。在那里,我只能靠自己的劳动维持生计,因为就算是离我最近的邻居,也在一英里之外。在那里,我度过了两年零两个月,现在,我又回到了城市的文明生活中。

如若不是好奇的市民多番打听,我本不愿公开那段时间的生活,更不想用自己的私事来吸引读者的眼球。当然,有些人并不认同我的生活方式,认为那很怪诞,但那于我而言并不怪诞,因为结合我的遭遇来说,那是自然而然发生的,并无任何唐突之处。也有人提了很多问题,比如:我吃什么?有没有感到孤独?是不是很恐惧?……还有些人好奇心更强,想知道我用多少收入做慈善,甚至资助了多少个贫困儿童。鉴于此,本书会回答这一类的问题,还请那些对此不感兴趣的读者多多谅解。

很多书都忌讳使用第一人称"我",这是本书要使用的,而且用得特别多,也算是一大特色吧。事实上，不管什么书，都是以第一人称的方式发表言论，只是人们常常忽略这一点而已。假如我知人的能力比自知的能力更强，我就不会一味谈论自己，而且没完没了了。但很不幸，我的阅历有限，就只能谈这个话题了。

不过，对于所有作家而言，我却要求他们不止能写出别人的故事，还能简洁而真实地写出自己的生活，就好像他生活在远方，给亲人写的信那样。在我看来，一个人如果生活得真实，必然是生活在远离亲人的地方。以下内容可能很适合生活贫困的学生看，至于其他读者，我想他们会自行取舍。毕竟，谁也不会削足适履，只有衣服的尺寸合适了，才能为人所用。

我想要叙述的事情，可能和中国人或桑威奇岛人无关，而是关于你们的，正在看这些文字的读者，以及所有新英格兰的居民们，是关于你们的遭遇的，特别是关于你们生活周围的事物以及环境的。生活在这个世界上的人们啊，你们过得是什么样的生活啊！你们一定要生活得这般狼狈吗？你们的生活难道不能改善一下吗？

在康科德时，我曾经去过很多地方，有店铺、办公房、田野，但不管在哪里，我见到的居民都无一例外地从事着令人难以置信的苦役，很像是某种赎罪行为。我听说婆罗门教就有这样的赎罪方式，教徒们有的置身于火海之中，仰面看着太阳；有的把自己倒吊在烈火上面；有的向后扭转着脖子昂头望向天空，"直到他们的头再也无法像正常人那样，所以，除了液体，他们再也咽不下去别的食物"；有的用一条铁链把自己锁在一棵树下，终生不能离开；有的像毛毛虫一样，试图用自己的身体来测量国家的辽阔疆域；还有的则让自己单脚站在一根柱子上——可是，即便是这种刻意的赎罪行为，也未必比我每天见到的场面更让人难以置信，更让人胆战心惊。

与我的邻居们所从事的苦役相比，赫拉克勒斯所完成的12项业绩，简直不值一提。因为赫拉克勒斯的工作只有12项，一旦做完就没有了，而我的邻居们的苦役却没完没了，我从未见过他们杀死或猎获到什么野兽，也没见到过他们做完哪项苦役。而且，他们也不像赫拉克勒斯那样，有一个忠实的仆人依俄拉斯帮忙用火红的烙铁来烙九头怪兽的头，因为那个怪兽的头割掉一个，会长出两个，只能用烙铁烙。

而青年人呢？我亲爱的同胞们，在我看来，他们最大的不幸，就是一出生就注定要继承农田、屋舍、谷仓、牛羊等牲口以及各种农耕工具。得到它们非常容易，可想要抛开它们却是难上加难。与其这样，倒不如让他们出生在荒无人烟的旷野，让他们吃狼奶长大，这样，他们反而能够认识到，自己是在什么样的环境下劳作的？是谁让他们成为土地的奴隶的？为什么有的人天生就享有 60 英亩土地的供养，而更多的人则注定要在土地里刨食？为什么他们从出生开始就自掘坟墓？

然而，他们又不可能不生活，这就使得他们必须奋力推动一切前进，必须不停地工作，以便让自己的生活看上去好一些。我亲眼目睹了多少可怜的灵魂啊！他们已经被生命的重担压得无法呼吸，可仍不得不沿着生命的轨道继续爬行，而且还要负担起那个 75 英尺长 ×40 英尺宽的大谷仓，那个不堪入目的奥吉亚斯的牛圈，还有上百英亩土地的除草、收割、放牧、护林工作。

那么，那些没有继承固定资产的人呢？他们固然不用承受这一代代传下来的磨难，却不得不为这血肉之躯的生计而奔波，而拼了命地工作。

人是在一个错误观念的支配下劳动的。要知道，大多数人健硕的身躯，很快就会被耕犁耕过，成为一抔沃土，正如一本书中所说，一种看似正确实则未必，被人们称为"必然命运"的东西，掌控了人们。劳神费力得来的财富，不仅要被昆虫咬噬、尘埃侵蚀，最终还要被盗贼盗走，这是多么愚蠢啊！这个道理，人们在活着时可能无法参透，但到临死之前必然会理解。

相传，在杜卡利昂和彼尔创造人类的时候，将一块石头扔到了人类的背后。有诗为证：

Inde genus durum sumus,experiensque laborum,
Et doeumenta damus qua simus origine nati.

之后，罗利也写下两句诗：

"自此人心坚强,毫无怨言,
说明我们本是石头创造。"

人们只是盲目地遵从神谕,从不会怀疑神谕的正确性。石头是被扔到背后去了,可是至少也应该看一下它掉在了什么地方。

世界上的绝大多数人,无法采摘生命的甜美果实。即便是生活在我们这个自由的国度,也会因为错误的观念,头脑中装满虚无缥缈的烦恼,于是终日忙碌于粗重的体力劳动。繁重的劳动使我们纤细的手指变得粗笨不堪,甚至开始颤抖,以至于采摘不了生命的果实。确实,终日忙于劳动的人们,根本无暇顾及自己是否受损,无法维持人们之间最真挚的友谊。

他的体力在市场上的价格总是一降再降。他只能做一台不停运转的机器,腾不出时间来做别的。他怎么可能意识到自己的无知呢?正因为他的无知,才有了他今天的生活。在批判他们之前,我们首先要保证他们的衣食住行得到满足,还要用兴奋剂让他们的身体恢复健康。人性中最美的东西,就像果实上的霜,只能小心翼翼地保护,才能使其完好无损。可是,人们并没有用这样的态度对待别人。

对于有些读者的情况,我是有所了解的。有些人生活得极为艰辛,以至于被生活的重担压得喘不过气来。我知道,正在看这本书的读者中,有的人甚至吃不饱穿不暖,好不容易才有点空闲时间,能读上几页书,就是这点时间,也是从雇主那里偷来的。这样的生活是多么低劣啊!而陷入这种生活中的人又是何其多啊!我之所以能看透这些,完全是因为我的双眼经过了艰苦的磨砺,犹如被磨刀石磨得异常锋利的刀。

你们时常陷入两难的境地,试图通过一笔生意来偿还欠下的债务,殊不知却使自己陷入一个古老的泥沼中,拉丁文中有"aes alienum"——别人的铜钱里,一些钱不是用铜铸造的吗?在别人的铜钱里,你们出生了,你们死亡了,最后你们被埋葬了。你们许诺说明天还清,可是明天之后还有明天,直到死的那一天,你们的债务仍然存在,你们乞求着,希望能被谅解,不管怎样终归没有被扔进牢房。你们欺骗别人、溜须拍马、把自己限制在一个方方正正的框架里，又或者你们刻意抬高自己，装出一副慷慨无私、满不在乎的样子，骗得邻居的信任，使他们把鞋子、帽子、上衣以及马车交给你们制作，或让你们代买物品。你们把些许钱币放进一个破箱子里，或者墙洞里的一只破袜子里，又或者是更安全一些的银行里，但不管你们把钱币放在哪里，也不管你们放了多少，这都是你们为预防生病而赚得救命钱，结果你们却因此而生病了。

  我时常感到纳闷，为什么我们如此草率，竟然实行了罪大恶极的奴隶制度。无数暴戾凶狠的奴隶主，用狠毒而娴熟的手段奴役着南方和北方的无数奴隶。南方的监工毒辣无比，而北方的监工也好不到哪儿去，但如果让你们做监工，你们会更加毒辣。要说什么？人是神圣的！你看马路上的赶车人，他们昼夜不停地向市场疾驰，难道是因为他们头脑里有什么神圣的思想吗？他们最大的权利就是给驴马喂饲料喂水！跟这趟活儿的利益相比，他们的命运算什么？他们不就是一个繁忙的赶车人吗？有什么神圣可言？又有什么可不朽的呢？

  你再看看他们的姿态，整天匍匐着，战战兢兢、小心谨慎，根本没有一点神圣、不朽的影子。他们清楚自己干的活，知道自己的名字是奴隶或者罪人。尽管舆论的力量让人望而生畏，但不合时宜的自知之明却更加威武有力。也就是说，一个人对自己的定位，决定了这个人的命运，也决定了这个人的归宿。即使是在人们想象力丰富的西印度诸省，如果人们不进行自我解放，就算是威勃尔福司（英国致力于终结奴隶制度的著名人物）在这里又有什么用呢？再来看一下这里的妇女，她们有大把时间编织死亡时使用的垫子，却没有时间关心一下自己的命运！在她们眼里，好像浑浑噩噩对来生的祈福不会有丝毫的损害。

  人类在绝望中平静地生活。所谓知天命，其实是一种根深蒂固的绝望。绝望弥漫在城市和乡村，我们只能以身穿水貂和麝鼠的皮制作的华丽服装来安慰自己。人类所谓的游戏和消遣，其实也隐藏着某种凝固的、无意识的绝望。哪有什么纯粹的消遣，那只不过是对劳动的犒劳。不去做绝望的事情，也算是一种智慧吧。

  当我们致力于思考什么是人生的价值、生命的必需品以及人生的道路时，人们似乎小心审慎地选择了现在这种生活方式，相对于别的生活方式来说，他们好像更喜欢这一种。但实际上，他们很清楚，除此之外，他们别无选择。所有健康理智的人都明白，太阳每天都会升起，任何时候放弃偏见都不晚。古代的任何思想和行为，除非被历史验证是正确的，否则都不应该相信。今天被大家奉为真理的条条框框，可能明天就会成为过眼云烟，可即便是这云烟，仍有人希望它能化为一阵甘霖，滋润干旱的土地。

前人告诉我们不可能的事，你尝试后居然成功了。古人有古人的办法，今人有今人的办法。古人哪里知道，只要在火堆上添一把干柴，火就可以持续燃烧，而今人将燃料放在壶底，就能以飞鸟的速度周游世界。俗话说：年长不代表学问深。岁数大的老人不一定能成为年轻人的导师，甚至都不够资格。他们的经验虽然可以带来收获，但还不足以弥补因此造成的损失。就算是活了一辈子的最聪明的人，他的经验又有多少是绝对有价值的呢？事实上，前人能够传授给今人的重要经验很少，因为他们的生活也很失败，而且经过时间的洗礼，他们的经验早已破碎不堪。对于自己的失败，他们当然明白都是自己造成的，但他们还有一点野心，想要完成未了的心愿，只可惜已经不够年轻了。

我已经在这个世界上生活了三十多年，但从来没有哪位长辈对我提出有价值的忠告。他们什么都没说过，也可能是他们不知道该告诉我什么。这就是生活，它就像一个试验，而试验的大多数内容我还没有亲身体验。长辈们已经做了亲身试验，但对我而言却毫无教益。如果我在试验过程中得到了有价值的经验，我肯定会想：这个有价值的经验，我的长辈们从来没有跟我提起过。

有一个庄稼人曾跟我说："只吃蔬菜是活不下去的，因为蔬菜里没有人体骨骼需要的营养。"所以，他每天不得不为获得骨骼需要的营养而耗费一些时间。就在他说这句话的同时，他前面的耕牛拉着他和他手里的木犁，冲破一切障碍，不断前行，而那头耕牛的骨骼就是由草料滋养的。所以说，有些东西，对于某些特殊的人来说，比如生病的人，是不可缺少的，而对于另外一些人来说，却只是生活的奢侈品，还有一些人，甚至都没有听说过这种东西。

在一些人的眼里，前人已经踏遍了人生的每一个角落，不管是最高的山峰还是最低的峡谷，所有的事物都料理得当了。伊芙琳曾说："大智者所罗门曾明确规定每棵树之间的间距；罗马政府也曾规定，你在邻居家的土地上捡几次橡树果实不算偷盗，并明确规定你捡到的多少应该还给邻居。"希波克拉底甚至规定了剪指甲的方法，要求剪得跟手指一般长，不能太短也不能太长。毫无疑问，这都是些像亚当一样古老的陈腔滥调，却被认为穷尽了人生的所有快乐和可能。然而，人的潜力是无穷的，我们不能用他已经做过的事去衡量他的能力，到现在为止，人类并没有做多少事。不管你曾经经历过什么失败，"我的孩子，请不要烦恼，谁能决定你将要做的事情呢？"

我们可以用很多种方式尝试不同的生活，就好像每天升起的太阳照耀着我的豆田，并同时向无数颗类似于地球的行星播洒光辉。如果我能谨记这一点，或许可以避免很多过失，但我在田里锄草的时候却忘记了。宇宙中的星球是多么神奇，它们在我们的苍穹上闪耀着光辉。不管是相隔多远的事物，也有可能在同一时间思考同一问题。大自然和人生的变数正如这变化万千的宇宙。谁又能预测到别人会有什么样的生命旅程？有什么奇迹能比四目相对时的那一瞬间更伟大？我们可以在一个小时之内经历历史上的任何时代，生活在地球上的任何国度。历史、诗歌、神话——我不知道谁的经验能比这些更让人惊叹，更让人受益匪浅。

我的邻居认为是好的东西，在我看来有很大一部分是不好的。如果非要让我因为自己的罪恶忏悔，那我只能怨恨自己太善良了。我这是受了什么妖魔的蛊惑，以至于如此善良呢？我的长辈啊，虽然你已经度过了七十年的美好生活，并且积累了很多经验教训，但我内心深处却响起一种无法抗拒的声音，它不让我听从你的教导。前人所取得的成就，必定要被后人超越，因为在后人看来，那就像是搁浅的船只。

我认为，在既定生活之外，我们还应该相信有更多的可能性。我们能放弃多少对自己的关爱，就能给予别人多少关爱。对于我们的缺点，大自然泰然接受，正如接受我们的优点。有的人毫无缘由地焦躁烦闷，几乎成为不治之症。人们总是炫耀自己做了多少重要的工作，而对自己没有做的工作却只字不提。如果我们生病了，那可如何是好？我们谨小慎微，倘若不按照宗教戒律生活可以避免生病，我们就那样做。我们从早到晚担惊受怕，临睡前装模作样地祈祷了一番，便把自己交给了不可预知的未来。

我们被迫生活在各种担心中，却顽固地拒绝改变。我们给自己找借口说，因为只能这样生活！可是，从一个圆心能引出多少条半径，我们的生活方式就有多少种。所有的变化，都有可能出现奇迹，每一瞬间都有可能发生奇迹。孔子曰："知之为知之，不知为不知，是知也。"人们如果把自己的想象，形象化成一幅幅生活场景，那么他们终将按此构建自己的生活。

现在，我们回过头来再想一下，困扰大多数人的烦恼到底是什么呢？其中哪些是必要的，起码是应该重视的呢？看上去，我们生活在文明生活中，但重新体验一下原始的拓荒生活也是大有裨益的，哪怕是为了弄清楚什么是生活必需品，以及怎样获取这些必需品。或者，你也可以去翻翻商店里的陈年旧账，看一下人们经常购买的是什么东西，积存最多的又是什么东西。虽然时代在变化，但人类对生活的基本需求却并未发生多少改变：就像我们的骨骼和我们祖先的骨骼并没有什么差别一样。

我所说的生活必需品，是指人们用自己的劳动所取得的，在生命之初就显得尤为重要，并在长期的生命历程中关系生死存亡的东西。即便是有少数几个人可以舍弃它，那也是出于蒙昧、贫困，或者哲学上的原因。对于绝大多数人来说，意义如此重大的生活必需品只有一种，那就是食物。对于野牛来说，生活必需品就是几英寸高的青草和些许凉水，最多再加上它们用以藏身的森林和山洞。而对于生活在现代环境中的人类来说，生活必需品包括食物、住所、衣服以及燃料。只有获得了这几种东西，我们才能自由思考人生的真正问题，才能够展望未来的无数可能。

人类不仅建造了房屋，还学会了做衣服，煮熟了食物——一次偶然的机会，人们发现了火的热度，于是设法用它烹饪食物。在人类之初，火可是一种奢侈品，但现在，火却成了生活必需品。这种"第二天性"在猫和狗身上也有体现。只有住所舒服，穿着得体，才能使体温保持均衡，如果住所太热，穿得太多，或者火烤得太热，那么体外的温度就会高于体内的温度，那不就成了烤人肉了吗？著名的生物学家达尔文曾说过这样一件事：在火地岛，他和同伴们穿戴整齐，围坐在火堆旁边烤火都不觉得暖和，而赤身裸体的当地居民离火堆很远，却汗流浃背，承受着炙烤，让人很是吃惊。

相同的，当欧洲人穿着衣服还瑟瑟发抖时，新荷兰人却一丝不挂地跑来跑去，似乎一点也不觉得冷。难道说野蛮人的强健体魄和文明人的智慧不能同存于一身？根据李比希的理论：人的身体就是一个火炉，食物就是肺燃烧所需的燃料，所以我们冷天吃得多，热天吃得少。人体的体温是体内燃烧的热量缓慢传递的结果，如果体内燃烧过旺，疾病和死亡就会发生；如果通风装置出了问题，火焰就会熄灭。当然，火焰是无法与生命的体温相提并论的，但两者却有可比之处。综上所述，人体温度其实是人体生命的代名词——食物是维持体内火焰燃烧的燃料，人们把食物吃下去，增加了体内的热量；住所和衣服则用来维持食物所产生和人体所吸收的热量。

因此，对于人体来说，最必要的必需品是保暖，以维持我们生命所需的热量。我们不辞辛苦地劳作，以便获得生活所需的食物、衣服、住所，甚至是晚上需要的衣服——床铺，为此，我们不惜从鸟儿身上或者巢里掠夺羽毛，做成温暖的褥子，并躺在里面，就好像鼹鼠躺在地窟里的干草铺上一样。可怜的人们怨声载道，埋怨天气太冷。人们总是将责任归咎于寒冷，不管是身体上的疾病还是社会的疾病。

在某些地区，夏天的生活就像是天堂，除了煮饭需要的燃料，再不需要别的燃料。太阳就是天然的火炉，烤熟了枝头的果实。简单说，就是食物不仅多种多样，还很容易获得，衣服和房屋几乎不用，或者说至少有一半不用。在现代社会，就我在这个国家的生活经验来说，只需要几种工具就可以生活：一把刀、一把斧头、一把铲子、一辆手推车，仅此而已。如果是好学的人，还可以再加上几本书、一盏灯以及相应的文具，不过这已经属于非必需品，只要少许费用就可以得到。但是，有些人却很愚笨，他们为了谋生——其实是为了生活得舒适和温暖，跑到蛮荒之地，跟尚未开化、不讲究卫生的野蛮人做生意，一做就是十几二十年，当他们回到英格兰时，也到了死亡的时刻。追求过度的舒适，反而会让身体不舒服，前面多少提到过这一点，他们是在享受时尚的炙烤。

对于人们来说，绝大多数奢侈品，绝大多数所谓的舒适生活，不仅没有用，还会阻碍人类社会进步。所以，聪慧的智者反而比贫穷的人生活得更简朴。这样的人很多，比如中国、印度、波斯以及希腊的哲学家，他们都是这样的人，物质生活极其贫乏，但精神生活却极其富足。让人惊奇的，虽然我们对他们耳熟能详，却无法理解他们的所作所为。此外，还有最近几十年的改革家、所有的民族英雄，也都是这样的人。我们只有自己甘愿承受贫穷和辛苦，才能够成为公正、公平的智者。

不管是在农业、商业，还是文学艺术的生活中，你奢侈地生活，便会收获奢侈的果实，这一点毋庸置疑。现在，遍地都是哲学教授，却没有一个哲学家。因为只要是哲学教授，就拥有让人羡慕的富足生活，而作为哲学家，不光要有崇高的思想境界，还要建立一个哲学派别，更为重要的是，还要有智慧，并根据智慧的暗示，过一种极为简朴、无私、独立的生活。他们解决生命中的很多问题，并不是依靠理论，而是依靠实践。

大学问家和大思想家的成功，并不是帝王将相或英雄豪杰般大张旗鼓式的，而是默默无闻的平民式的。他们像父辈一样，过着普通人的生活，并不比自己的祖先好多少。但是，为什么人类会倒退呢？很多家族没落的原因是什么？又是什么样的奢靡导致一个国家衰亡的？难道我们就能确定自己没有类似的行为吗？即便是刚刚提到的哲学家，他们的物质生活也超前于所处时代，他们的吃穿用度，甚至住所和取暖，与同时代的普通人并不完全一样。他们既然能够成为哲学家，怎么可能没有更好的生活方式呢？

关于人的几种取暖方法，我们已经讲过了，那么在满足温暖的需求之后，人接下来要做什么呢？当然，他们不需要更多的温暖和更多的食物了，也不需要更宽敞的房屋和更华丽的衣服了。在生活必需品得到满足后，他们就开始寻求别的东西了。也就是说，他们在摆脱繁重而卑微的工作后，向生命的意义迈出了脚步。

种子在适宜的土壤里扎根后，根部会不断向下伸，枝叶会努力向更高处伸展。与之相比，同样是扎根于土壤的人类，为什么就没有向高处伸展的精神呢？果树之所以被人们青睐，是因为它悬在空气和阳光中的果实非常香甜，不像某些蔬菜，即便是两年生植物，也会在根系发达之后被连根拔起，或者被削去头顶，以至于它开花之后，人们都不知道它的真实身份。

我不想给坚毅勇敢的人制定行为准则，因为他们不管是身处天堂还是身陷地狱，都能将自己的事务处理好，他们的住所会让最富有的人自叹不如，他们甚至挥金如土，却不会因此而陷入窘境，真不知道他们是怎么做到的——如果人们梦想中的这种人真的存在的话。我也不想给另外一种人制定规章制度，他们在现实生活中获得灵感和鼓励，从而无比珍惜眼前的一切，就像珍惜自己的情人一样——我觉得我自己也是这种人。我也无意规劝其他一些人，这些人似乎能在任何环境下幸福生活，尽管他们不一定知道什么是幸福生活。

我想说的，是那些对现状不满的人，他们明明可以改善自己的生活，却一味抱怨自己生不逢时、时运不济、命运悲惨。不管遇到什么事，他们首先想到的是抱怨，不可救药地抱怨，因为他们认为自己已经尽力了。除此之外，还有一种人，他们看上去生活得很好，实际上却穷得可怜，他们手里有了一些闲钱，却不知道怎么利用，致使这些金钱成为桎梏他们思想的枷锁。

如果我将曾经希望的生活方式公之于众，相信很多熟悉我的人会觉得奇怪，而那些不熟悉我的人则会感到吃惊。在这里，我只想就我热衷的事业略述一二。

不管在什么季节，不管在白天还是夜晚，我都满怀焦躁，希望自己的处境能够改善，并且用手中的这支笔记下这个富有意义的时刻。过去和现在是两条交叉的直线，交叉点就是我所站立的地方。我的话似乎很难理解，请读者多多谅解。我所从事的工作，要比其他人保有更多的秘密，这并非我的本意，实在是工作性质使然。就我个人来说，我很愿意将所知道的悉数道来，因为我的门上并没有挂"请勿入内"的牌子。

很久以前，我的一只猎犬、一匹栗色的马以及一只斑鸠走丢了，直到现在我也没有放弃对它们的寻找。我向我所遇到的每一位游客描述它们的特征，讲述它们会回应什么样的叫声。曾有一两个人给了我反馈，说他们曾听到过我的猎犬的叫声、马奔跑的马蹄声，甚至看到了斑鸠飞入高空的身影。他们也希望尽快将它们追回，就像那是他们自己的一样。

  我想看到太阳的升起和黎明的来临，想一睹大自然的风光！为此，在无数个春夏秋冬的黎明，当我的邻居们还未起床时，我就已经开始忙我的事情了。到清晨时分，很多人会看到我忙完回来，其中有外地的农民，有辛勤的砍柴人。虽然我的出现对于日出毫无助益，但是我毕竟是在日出之前出现的，这一点至关重要。

  曾经无数个秋日，对，还有冬日，我都在郊外收集关于现状的消息，并且将之传播出去。为此，我几乎耗费了所有积蓄，生活异常艰难，但我仍矢志不移地迎着寒风坚持着。如果其中有关于两党的消息，一定会以快讯的方式刊登在《盖瑟提报》上。有时候，我会站在高山之巅或者树顶的信息台上，将最新消息用电报发出去；有时候则会在高山上等待，从黎明到黄昏，尽管偶尔会有所得，但大多数情况一无所获，即便是有少得可怜的收获，也会被第二天的阳光晒化。

  在相当长的时间里，我曾为一份销量不大的报纸撰稿，编辑总是觉得我的稿件不足以被刊登，所以，尽管我费尽了心力，得到的也只是我的劳动本身，这一点，相信很多作家都深有感触。不过，关于写作，劳累和痛苦本就是它的回报。

  我曾自命为暴风雨和暴风雪的观察员，一直坚持了很多年，我忠于职守，从不懈怠。同时，我还是巡视者，不过不是巡视公路，而是巡视森林里的小路，并清扫上面的障碍物，使其保持畅通。我曾为一条沟壑搭建了一座小桥，使其一年四季都可以通过，已经从上面走过的人们，可以证明它的便利性。我曾照顾过城里的家畜，它们因为还保留着原始的野性，让负责看护的牧人心力憔悴。我还特别注意牧场里人们注意不到的角落，虽然我至今不知道约纳斯或所罗门在哪一块土地上干活儿，但那已经超出我的工作范畴。我也曾给越橘、沙地上的樱桃树、荨麻、红松、黑桦、葡萄以及紫罗兰浇过水，不然它们会在干旱的季节枯死。

  总之，这些工作我做了很长时间，而且从未松懈过（我没有自夸的意思），直到后来，我渐渐看清了事情的真相：人们从不把我当公职人员看待，更别说给我一份微薄的酬劳了。对于我记的账目，我发誓从没有人来核查过，自然也就没有人来结算，不过，我并不把这些事放在心上。

前不久，我的一位律师邻居的门前，来了一个卖篮子的印第安人。他说："你们买篮子吗？"我的邻居回答："不买，我们不需要。"印第安人在出门时吼道："不买！你们是想饿死我们吧？"因为他看到这位律师是如此富裕，而其工作只是将辩护的言辞编织一下，居然就像变戏法一样拥有了财富和地位。而对于自己，他是这么说的：我是做篮子生意的，我只要编织好篮子就可以了，我能做的仅此而已。他认为只要自己编织好了篮子，顾客就会找上门来买，可从来没有想过，自己编织的篮子是否值得别人买，或者，自己至少应该让顾客觉得值得买，否则，他就应该改行去做别的有价值的东西了。我也编织过几个篮子，但我并不认为它们具有让别人买的价值，因为我只是出于兴趣编织的，在此过程中，我还研究出了如何避免这种买卖的方法。那种受人赞誉的所谓成功生活，只不过是众多生活方式中的一种，既然如此，我们为什么要褒扬这一种而贬损另外一种呢？

人们是不会在法院、教堂或者任何别的单位为我提供一席之地了，当我认清这一点后，就决定另谋出路。于是，我比任何时候都更坚定地选择了丛林生活，因为那里有我熟悉的一切。我决定马上开始这种生活，没必要等待通常所需要的花销，因为我手里微薄的钱财足够了。我决定到瓦尔登湖生活，并不是为了省钱，也不是为了陶冶情操，而是为了躲避杂乱的干扰，专心做自己的事。不然的话，我又会因为知识匮乏、缺乏商业头脑、不懂生意经营而做出与其说悲惨不如说傻冒的事情来。

我一直致力于培养严谨的商业习惯，因为这是每个人必备的素质。假如你是跟某个天朝帝国做生意，那你就需要在类似于萨勒姆港口这样的地方，配备一间记账用的房间，然后将本国的土特产比如冰块、松木以及花岗岩，用本地的船只运送出去，这生意一定火暴。需要注意的是，你需要事无巨细地处理所有事务，还要一个人包揽船长、领航员、业主、保险商等的所有工作。你要决定买进和卖出的货物，要记账，要亲自阅读收到的每一封信件，要亲自撰写或审读发出的每一封信件，要不分昼夜地查看进出口货物的装卸，好像你一个人同时出现在了好几个地方。

在装卸货物最多的泽西海岸，你还要充当信息员，不停地搜索海平面上的其他船只，把这里的消息传送给它们。为了抓住远方的一个商机，你要在市场上摸爬滚打，不但要了解货物的行情，还要对各地战争与否了如指掌，并且对当地的贸易和社会动向作出判断。你要最大限度地利用航海家探险的最新成果：走最新的航线、使用最新的技术。你要研究航海的图纸，锁定暗礁、灯塔以及浮标的准确位置，并在图纸上一一标注，一改再改，因为你的一点点失误，就有可能让原本应该平安抵达港口的船只，因撞上某个暗礁而粉身碎骨——这图纸里蕴含着拉·贝鲁斯难以言明的劫数。

除此之外，你还要紧跟科学发展的步伐，并深入研究所有伟大的航海家、探险者以及富商巨贾的生平，从汉诺到迦太基人再到现代人。最后，你要经常盘点库房的货物，以清楚自己目前的状况。这些涉及赢利和亏损，关乎利息和皮重的问题，不仅需要精确的计算，还需要庞大的知识体系，这真是一件挑战人的心智和全部官能的苦差使。

我曾经想过，瓦尔登湖是个适合做生意的好地方，因为这里不仅紧邻铁路，很适合做冰块生意，还有很多其他优势，把这些优势都说出来显然不是个好主意。这里是一个天然良港，虽然需要打很多木桩奠基，却没有涅瓦河区的沼泽。据说，当涅瓦河涨水时，如果刮起西风，河里的冰块能把圣彼得堡城卷走。

因为我没有做上述生意的启动资金，又不知道该到哪里去弄这种做任何生意都需要的东西，所以这个想法只能搁浅。还是让我们先谈谈比较现实的问题吧，比如衣服，事实上我们购买的大多数衣服，并非出于实用的目的，而是出于对翻新出奇的追求和对别人眼光的迁就。请忙碌的人们思考一下穿衣服的真正目的：首先是为了保暖；其次是为了遮盖身体，以适应这个文明的社会。现在，你们可以据此作出选择了，还有多少重要的工作需要你们去完成，怎么有时间去挑选衣服。

有一大批裁缝，专门负责给国王和王后做衣服，好让他们显得威严无比。尽管如此，他们却不觉得任何一件衣服舒服，因为不管什么衣服，他们总是穿一次就不再穿了，他们已然成为挂衣服的衣架。与之不同的是，一般人的衣服不会经常更换，越穿越合身，慢慢就会和我们融为一体，以至于当它们破旧得不能再穿时，我们也舍不得丢掉，感觉就像要割舍我们身体的某个部位。最后，我们还是决定采取补救措施，缝缝补补继续穿。

在我看来，穿有补丁的衣服并不会降低一个人的身份，但我深知，很多人会为穿着是否入时或者整洁，至少要没有补丁而犯难。然而，至于神志是否清醒，良心是否健全，他们却毫不在意。事实上，即使衣服上的破洞没有补，能说明的也不过是当事人考虑事情不够周全。有时候，我会用这种方式审视身边的朋友：谁愿意穿膝盖上有补丁的裤子？谁愿意穿两条缝合线已经暴起的裤子？按照大多数人的观点，穿了有补丁的衣服，似乎就是自毁前程。他们宁可拖着一条伤腿一瘸一拐地走进城里，也不愿意穿一条打着补丁的裤子进城。倘若一位绅士的腿受了伤，那是可以医治的，但如果受伤的是绅士腿上穿的裤子，就没有办法补救了，因为人们在乎的不是真正值得尊敬的东西，而是多数人认为体面的东西。

我们认识的人只有那么几个，我们认识的衣服却不计其数。如果你把自己贴身的衣服给稻草人穿上，然后站在一旁，从这里经过的人有谁会向稻草人致意呢？前几天，我在经过一块玉米地时，通过木桩上穿的衣服和戴的帽子，认出了这块玉米地的主人。他的容貌比我上次见到时更显沧桑了，这是风吹日晒的结果。我还听说这样一件事：有一条狗，守卫着主人的领地，只要有穿着衣服的陌生人进入，它都会狂吠不止。有一天，当一个赤身裸体的小偷来到这里时，它却一声也没有叫。这是一个值得深思的问题，如果人们都不穿衣服，能够多大程度上保持自己的身份？如果人们都不穿衣服，你能在一群人中指出谁更值得尊敬吗？

斐佛夫人曾做过一次自东向西的环球旅行，当她到达俄罗斯，要去拜访当地的行政长官时，她说自己不能就穿这样的旅行服装去，必须换衣服，因为她来到了"一个文明的国家，这里的人们习惯根据服饰判断人"。即便是在我们国家——以民主著称的新英格兰，不管什么原因暴富，只要穿着讲究、出手阔绰，就会受到无数人的尊敬。那些前去表达敬意的人真多，他们都缺乏信仰，真应该派一个传教士来为他们启蒙。言归正传，那么多衣服，当然需要人缝制，这缝制工作是无休无止的，即便是一个女人的衣服，做起来也会没完没了。

  一个人在找到工作后，就会觉得没必要每天穿新衣服干活，反而觉得穿旧衣服更舒服，而那些旧衣服还放在阁楼上，上面满是灰尘。同样是一双鞋子，一个英雄反而比他的仆人穿得时间更长——假设这个英雄有仆人。相较而言，赤脚的历史比穿鞋的历史更悠久，英雄是可以赤脚的，不能赤脚的，是那些奔赴晚宴，或者前往市政大厅的人，他们穿着崭新的衣服，甚至不嫌麻烦地换了一件又一件，看上去就像那个地方的人换了一拨又一拨。可是，如果我的衣服、帽子还有鞋子都适合做礼拜，还需要其他衣服干什么？有谁会注意他的衣服是旧的——上衣已经破烂不堪，甚至露出了作为原材料的麻线，就算是把它送给贫困儿童，也不算是做好事，甚至这个贫困儿童会转手将其送给比自己更贫困的人。而这个接受馈赠的人，可以说是最富有的人了，因为不管物质多匮乏，他都照样生活。

  听我说，你一定要提防那些要求穿新衣服的事业，而不是穿新衣服的人。如果没有新人，那些新衣服怎么可能那么合身？如果你正面临事业的选择，我劝你穿着旧衣服去尝试。因为我们需要做的，不是应对别人，而是做自己想做的事，或者更进一步，想成为什么样的人。可能，我们根本就不需要添置新衣服，我们就应该穿着旧衣服去处事，去奋斗，直至达到目的，那时我们就会成为穿着旧衣服的新人，就像新酿的佳酿装在了旧酒瓶里。正如飞鸟的换毛期那样，人类的蜕变期也是至关重要的。水禽会隐居在湖边度过这一时期，蛇和蛹虫也有类似的蜕变过程。不管什么动物的蜕变，都经过了长时间的积蓄，才最终达成这一目的。衣服就像人类的一层表皮，加重了人类的负担，如果过度痴迷于这层表皮，只会让人类生活在虚伪之中，被自己以及其他人的意见所摒弃。

  我们就像长在野外的植物，穿着一层又一层的衣服，需要借助于外在的附加物生长。事实上，我们的外衣并没有多大用处，只是一层人为制造的表皮，就算去掉也不会危及生命。覆盖在我们身体最外边的那层衣物，就像树最外层的表皮，会逐渐磨损；而我们穿在里面的衬衫，才是身体的真皮，如果去掉这一层，人的生命就会受到威胁。在我看来，在某一特定阶段，所有生物都会穿上类似的衬衫。这样很好，一个穿着简单的人，在黑暗中也能触摸到自己，并且会把生活的方方面面处理得当，即便是敌人攻陷了城池，他也能神态自若地走出城门，宛如古代的大哲学家。

通常，穿一件厚衣服相当于穿三件薄衣服，便宜的衣服适合同等财力的顾客购买。如果买一件衣服可以穿好几年，我们需要买的衣服及花的钱为：上衣需要5美元，厚长裤需要2美元，牛皮靴需要1.5美元，夏天的帽子需要25美分，冬天的帽子需要62.5美分；然而，如果是自己在家里做这些衣服的话，成本会更低。那么，一个通过自己的劳动，穿着这样的衣服的人，怎么可能还处于贫困中呢？难道没有聪明人来向他表示敬意吗？

我想做一件款式特别的衣服，当我向裁缝描述时，她一脸严肃地跟我说："人们早就不穿这种样式了。"在提到"人们"时，她义正词严，好像提到的是某位非人的权威。我觉得我的意愿无法实现了，尽管我表达了自己的意愿，她却没有当回事。当听到她神谕一般的裁定后，我将每一个字仔细斟酌了一番，试图弄明白其真实意义，以便搞清楚"我"和"人们"之间究竟是什么亲属关系，致使他们干涉我的私事的权力到底是什么。后来，我跟她说了一句同样不知所谓的话，但我并没有刻意突出"人们"，我说："确实，人们之前没这样穿，但现在开始穿了。"

如果她不揣测我的话是什么意思，而只是给我量尺寸，那又有什么用呢？难道我只是一个衣架吗？人们崇尚的既不是娴雅三女神，也不是命运女神帕尔茜，而是时尚女神，她垄断了纺纱、编织和裁剪。有一天，巴黎的一只猴子夺过游客手中的帽子戴到了自己头上，很快，全美国的猴子都开始戴帽子了。有时候我会感到失望，因为在我想简单完成某件事情时，根本得不到人们的帮助。想要改变这种现状，必须把人们扔进一台压榨机，把他们固有的旧观念都挤出来，使他们短时间内丧失直立行走的能力。接下来，这些人中会走出一个人来，他的脑子里生了蛆，是由一个不知何时寄生在那里的卵孵化的，这种东西除非用烈火烧，否则一切都是枉然。不过，也不要忘了，从埃及某个木乃伊手里传出一种麦种，时至今日已经传到了我们手里。

总之，不管是在美国还是在别的国家，都不应该再将衣饰作为尊严的代表了。现在，只要是能拿到手的东西，人们都将其作为衣服来穿，就好比落水的水手上岸后，发现任何东西都会拿来遮体一样，过一会儿，他们彼此之间又开始互相嘲笑。人类也是如此，每一个时代的人都会对上一时代的流行风尚嗤之以鼻，而对眼下的时尚潮流趋之若鹜。当我们看到亨利八世或者伊丽莎白女王的华丽衣服时，只会觉得好笑，因为在我们眼里，那就像是食人岛的酋长及其夫人的衣服。

任何衣服，只要离开人的身体，就会变得很怪异，而人也只有在穿上衣服后，眼睛中才会显露出真诚，才会止住对他人衣服的耻笑，转而开始肃然起敬。那种感觉，就像一个身穿滑稽服装的小丑，在表演时突发心绞痛。征战沙场的士兵们，当他们的身体被击成炮灰时，那支离破碎的衣服碎片会变成高贵的紫袍。

如今的男男女女都喜欢新款式，他们秉持着这种怪诞而幼稚的追求，转动着眼球盯着万花筒看，希望能够预测到眼下的流行款式。对于他们这种反复无常、荒诞不经的爱好，最了解的人莫过于制衣商。两件衣服，除了几根丝线不一样，其他地方一模一样，但是前者风靡一时，后者的库存却堆积如山，然而没过多长时间，后者又会赶超前者，成为时下最流行的款式。相较而言，常常被人视为恶俗的纹身，反倒没那么让人讨厌，我们不能因为它是刺进人的皮肤里，而且不容易改变，就将其归入恶俗的行列。

在我看来，制造衣服的工厂所实行的制度并不是很好，制衣工人的处境跟英国越来越像。从我的亲身经历来说，制衣厂并不是为了让人们穿得更朴实、更舒服才生产衣服的，而是纯粹为了赚钱，那么，它们实行这样的制度也就不奇怪了。但是，人们最终必将回归到正确的追求上来，尽管目前仍在挫折中徘徊，但终究是会有更高的追求的。

说起住所，我承认它现在已经成为生活必需品，尽管在一些远比美国寒冷的地方，人们没有住所依然生活得很好。据萨缪尔·拉因描述："拉普兰人睡在雪地上，身上穿着皮衣，头和肩膀则钻在一个皮袋子里，每天晚上都这样度过。那里异常寒冷，我们就算穿着毛衣也会被冻死。"而拉普兰人就那样睡在那里，而且很快就会进入梦乡。萨缪尔·拉因又提道："他们能忍受的寒冷程度并不比我们强。"不过，人类居住房屋的历史很悠久了，大概从人类诞生之初就开始了，房屋让人感觉很舒适，这句话最开始的意思，就是指房屋带给人的舒适感，而非家庭生活带来的满足。虽然房屋更多的用处还是防寒和遮雨，很少带来舒适的感受，但那种享受在一年大多数时间里，都是可有可无的。在我们这里的夏天，随便搭到身上一件什么东西就能过夜。根据印第安人的记载，一所棚屋代表一天的行程，树皮上刻了多少所棚屋，就代表他们露营了多少次。

与动物相比，人类的身躯不够强健，力量不够大，所以需要一个狭小的空间把自己藏起来，于是发明了这个四面是墙的处所。人类之初，他们一丝不挂地游走在旷野中，虽然白天能够享受到阳光带来的温暖和舒适，可是一到雨季和冬天，就要忍受雨淋和寒冷的折磨。如果他们没有及时搭建房屋，以躲避大自然的灾害，那么幼小的人类就有可能被冻伤。在神话故事里，人类没有发明衣服之前，都是用树叶遮盖身体的，就像亚当和夏娃那样。人类最初对"家"的需求，只是为了保暖，只是为了舒适，后来才慢慢地有了情感的需求。

我们不妨大胆假设，在人类之初，有几个胆大的人偶然进入了一个天然岩洞——很多时候，孩子们总是喜欢重演人类历史，就算是在下着雨的寒冷天气里，他们也喜欢待在外面玩骑马或者盖房子的游戏，这是他们的天性。小时候，当我们发现一处凸出的岩石时会非常高兴，甚至寻找岩石底下通向岩洞里的小路，这样的事情相信没有人能够忘记吧？他们对这种地方的喜爱是出于天性，因为他们的潜意识中知道这是自己的祖先生活过的地方。

起初，我们居住稍作改进的岩洞，后来开始用棕榈叶、树枝、树皮、亚麻、麦秆枯草、木材、石瓦等等材料建造房屋。此后，我们始终居住在房屋里，甚至忘记了露天而居是怎么回事，完全没意识到自己对房屋的依赖到了什么程度。从荒野走进有壁炉的房间,经历了一个漫长的过程。如果白天黑夜我们都是在大自然中度过,而没有什么东西横亘在我们之间;如果诗人不是在屋檐下朗诵诗歌;如果圣徒不是在房屋里踟蹰徘徊,那生活就会更好了。鸟儿无法在山洞里一展歌喉,鸽子无法在鸽笼里保持单纯的天性。

不管怎么说,如果人们想要建造房屋,事先学习一下美国人的聪明还是大有裨益的,否则,你会发现自己的住所要么像一座工厂,要么像一座没有出口的迷宫,要么像一座博物馆,要么像一座济贫院,要么像一所监狱,甚至像一座奢华的陵墓。不妨想一想,我们用以居住所需要的绝对空间是多么小。在这个小镇上,我曾看见一些印第安人,他们生活在佩诺布斯特河流域,居住的是很薄的棉布做成的帐篷,而就在他们的帐篷外面,积雪足足有一英尺厚。我推测,他们不会觉得雪太厚了,反而会觉得雪太薄了,因为雪再厚一点的话,就足以为他们抵挡寒风了。曾经,我为了在正常生活中自由追求事业,一度不知道该怎么生活,甚至陷入深深的烦恼中,比现在的境况还要遭,遗憾的是,现在的我多少有点麻木了。

有段时间,我总能在铁路边看到工人们巨大的工具箱,有六英尺长、三英尺宽。这个箱子让我有了一个奇怪的想法:那些生活贫困的人倒是可以买一个,只需要一美元,买来后用钻在上面钻一些通风用的小孔,然后就可以住在里面了,不仅可以过夜,还可以遮挡风雨,只要盖上盖子,便能得到自由,身体、心智都不会被什么束缚。这样的生活还算可以吧,至少不是最坏的。在这个箱子里,你想多晚睡觉都可以,而且在你起身离开的时候,也不会有房东追着你要房租。而那些住在更大箱子里的人们,几乎快被租金烦死了,但如果他们选择住铁路工人的工具箱,也不至于被冻死。经济学在生活中尤为重要,你可以有轻率的举动,却不可以小看它。

这里曾经居住过一个土著民族,他们勤劳勇敢、吃苦耐劳,一天中的大部分时间都在户外度过,然而,他们的房屋却是很舒适的,而且建筑材料全部来自大自然。1674年,曾在马萨诸塞州担任印第安人总管的戈金写道:"在这里的房屋中,用树皮做屋顶的是最好的,它不仅干净整洁,保暖性也非常好。在干燥的季节，人们把树皮从树上剥下来，然后用很重的木头压上去，将其水分挤出，使其变薄……稍微逊色的房屋，是用苇草编织的草席做的屋顶，它的保暖性同样很好，只是没有前者整洁……有些房子很大，有六十英尺至一百英尺长，三十英尺宽……我时常在他们的房屋里过夜，亲身体验了其保暖性，可以说，它们丝毫不逊色于英国最好的房屋。"

  他还说，房屋里面非常精致，墙壁上和地板上，都镶着装饰用的草席，各种各样的生活用品摆放其中。此外，印第安人的房屋，拥有先进的通风设施，他们在屋顶放置一张草席，用一根绳子来控制，拉动绳子，草席就会挪动位置，空气得以流通。值得一提的是，印第安人盖一所这样的房子，只需要一天时间，最多不超过两天，而拆卸则只需要一个多小时。每家每户都有自己的房屋，至少也拥有其中的一间。

  在野蛮时代，每户人家都尽可能居住最好的房屋，这对于他们粗犷而简单的需求来说足够了。但我想说的是，空中的鸟儿都有自己的巢，地上的狐狸都有自己的洞穴，土著居民都有自己的房屋，而唯有生活在现代文明社会中的人，不是所有人都有自己的住所，几乎一半人没有自己的住所。在繁华的大都市和文明高度发达的地区，这种情况更甚，只有寥寥几个人拥有自己的住所，其他大部分人则不得不为最外层的"衣服"支付租金，以抵御难耐的酷暑和严寒。要知道，他们一年所要交的房租，可以买下印第安人整个村庄的房屋，但他们却终其一生都在忍受贫穷的折磨。

  对于拥有房屋的优势和租住房屋的劣势，我并不想刻意比较，但摆在眼前的事实是：印第安人之所以能拥有自己的房屋，是因为其造价低廉，而现代的文明人之所以租住房屋，是因为其价格昂贵，而且时间一长，他们甚至连租房都租不起。可能有人会提出反驳意见：尽管现代的文明人要为住所付租金，但他们租到的房屋跟印第安人的房屋相比，简直就是皇宫。只要付出 25 美元至 100 美元之间不等的数目（当地水平），就能尽情享受几个世纪才积累起来的文明成果：宽敞的房间、粉刷的墙壁、整洁的壁纸、鲁姆福壁炉、百叶窗、铜质的水泵、弹簧锁、偌大的地窖等等。但是，为什么享受这些文明成果的所谓现代文明人，都异常贫穷，而没有享受到这些的印第安人，却都很富有呢？

如果说文明是为了推动人类进步——我也这样认为，虽然只有少数聪明人享受到了这种进步——那就是说，建造更好的房屋并不会耗费更多的成本。我认为，人们购买某些物品所需要的价格，是需要一段时间的生命去支付的，可能不是马上支付，但早晚会支付。这里一套普通房屋的价格大概是 800 美元，就算是一个没有家庭拖累的壮劳力，也要辛苦劳作十年到十五年才能攒够这笔钱——他一天的劳动价值 1 美元。不过，有人会挣得多一些，相应地，就会有人挣得少一些，所以，当他在为自己的房屋劳动时，已然消耗掉了一大部分生命。假设这个人没有买房，而只是租房，那么，他无疑选择了一条更为糟糕的路。试想，哪一个印第安人愿意用自己的房屋，去交换这所谓的宫殿呢？

有些人会说，人们拥有多余的财富是为了防患于未然，但我认为，仅从单个的人来说，他们的积蓄只能用来支付自己的丧葬费，但人们是无法安葬自己的。这就指出了文明人和野蛮人最大的区别。有人给文明人的生活制定了明确的制度，其目的是保障大部分人的利益，事实上却使更多人失去了自己的生活。我想说的是，为了使这种制度正常运转，我们牺牲了多少人的幸福，遭受了多大的损失，其实我们完全可以在不遭受任何损失的情况下，维持大多数人的幸福生活。你说有很多穷人经常跟你在一起，因为父亲吃了酸葡萄，所以孩子的牙齿也开始酸了，你到底想说什么？

"主耶和华说：'我指着我的永生起誓，你们在以色列中，必不再有用这俗语的因由。'

'看啊，世人都是属于我的，为父的怎样属于我，为子的也照样属于我，犯罪的，他必死亡。'"

想起我的邻居，康科德的农民们，他们和其他阶层的人过着一样的生活。当我开始认真审视他们的时候，发现他们要辛苦劳作二三十年，甚至四十年的时间，才能拥有属于自己的土地。为了拥有自己的土地，他们大多负债累累，虽然也有人用佣金（其中三分之一的劳动要用来购买房屋）抵偿，但还没等他还清购地的欠款就死去了。显然，他们为了得到土地所要承受的压力，远远超过了土地本身的价值，所以，土地于他们而言，只是一个负担，但即便如此，大多数人都不会放弃对土地的追求，理由是他们跟这片土地太亲近了。我去找土地估价师，询问他们镇上拥有土地的12个人是否有负债，让我吃惊的是，他们也不清楚。这样一来，你只能通过土地抵押的银行，才能弄清来龙去脉。实际上，很少有人能仅仅依靠劳动还清债务，所以只要有一个这样的人，他便会家喻户晓。在康科德，我觉得连3个这样的人都找不到。

至于生意人，据说97%的人是赔钱的，处境并不比农民好。值得一提的是，生意人之所以赔钱，绝大多数不是因为生意赔钱，而是因为资金周转不灵违约受损，说白了，他们是因为信用的缺失才赔钱的，这就更糟糕了。说到这里，我再次想起了前面那3个人，恐怕他们的灵魂也身陷囹圄很难被拯救，他们的情况甚至比忠诚的破产者更糟。破产、拒绝支付欠款，就像是一个个跳板，而我们所谓的文明就是通过它们一步一步向上攀升的。相比之下，还在饥饿边缘徘徊的野蛮人，却仍然在方方正正、厚实的木板上前行。可是，当一年一度的米德尔塞克斯家畜展览大会开幕后，却出现了异常繁荣的景象，就好像农业生产仍在正常运转一样。

为了谋生，农民们几乎使出了浑身解数，可是他们使用的却是比问题本身更加难以解决的方式。为了得到一副鞋带，他们居然投机畜牧业，为了生活得更加舒适，他们利用精湛的技艺把一根铁丝改造成了机关，可就在他们转身之际，自己的腿却被夹在里面了。他们之所以贫穷，原因就在这里。因为类似的原因，我们所有人都忍受着生活各方面的贫穷，尽管我们身处奢侈品的中心，而在相同方面，野蛮人却享受着各种便利。查普曼曾吟唱道：

人们生活在虚伪之中
在人世间不断求索
却忽视了难得的快乐

在农夫拥有自己房屋的那一刻，他非但没有变得更富有，反而变得更贫穷，因为是房子拥有了他。根据我的理解，这就像摩穆斯对密涅瓦的嘲笑，因为她"没有建造成能够移动的房屋，以便从恶劣的邻居旁边搬走"。在此基础上，他还可以追加一句，我们现在的房屋是如此不方便，看上去不是我们居住在里面，而是房屋把我们囚禁在里面，而我们所要躲避的恶劣的邻居，就是我们自己。据我所知，小镇上至少有一两户人家想要卖掉现在的房子，搬迁到乡村去居住，可是，尽管他们穷尽了整整一代人的努力，却还是没能如愿，等到他们死后或许就可以随心所欲了。

最后，即便是绝大多数人都购买了房屋，或者能够长久地租房住，并且能够享受到文明的进步带来的便利，但是，文明的进步虽然提升了房屋的条件，却并没有提升居住其中的人的素质。文明的进步能够造就花园和皇宫，却培养不出国王和贵族。如果文明人的追求还没有野蛮人的追求高尚，如果文明人将生命浪费在获取粗鄙的必需品和舒适的生活上，那么，他们凭什么居住比野蛮人更好的房屋？

然而，那一小撮贫困的人是怎样生活的？从表面上看，生活条件比野蛮人好的大有人在，生活条件比野蛮人差的也有很多，而这两批人的数目似乎是不相上下的。有一个极度奢华的阶层，就必然有一个极度贫穷的阶层，一边是皇宫，另一边就是救济院和"默默无语的穷人"。为法老修建金字塔的数百万工人，只能用大蒜充饥，就算他们死了，连个像样的葬礼也不会有；为国王宫殿的飞檐精雕细琢的泥瓦匠，等到天黑回家，走进的可能是连野蛮人的房屋都不如的茅草屋。你可不要说，在一个文明蒸蒸日上的国家，绝大多数人都不会沦落到类似于野蛮人的境地。要知道，我上面说的还只是贫穷人的状况，再来看一下堕落的富人吧！

不用往远处走，你只要看看遍布铁道两边，马上就要倒塌的房屋就可以了，那是文明进程中的败笔。我每天散步都会经过那里。为了让屋子里有点阳光，即便是在寒冷的冬天，他们也大开着房门，而屋子里的情景简直和猪圈一般无二。屋子里没有生火，他们只能想象生了火的情景。在寒冷和痛苦的折磨下，他们因为长时间蜷缩着身体，使身体永远地变了形，四肢和感官也停止了发育。我们应该给予这个阶层以帮助，因为正是由于他们的劳动，这个时代的金碧辉煌才得以建成，他们就是英国——这个世界最大工厂里的工人阶层。一定程度上，各行各业的工人都遭遇了相同的处境。

我们可以再看一下爱尔兰，它是地图上明确标出的白人聚居区、文明高度发达的地区。让我们来比较一下爱尔兰人和北美的印第安人，或南海荒岛上的居民，或任何尚未接触文明仍保持淳朴本性的野蛮人吧！我确信，任何一个野蛮部族的首领，都具有文明国度的统治者那样的聪明才智，他们现在所处的状况，只能说明文明的进步是何等的污秽，玷污了人们的心灵。至于南方诸州的劳动者，我觉得没必要再说了，他们是这个国家主要出口商品的制造者，甚至把自己也当成了一种出口产品。言归正传，我还是说一下那些生活一般的人们吧。

关于房屋的真正含义，绝大多数人从未认真考虑过，他们盲目地认为自己必须拥有一所邻居那样的房屋，甚至不惜为此劳动终生，他本可以不这样做。打个比方，这就像你认为自己必须穿裁缝做的衣服一样，或者你逐渐丢掉了棕榈叶的帽子，继而丢掉了鼠皮帽，然后开始抱怨世事的艰辛，因为你买不起一顶王冠。诚然，人们大可建造比目前的房屋更加豪华、舒适的房屋，但可能没人能买得起。为什么我们总是在想如何得到更多，而不是满足于少得到一点呢？难道那些值得尊敬的人们，一定要用流传已久的古训教导后代吗？让他们在临死之前，一定要拥有多余的雨鞋、雨伞，甚至是没有客人居住的客房。难道我们的家当就不能简单一点吗？就像阿拉伯人或印第安人那样。所有为人类谋福祉的人，都被人们神化成了天堂的使者，他们带给人类神圣的礼物，当我想起他们时，头脑中并没有出现他们被家仆前簇后拥，时尚家当马拉车载的形象。

假如我赞同下面的观点——那不是很奇怪吗？——该观点认为，因为我们在道德和智力方面比阿拉伯人更优越，所以理应拥有比他们更复杂的家具。眼下，我们的屋子里堆满了家具，连站脚的地方都没有了，以至于一位勤劳的主妇宁可将它们丢进垃圾箱，也不愿意因此耽误早上的工作。早上的工作啊！沐浴在奥罗拉（曙光女神）洒下的微光中，沉浸在门农（古埃及国王，当太阳光照到他的石像时，就会有竖琴声响起。）悦耳的琴声中，降生到世界上的人们，早上应该做什么工作呢？我的书桌上曾放过三颗石灰石，在我心灵上的尘埃尚未扫除时，却不得不先为它们扫除尘埃，于是，我心生厌恶地将其扔到了窗外。这样的我，怎么可能拥有一所带家具的房屋呢？我宁愿在草地上休息，因为草叶上不会有灰尘，除非已经被人们污染了。

骄奢淫逸之人开创了时尚的新花样，紧接着，一大批跟风之人迎头赶上。当一位旅客在所谓的最舒适的房间住下时，很快就发现了这一点，因为旅店的老板俨然把他当成萨丹纳帕路斯招待了，如果他长时间沉迷于这种享受，很快就会失去男性的气概。在我看来，人们在火车车厢上耗费的大量钱财，并不是为了方便或者安全，而是为了追求奢华。经过装扮之后，人们很难把它和安全第一的车厢联系到一起，倒是很容易想起会客厅、咖啡厅之类的奢华场所。车厢里配备了带软垫的长椅、土耳其式的厚榻、遮阳用的帘子等一百件来自东方的物件，在东方，这些东西是专门为天朝的妃子准备的，连乔纳森听到这些东西的名称都会感到难为情。与坐在拥挤的天鹅绒坐垫上相比，我更愿意坐在一个南瓜上，这个南瓜只属于我。我宁愿坐一辆牛车，在大地上自由自在地游荡，呼吸着新鲜空气，也不愿意坐豪华的观光车去天堂，一路呼吸着乌烟瘴气。

原始人的生活虽然简单，但至少能够享受到这一好处，当时他还只是大自然中的匆匆过客。当他吃饱了饭，睡足了觉，精神抖擞之后，就开始考虑下一步的行动了。他活动在天地间，居住在帐篷里，既能越过山谷，又能横跨平原，还能攀登高山。可是，看啊！人们已经成为了自己工具的奴隶，那个自由活动、饿了就摘果子吃的人变成了农民；而那个在树荫下乘凉的人则成了农场主。现在，我们夜晚不再露天睡觉，而是定居于某地，以至于忘记了天空。我们皈依基督教，也不过是因为它能够改善农耕。我们已经在现世中建造好了府邸，并且马上要为来世建造坟墓。崇高的艺术品表现的是人们为摆脱现状而做出的种种努力，但我们现在的艺术品，只是为了把我们的悲惨境况粉饰得舒适一点，而将更高的艺术追求抛之脑后了。

在村子里,已经没有高雅艺术的立足之地了,即便有什么艺术品流传了下来,我们的屋子里、我们的大街小巷也没有一处适合它安身。我们甚至没有挂一幅画的钉子,也没有安放英雄或圣人塑像的架子。我开始思索我们的房屋是怎样建造的、是怎样付款的或者只是付了其中一部分,每个家庭的经济是怎样运转的。就在这时,我看到一位客人正在赞赏壁炉架上的廉价货,我在想,为什么地板上不裂一道缝儿,好让他掉进缝里,至少下面会是一块坚实、厚重的土地。

我看到,人们都在向所谓的高雅生活跳跃,唯独我无法消受这种艺术装点所带来的乐趣,我全部的注意力都被那个跳跃的动作吸引了,我知道人类的肌肉会跳跃,我清楚地记得,人类跳跃的最高纪录是一个阿拉伯人创造的,据说他能够跳25英尺高。但是,如果没有东西支撑,最终还是会跌回地面上。对于那些拥有不合时宜物品的人,我想问几个问题。第一个问题,谁在支撑你?第二个问题,你是那97个失败者中的一个,还是那3个成功者中的一个?回答完这些问题,或许我会去观赏一下你那些华而不实的玩物,再品味一下它们的装饰风格。把车子安置在马之前,不但不好看,还不能使用。在用漂亮的装饰材料装扮屋子之前,最好先把墙上的尘土清理干净,我们的生活也是如此,要有井然有序的家务管理、美好的空间做基础。事实上,真正高雅的艺术都是在户外诞生的,那里既没有房屋,也没有管家。

在老约翰逊的著作《神奇的造化》中,他提到这个小镇的第一批居民,也是跟他同时代的人,他说:"他们在山坡上挖出洞穴,作为自己最初的住所,并在洞穴顶部覆盖上木材,然后将挖出来的泥土覆在木材上,接下来,他们在泥土最高处点起火,以烘烤泥土","他们并没有给自己盖房子"。他接着说:"他们在上帝的帮助下种植粮食,以土地生产的面包充饥。"但是,第一年的收成并不好,"为了能撑更长的时间,他们只得将面包切得薄之又薄"。

1650年,当荷兰人想要到那里开拓事业时,新尼德兰省的秘书用荷兰语向他们详细介绍了那里的情况,他说:"新尼德兰,特别是新英格兰的第一批居民,起初没办法按照自己的意愿建造房屋,于是便在地上挖出了一个类似于地窖的、四四方方的大坑,深六七英尺,长和宽随主人心意设定,接下来,他们用木材封住了四周的墙壁,并用树皮或者类似的东西堵住木材之间的缝隙,以防止泥土漏到屋里。他们用厚厚的木板做地板和天花板,又用清理好的原木撑起屋顶,并把草和树皮盖到上面。于是,一所温暖干燥的住处就建好了,可以让他们一家人住两三年,甚至是四年。不用说,这些地窖都根据家庭成员的多少,分成了一间一间的小房间。当人们刚刚移居新英格兰时,即便是最有权势的人也在这样的处所居住,他们之所以这么做,原因有二:首先,为了节省时间,以免因为建造其他复杂的房屋,而导致来年食物匮乏;第二,在他们苦口婆心的劝说下,为数众多的贫穷同乡告别家乡,跟随他们来到这里,他们不愿意因为住所的好坏悬殊,让同乡感到失望。三四年之后,当土地适合耕种了,他们就会耗费巨资,为自己建造豪华的房屋。"

从这个过程中可以看出来,我们祖先做事很慎重,他们首先满足的是最迫切的需求。那么,现在那些最迫切的需求得到满足了吗?当我想为自己购买一座豪华的房屋时,不免感到失望,因为现实条件不允许我这么做,这块土地上还没有产生相应的人类文明。正如我们的祖先要把面包切得很薄那样,我们精神的面包甚至要切得更薄。但是,这并不是说在人类发展初期,就应该完全忽略掉房屋的装饰,而是说一开始就要保留房屋中美的线条,并让其融入我们的生活,就像贝壳的内壁那样,完全没必要过分装饰。但很遗憾,我曾经拜访过一两所房屋,从而知道他们使用了怎样的装饰。

现在,人类已经不可能回到住窑洞、草屋、穿兽皮的阶段,尽管这称不上堕落,对于人类用辛勤劳动和高昂代价创造的很多便利,我们还是欣然接受的好。我现在处在这样一个环境里:与适合人居住的山洞相比,板材、屋面板、石灰、砖头、圆木、充足的树皮、黏度甚佳的黏土以及切成片的石料更容易得到,也更便宜。我对这些问题可以说是驾轻就熟,因为不管是理论还是实践,我都很熟悉。只要再有点经济头脑,将这些原材料加以利用,我们就能成为富商——甚至比现在最富有的人还要富有，就能让人类文明成为人类的幸运。所谓的文明人，不过是阅历丰富、足智多谋的野蛮人。算了，我还是赶紧讲一下我的试验吧！

1845年3月底，我拿着一把借来的斧头，来到坐落在森林里的瓦尔登湖湖畔。我想在这里建造房屋，因为这里离湖最近。我砍倒了一些树龄不大，却高耸入云的白松树。如果事业之初不借东西，将很难打开局面，不过，这个办法很不错：至少可以让你的朋友对你的事业感兴趣。斧头的主人在把斧头借给我时，说那是他的珍宝，而当我还给他时，显然是比原来更加锋利了。我选择的伐树地点在一个小山坡上，那里有足够多的松树。站在那里远眺，可以看到湖水和林中的一块空地，松树和山胡桃掩映其间。湖面上的冰尚未完全融化，但大部分已经化成了水，湖面上的冰颜色很深，而且上面浸着湖水。

我在那里工作的几天里，竟然飘起了雪花。当我准备回家，走到树林外面的铁道上时，看到绵延至远方的黄沙在雾蒙蒙的空气中闪着微弱的光芒，铁轨也在春天的阳光下闪闪发亮，我听到了百灵、山鹬以及其他鸟儿的叫声，它们好像要跟我一起开始新的一年。在这愉悦的春天里，人们对冬季的不满就像这大地上的冰雪一样，日渐消融，冬眠的动物也开始活动身体。有一天，我的斧头柄掉了，我便砍下一段青翠的山核桃树的树枝做了一个楔子，并用石头将其砸进了斧头柄孔里，接着，我把斧头扔进了湖中的冰窟窿里，好让斧柄和木楔都膨胀起来。就在这时，我看见一条赤练蛇游到了水底，并悠然自得地在湖底躺了一刻钟，竟然跟我待在那里的时间一样长。在这段时间里，它轻松自如，丝毫不觉得有什么不便之处，可能它还没有完全从冬眠中醒过来。

看到这个场景，我想到，人类目前处于糟糕的原始状态下可能也出于相同的原因，但是，如果人类能够感受到春天的盎然生机，一定会跳起来，向更崇高、更高级的生活迈进。在此前几个有霜的清晨，我已经见到蛇了，它们还没有彻底清醒，一部分身体还僵硬不堪，等待着太阳将其唤醒。4月1日，天空下起了雨，雨水使湖面上残存的浮冰又融化了一些。在清晨浓重的雾气中，我听到一只大雁孤独的鸣叫声，它在湖面的上空摸索着飞行，不像是掉队，倒像是被遗弃了。

在连续几天的时间里，我就这样砍伐树木，做成门柱和椽木，工具是手里这把很小的斧头。我没有任何想法，也没有什么高深的研究，只是独自吟唱：

人们自认为什么都懂，
快看，他们也长了翅膀，
所有的艺术和科学，
以及千百种技艺，
只有春风吹来时，
世人才洞悉世界。

我把主要木材砍成了六英寸见方的长木，用来作墙柱的削光了两个面，用来作椽木和地板的则只削光了一个面，其余的面则仍维持树皮的原貌。与用锯锯过的木材相比，我做出来的更加挺直，也更加结实。我在每一根木材的顶端都凿出了榫眼，或者是劈出了榫头，因为这时我又借到了做这种活儿需要的工具。我每天在树林里劳动的时间并不长，但我还是会带午餐——一块面包、些许黄油。吃午餐时，我就坐在砍伐下来的松枝上，因为我手上都是松脂，所以面包上也有了一股松脂的香味。吃完午餐后休息时，我会读一读包午餐的报纸。虽然我不得不砍伐松树，但我们已经很熟悉了，所以每天收工时，我都觉得要离开好朋友了。偶尔，来林中散步的人会被我斧头的叮叮之声吸引过来，每当这时，我都会和他们愉快地聊上一会儿，就在我砍下的木屑旁边。

4月中旬，我的主要工作是搭建小木屋的框架。准备工作做好后，我就开工了，我并没有赶进度，因为我想尽可能做得精细一些。为了获得建筑所需的板材，我买下一所棚屋，它的主人是爱尔兰人詹姆斯·柯林斯，菲奇堡铁路的一名工人。当我去查看棚屋的时候，他不在家。我在房子外面转了一圈，并没有引起屋里人的注意，因为棚屋的窗户很高很深。屋子很小，屋顶是三角形的，除此之外就没什么了。屋子四周堆着很厚的土，足足有五英尺厚，看上去就像垃圾堆。屋顶是保存最好的一部分，但也已经被太阳晒得弯弯曲曲、松脆不堪。屋子没有门槛，两扇门下面的空隙正好给母鸡开辟了一条永远畅通的通道。

这时，柯林斯太太走到了门口，让我到屋里看一下。我一迈进屋子，那群母鸡就飞奔了出去。屋里阴暗潮湿，被水浸泡过的地板肮脏不堪，像得了痢疾似的有一层黏糊糊的东西，这儿一块那儿一块地分布着，只要一挪动，就会裂缝。柯林斯太太点亮一盏灯，让我看看里面的屋顶和墙壁，甚至是床底下的地板。她告诉我，那个两英尺深的地窖不能用。她说："屋顶和四壁的木板都挺好的，窗户也不错。"——那是两个方框，现在只有猫从那里进出。屋子里有一个火炉、一张床、仅供一个人坐的地方、一个诞生在这里的婴儿、一把丝质的雨伞、一面镀金的镜子、一台全新的咖啡磨固定在一块粗糙的橡木上——这就是全部。

在我看屋子的时候，詹姆斯已经回来了，我们很快谈妥了交易条件。我必须在当天晚上付给他们4.25美元，而他们则必须在第二天早上5点搬走，不能再卖给别人，从6点开始，这座棚屋就属于我了。詹姆斯也说越快越好，省得有人在地租和燃料费上横生枝节，那是不公正的，他说那是这个屋子唯一的额外费用。第二天早上6点，我在路上碰到了詹姆斯一家人，他们把所有家当捆到了一起：床、咖啡磨、镜子以及母鸡，除了那只猫。它跑进树林后慢慢变成了一只野猫，后来我听说，它因为触动了捕捉土拨鼠的机关，变成了一只死猫。

就在那天早上，我就把棚屋拆了，拔下上面的钉子后，用小车把木板运到了瓦尔登湖畔。我把木板一一铺开，好让太阳杀除上面的细菌、污秽，并让变形的木板恢复原貌。在我来回运送木板的路上，一只勤劳的画眉不时送来两三声优美的歌声。一个年轻的爱尔兰人对我说，就在我运送木板的空当，一个名叫西莱的爱尔兰人把那些直的、还可以用的短钉、长钉、骑马钉都装进了自己的口袋。对于这件事，我一点也没放在心上，当我热情饱满、兴致勃勃地整理那些旧东西时，那个叫西莱的人就站在我旁边，对身边的事情袖手旁观，就像他说的那样，没什么工作可做。

在一处朝南的山坡上，我开始挖地窖，一只土拨鼠也曾在这里挖掘洞穴。我挖到漆树和黑莓的根后，继续向下挖，直到没有一点植物根须的痕迹，到七英尺深时，里面露出了上好的沙子，即便是再冷的冬天，把土豆放进去也不会被冻坏。地窖六英尺见方，七英尺深，四壁逐渐倾斜，虽然我没有在上面砌石块，但泥土和沙子并不会掉下来，因为太阳永远照不到里面。我只用了两个小时就干完了这项工作。我特别热衷于挖土，在任何纬度的地区，只要人们向地面下挖掘，总能挖出温度相当的地窖。在城市里，即便是在最豪华的房屋下面，也可以找到地窖，当地面上的建筑土崩瓦解，消逝不见时，地下的地窖却依然完好无损，而且里面窖藏的东西还保持着放进去时的样子，让后人惊叹不已。说到底，房屋也不过是地下洞穴入口处的一道门廊。

到了5月，在几个朋友的帮助下，我终于让屋子的主架构站了起来。我之所以让朋友来帮忙，并不是因为我一个人完不成，而是我想联络一下朋友感情，屋架站立起来的主要功劳，还应属于我。我坚信，他们以后的某天还会伸出援手，帮我建立起更加宏伟的建筑。7月4日，小屋封顶了，我也在这一天搬了进去。屋顶的木板边缘被削得很薄，这使木板之间能很好地镶合在一起，丝毫不用担心漏雨问题。在屋顶的木板钉齐之前，我在屋子的一头砌了一个烟囱的台基，为此，我不得不去湖边往山上抱石头，有两车之多。但是，直到秋天锄完了豆田，我才把烟囱完全砌好，正好赶在需要生火取暖之前，在此之前我都是在屋外做饭的。

每天一大早，我就在屋外的土地上忙活着做饭，与别的做饭方式相比，我觉得这一种更方便，也更让人舒服。有时，我正在烤面包就下起了雨，这时我会用几块木板挡在火上面，然后躲在下面看着面包，就这样度过一段愉快的时光。那些日子，需要做的工作太多，我很少有时间读书，但扔在地上、台布上的碎纸片，甚至是单据，都给我带来了无限乐趣，达到了像阅读《伊利亚特》一样的效果。

在建造房屋时，就算比我更用心也是应该的，比如说，考虑一下怎样安排房门、窗户、地窖以及顶楼，才能让屋子更具人情味，或者说在眼前的需求之外，除非你有更充足的理由，否则最好不要动手建造房屋。就像鸟儿在筑巢时会考虑适宜的问题一样，人在建造房屋时也会考虑这个问题。如果人们都亲手建造自己的房屋，并且用自己的劳动换取简单的食物养活一家人，那么，人们吟诗的才能就会誉满全球，正如鸟儿这样做的时候，歌声响彻云霄。

不过，我可不喜欢燕八哥和杜鹃，它们总是跑到其他鸟儿的巢里下蛋，还发出不和谐的聒噪声，很难让经过的路人感到愉悦。然而，我们的行事方式和这两种鸟何其像！难道我们甘愿将建造的乐趣永远转让给工匠？对绝大多数人来说，房屋消耗了他的一生，但房屋对他的人生又有什么意义呢？在我漫游的过程中，从没见谁为自己做简单的、应该做的工作，比如建造房屋。我们属于一大群人，裁缝占有你的九分之一，除此之外，传教士、农民、商人也都占有相同的份额。这种分工要分到什么程度才会停止？这种分工的最终结果是什么？当然，其他人也会考虑这个问题，但如果他们思考的目的是让我停止思考，那就没必要了。

我们这里确实有这么一种人，他们叫做建筑师。我听说过这样一名建筑师，他试图让房屋里所有的装饰物都很必要，都是真理的体现，当然也都很美，就好像受到了神谕。在他看来，这一切或许都很合适，但事实上，他并不比业余的建筑爱好者高明多少。一名致力于出奇出新的建筑师，只会考虑飞檐，反而会忽略地基。他只想赋予装饰物以真理的内涵，就像在一块糖里加入一颗杏仁或一颗葛缕子——我认为吃不加糖的杏仁更健康——却从未想过住在房屋里面的人，即居民，他们可以自己把房屋里里外外建得很舒适，而装饰物则悉听尊便。作为一个理性的人，怎么可能认为装饰是外在的、纯粹表皮一类的东西呢？难道乌龟拥有纹路纵横的壳、贝壳拥有珍珠的光芒，就像百老汇的居民手拿一纸合同就拥有了三一教堂？

但是，人们对装饰的追求应该必要而适度，就像乌龟拥有自己的壳一样，而不要像一个无聊的战士那样，把自己的勇气都画在战旗上。事实怎样，敌人必然会知道，也可能一上战场，他就面色苍白了。这名建筑师靠在屋檐下，面露难色地向粗鲁的房屋主人兜售自己似是而非的理论，但事实上，房屋主人比他知道得更多。什么是建筑美？我认为首先是实用，要符合居住人的个性，也要具有真实感和高贵的气质，从里向外逐渐延伸，而不是出于外在美的考虑，想要创造出与此类似的美，必然要拥有一个同样美好的灵魂。在我们这块土地上，画家们最感兴趣的住宅,是贫民区那些毫无装饰、简陋卑微的小木屋,使小木屋显得趣味盎然的,不是其外表的某种特征,而是居住在里面的人的生活。同样有趣味的,是市民建在郊区的箱形小屋,当他们的生活如想象中简单时,他们的住宅也就没有让人徒增烦恼的装饰了。建筑物上绝大多数装饰都没有实际意义,甚至一阵风都能把它们吹掉,就像是吹掉鸟儿身上借来的羽毛。

如果不需要地窖储存橄榄和美酒,即使不懂建筑也不妨碍生活。如果类似的装饰风格出现在文学作品中,如果《圣经》的建筑师也像教堂的建筑师那样,在屋檐上精雕细琢,那我们该怎么办呢?文学、艺术以及掌握它们的教授们,大都也是如此。的确,人们在意的,是那几根毫无用处的棍棒该斜向自己还是斜向地面,那个箱子应该染什么颜色。有意思的是,如果从实质上说,折腾那根棍棒,并给箱子染上颜色的,只是人的一副皮囊,而人的精神早已飞出这具虚壳之外,就好像人们在给自己做棺材,这也是一种艺术,但木匠只能算作"做棺材的人"。

有一个悲观厌世的人说,当你失望的时候,不妨从脚下抓一把泥土,就用泥土的颜色粉刷自己的房屋吧!他是想到了自己的最后归宿吗?为此他还要抛一次铜币才能决定。他一定是太闲了!为什么一定要抓一把脏兮兮的泥土?用你皮肤的颜色粉刷房屋或许会更好,它可以为你颜色苍白或者容颜泛红,也算是为村子里的建筑风格作出了贡献!你如果找到了适合我的装饰,我必会采纳。

在冬天到来之前,我建好了烟囱,并在墙壁上覆了一层木瓦,尽管墙壁的防水功能本来就很好。我所谓的木瓦,其实是原木外面最粗糙的那一层,我费了很大的力气才将其刨平。

终于,我的房屋修整完毕了。它有15英尺长、10英尺宽,里面的柱子有8英尺高,四壁钉了木板,并抹了灰泥,密不透风;它带有阁楼和壁橱,四壁各开了一个大窗户,每个窗户上按着两扇活板门,尽头还有一扇大门,正对着一个砖砌的火炉。小木屋的所有花销我都列在了下面,我是按照市场价购买的建筑材料,人工费用可以不算,因为那都是我自己动手做的。我之所以列出这个明细表,是因为很少有人能准确说出自己的房屋花了多少钱,而能说出各种建筑材料单价的就更少了。

木板	8.035美元	即所购棚屋拆下的木板
屋顶和四壁用的旧木板	4.00美元	
木板条	1.25美元	
两扇带玻璃的旧窗户	2.43美元	
一千块旧砖头	4.00美元	
两桶石灰	2.40美元	高于市场价
头发	0.31美元	买多了
壁炉所使用的废铁	0.15美元	
钉子	3.90美元	
合页以及螺丝钉	0.14美元	
门闩	0.10美元	
白土	0.01美元	
搬运费	1.40美元	我自己背了很大一部分
合计	28.125美元	

这就是我使用的所有材料,但木材、石头以及沙土不包括在里面,因为作为在公共用地上建造房屋的人,我有权使用这些东西。在小木屋的旁边,我又用剩下的材料建造了一个小棚子,专门用来放木柴。

我最初的计划,是盖一所豪华气派的房屋,比康科德最重要街道上的任何房子都要好,前提是它能给我快乐,就像小木屋所给我的,并且花费与之相当。

由此我得出,那些满足于住宿舍的学生,其实完全可以拥有自己的房屋,而且所需要的费用不会超过他每年的房租。如果说我有点言过其实,那是因为我是站在人性的立场上说的,并非为了我自己,我个人的缺点和前后矛盾丝毫不影响我陈述的事实。我确实有很多缺点,就像小麦上很难剔除的麦壳,对此,我跟大多数人一样,只能表示遗憾。在这方面,我还是要伸展自如、自由呼吸,这将使身体和心灵获得极大的愉悦,对此我也心知肚明,我不会故作谦卑而对人们的道德进行审判,我试图为真理的表达贡献一份力量。

就空间而言,剑桥大学的一间学生宿舍比我的小木屋大不了多少,但一年的房租却要30美元,而且,在一个屋顶下,管理者要密密麻麻建造32间相同的房间,学生们不仅要忍受彼此喧嚣带来的苦楚,有可能还要每天爬四层楼。我不禁想,如果我们能在这方面多用点心思,不仅可以节省教育资源、省下数目庞大的教育经费,还会使学生们接受的教育更多。为了追求生活上的便利,剑桥大学和其他学校的学生们所耗费的精力,是学校妥善处理这个问题所需耗费精力的10倍。在学生的账单上,最昂贵的东西往往不是他们最想要的,比如说学费,而那种学校无法给予的尤为重要的教育却常常是免费的,比如说通过与高尚的人谈话所获得的收益。

创建一个学院,通常有一个固定的模式。首先是各色人等送来多多少少的捐款,并按照劳动分工原则,把各种工作事无巨细地分下去——这种原则需要慎重使用——然后,一个瞅准这是一次牟利机会的人,成了这个工程的承包者,接着,这个承包者又找来爱尔兰人或其他人充当工人,最后,他们终于开始垫地基。而那些即将在这里读书的学生们,则一早就被告知,要适应这样的环境,一届又一届的学生不得不为他们的疏漏和失策付出代价。我觉得,就算是让学生或者是想到学校来读书的人亲手垫地基,也比现在这样好。作为学生,在某种制度的庇护下,躲避了自己应该从事的劳动,并因此变得懒散,甚至好逸恶劳。他们在肆意挥霍着宝贵的学生时代,过着一种毫无收益的可耻生活,而这段宝贵的时间本应该结出累累硕果。

当然,有人会提出反对意见:"你是说让学生干体力活,而不是干脑力活?"事实上,我绝无此意。我的意思是,他不应该把生活当做游戏,不应该单纯地做研究,因为他的这种生活,是社会支付高昂的代价换来的,所以,他应该对生活充满热情,这些问题他应该好好思考一番。青年人除了立刻投入生活的实践中,难道还有更好的认识生活的方式吗?在我看来,这样锻炼大脑的方式,要比做数学题好得多。下面我来举例说明，假如我要让一个男孩子学习科学和艺术，我不会按照传统的方法教他，因为那样会让他置身于一群老教授之中，他们会教他任何知识，并且让他实践，但唯独不会教他们如何生活——他会用望远镜或显微镜观察世界，却不会用自己的双眼洞察世界；他研究了化学和力学，却不知道面包是从哪里来的，更别提制作面包了；他能够发现海王星的新卫星，却看不到自己眼中的灰尘，也不知道自己已成为某个流浪汉的卫星；他已经被身边的妖怪吞噬了，却仍然在一滴醋里寻找妖怪。

　　一个月后，使用两种不同学习方法的两个孩子，谁的进步会更大？为了铸造一把刀，一个孩子阅读了大量书籍，并自己挖掘铁矿石，自己冶炼，最终铸造出适合自己的折叠刀；另外一个则端坐在学院里，聆听了关于炼金术的讲座，并从父亲那里得到一把罗杰斯的铅笔刀。那么，这两个孩子谁会不小心割破自己的手指呢？……让我吃惊的是，当他从学校毕业时，被告之已经精通了航海学！事实是什么呢！只要他到港口转个圈，就会学到关于航海的更多知识。贫穷的学生也来学习了，重点研究政治经济学、哲学，而与此一样重要的关于生活的经营之道，却没有被教授，甚至没有人想起过。最后出现了一种怪异的现象：当儿子在研究亚当·斯密、李嘉图以及萨伊的时候，父亲却陷入了沉重的债务。

　　正如我们的学院教育，其他一百项"最新改革"也是这样的情况，很容易让人们产生错觉，但何时有过实质性的进步？因为始作俑者是投资人，他就像个魔鬼一样操控着一切，不断追加资金，不断重复制造相同的模式，不断获取利润。我们的创造和发明只是一些小玩意，却吸引了我们的注意力，使我们不能严肃地思考生活的价值等问题。它们看上去有所改观，但改观的只是手段和方式，目标却始终没有改变，而这个目标就在眼前，就像从波士顿到纽约的铁路，很容易到达。我们急匆匆地架设从缅因到德克萨斯的电磁电报线，但两地之间却没有什么重要的讯息拍发。类似的情况总是很多，有一个男人迫切地想要和一位耳聋的高贵妇人交谈，但当他终于如愿以偿，而且手里已经被放上助听器时，他却突然觉得无话可说。

我们似乎只想快速说，而不是理智地表达。我们急匆匆地凿通大西洋底的隧道，以便将从旧世界到新世界的时间缩短几周，但传入美国人大耳朵里的第一条新闻，很可能是阿德莱德公主得了百日咳。总之，那个一分钟飞驰一英里的人，是不会带来最重要的消息的，他不是传播福音的教徒，也不会跑来吃蝗虫和野蜜蜂。我怀疑，"飞童"是否往磨坊里驮过一粒稻谷。

　　有人跟我说："我很奇怪，你怎么不存一点钱，你爱好旅行，那现在就坐上火车去菲奇堡吧，去欣赏一下那里的田园风光。"然而，我的做法会更明智一些，因为我深知，走得最快的旅行者，是步行的那个人。我对朋友说，让我们来设想一下，看看谁会先到。从这里到菲奇堡的距离是30英里，坐火车需要90美分，大概是一个人一天的工资，如果我没记错的话，在那条铁路上工作的工人，一天的工资是60美分。很好，我现在出发了，天黑之前就能赶到，我曾经以这样的速度走过整整一星期。与此同时，你却在被迫挣路费，直到明天的某个时刻才能到达，最早也是今晚，如果你很幸运，找到了一份很满意的工作，那么你今天将不会去菲奇堡，而是在这里工作。一样的道理，就算是铁路能绕着地球通行，我也会赶在你前面。如果要谈见世面、增加阅历之类的东西，那我只好跟你绝交了。

　　这就是事物的普遍规律，无人能例外。至于铁路，应该说它有多长，相应的就有多广。为人们修建一条环绕地球的铁路，就像是要把地球的表面挖平。人们总是糊里糊涂地认为，只要他们在股份制里不断参股，并手持铁铲一直铲下去，最终肯定会到达任何想去地方，而且不用花多少钱，也不用花多少时间。可是，尽管人们一窝蜂地涌向站台，而售票员也大声喊着"所有旅客上车"，但是，当浓重的黑烟散开，潮湿的蒸汽凝结之后，人们发现只有少数人上了车，大多数人都被轧死了——人们把这件事称为"一起悲惨的事故"，确实如此。至于那些挣到路费的人，还是能够坐上车的，前提是他们能活到那个时候，即便如此，到那时他们也可能因为体力衰竭而不想出行了。

　　这些人把生命中最宝贵的时间，耗费在了对金钱的追求上，只是为了在人生最不宝贵的时间，享受某种不确定的自由。这不免让我想起了那个英国人，他去印度的目的，是为了挣到钱之后回英国过诗人般的生活，与其这样，他还不如马上就钻进破旧的阁楼里去。"你说什么？"上百万爱尔兰人跑出了他们的棚屋，大喊着，"你们建造的铁路算得上好东西吗？"是的，我回答。我的意思是说，如果让你们建造，结果会更糟。但是，因为我们是兄弟，所以我希望你们能以更好的方式度光阴，而不是一直挖掘土方。

在小屋建好之前，我为了防备不时之需，希望通过诚实可信的方式赚10美元到12美元。为此，我在小屋旁边那2英亩半的沙地上种了几种农作物，最多的是大豆，其次是土豆、玉米、豌豆和萝卜。这块地有11英亩，基本上都被松树和山胡桃树占据了，前段时间曾标价每英亩8.8美元出售。一个当地的农民跟我说，这块地"只适合养叽叽叫的松鼠"。我并没有给农作物施肥，因为我不是土地的主人，只是个想临时使用一段时间的人，还有，明年我将不再种这么多地了，也因此，我没有把整块地都锄完。在锄地的过程中，我刨出很多树桩，这足够我烧很长时间了。我发现，凡是有树桩的地方，周围一圈的土壤都很肥沃，在夏天，大豆枝叶繁茂的时候很容易辨认。

我把小屋后面的枯树和卖不掉的树以及漂浮在湖面上的木头，都拿来做了燃料。但是，我不得不为耕地而租赁一套耕犁、一头牛以及一个农民，尽管掌犁的是我自己。为了耕种田地，我第一季度在工具、种子、人力上面总共花费了14.725美元。玉米种是别人免费给的，不过种子确实花不了多少钱，除非你需要的量非常大。到收获时，我得到12蒲式耳大豆、18蒲式耳土豆，还有若干豌豆和甜玉米，黄玉米和萝卜因为种得太晚，没有收获。由此可以看出，农场的收支状况是：

我种地的全部收入	23.44美元
花费	14.725美元
剩余	8.715美元

再去掉我已经花掉的和当时还积压在我手里的物资，最后我手里还剩 4.5 美元——我手里积压的物资的价值，足够我因没有种莴苣而需要购买的花销。总体上说，从人的灵魂和时光的重要性的角度考虑，虽然我在生活试验上花费了一些时间，不，不能完全这样说，纯粹花在试验上的时间是非常少的，我认为，我这一年的收入比康科德的任何一个农民都要好。

第二年，我就做得更好了，因为我用铁铲精心整理出一块我需要的土地，大约有 1 英亩的三分之一。这两年的生活经历让我明白一个道理，对于那些教我们如何种植农作物的专著，我们完全可以置之不理，就算是亚瑟·扬格的作品也不例外。我发现，如果人们想过一种简朴的生活，种植仅够自己吃的粮食，而且不用粮食交换昂贵的奢侈品，那么，他只需要种植几杆见方的田地就可以了。另外，使用铁铲整理土地的成本，远远低于使用牛耕的成本；与重复使用一块土地相比，每次种植都换一块尚未被开发的土地，要节省很大一笔肥料钱；利用夏天的闲暇时间动手干农活，就不会像其他人那样，被一头牛、一匹马或者一头猪牢牢拴住。

关于这个话题，我尽量中肯地陈述，因为我对当前社会的经济得失毫无兴趣。与康科德的大多数农民相比，我有更多的自由，因为我不受房屋和土地的牵绊，可以按照自己的意愿行事，而我的意愿随时都可以发生变化。还有，就算是和那些富裕的人相比，我也比他们更富裕，因为即便是我的房子被火烧毁了，我的庄稼颗粒无收，我也不会因此遭受重大经济损失。

我时常想，看上去是人在牧牛羊，事实上却是牛羊在牧人，因为牛羊反倒比人更自由一些。人和牛是在交换劳动，可是，如果人们注重的仅仅是必要的放牧工作，那么显然牛的收益更大，因为它们的牧场实在是太大了。在长达六个星期的时间里，人们不得不用收割干草的工作交换，这可不容小觑，而这也仅是交换工作中的一部分。在一个方方面面都崇尚简朴的国家，也就是说一个哲学家的国度，像驱使牲畜劳动这样的错误，是断然不会出现的。确实，这样的国家，世界上以前从来没有，现在也没有哪个国家马上能转变，而且，就算真的出现了，我也不敢确定是好事还是坏事。

无论如何，我都不会驯服一头牛或者一匹马，饲养它们，并让它们替我干活，因为我害怕我会变成一个专职养马人或养牛人。如果说只要这样做，社会就会有收益，那么，你能肯定一个人受益就没有相应的另一个人受损吗？难道负责养马的马夫能和他的主人一样快乐吗？如果说没有牲畜的帮忙，某项公共事业就无法完成，那么就应该让牲畜和人类分享这份荣耀吗？按照这个思路往下推，难道说没有牲畜的帮忙，人类就无法完成任何有价值的事业了吗？在牲畜的帮助下，人类不仅开始做一些没有意义的事情，比如艺术等等，还开始追求奢侈的享受，显然，有些人终生在跟牲畜交换劳动，换句话说，他们成为了最强壮者的奴隶。

所以，人类不仅替体内的牲畜效命，还为身外的牲畜效命。尽管我们的房屋是用坚实的砖石建成的，但是衡量一个农民是否富裕，却是看他的牲口棚建得怎么样，而且，政府在建造这种公共设施时，从来不会心疼钱，却很难想到为人们的自由言论或礼拜建造一座房屋。

想要通过宏伟的建筑让后世敬仰，恐怕很难达到目的，既然如此，为什么不用思想的力量呢？与东方残破的废墟相比，《摩诃婆罗多》更让人心生向往！高塔和寺庙只是王公贵族的奢侈品，一个独立而自由的灵魂是不会听从王子的指挥，去饱尝艰辛的。任何天才都不是国王的私有财产，金银器皿、大理石雕刻也无法让他流芳百世，它们只在极微小的意义上属于他。那么，精心雕刻这些石头的目的是什么？在阿卡迪亚，我从未见到过被雕琢的石头。无数痴心妄想的国家，想要利用精雕细琢的石头，达到永垂不朽的目的。他们将相同的精力耗费在雕琢自己的行头和玩物上，这样又有什么意义呢？

如果卑微的小草拥有了思想，也比触及月亮的纪念碑更让人敬仰，沦落荒野的石头反而更让我敬佩。宏伟的底比斯城只会让人觉得庸俗粗鄙，尽管它的一百座城门蜿蜒逶迤，却背离了人生的真正目标，与诚实的庄稼人筑起的一杆高的石墙相比，远没有其明智合理。野蛮人、异教徒所信奉的宗教，反倒修建了豪华的宫殿和庙宇，而被人们称为基督教的，却没有这样做。任何一个民族雕琢的石块，绝大部分都用来建造坟墓了，而且雕琢者自己也被活埋在里面。说到金字塔，本来没什么可稀奇的，那只是几个愚蠢的野心家的坟墓，但让人吃惊的，竟然有那么多人前赴后继地自甘堕落，为毫无价值的石头浪费自己的生命。这些人愚蠢之极，即便是自己跳进尼罗河淹死，然后让野狗分食了尸体，也比那样做更明智、更勇敢。

或许我能给他们找到推脱的理由，但我怎么可能那么无聊？众所周知，建筑师对建筑艺术是如此热衷和痴迷，从埃及的寺庙到美国的银行，无一不是耗资巨大的宏伟建筑，其收益却少得可怜。这样的行为，既是虚荣心作怪，也是因为对大蒜、面包以及黄油的追求。有一位很有前途的青年建筑师班科姆，他师从伟大的建筑师维特鲁维，用坚硬的铅笔和尺子画了一张图纸，并将其交给杜伯逊父子的采石公司去实施。30个世纪过去了，当时间将其遗弃的时候，人类却开始崇拜它。他们建造的那些高塔和纪念碑啊！小镇上曾经有一个疯子，他试图挖一个通到中国的隧道，他是如此神志不清，竟扬言已经听到了中国水壶被烧开的咝咝声。但要我说，就算我走在路上，也不会为了看这个隧道而偏离原来路线一点。如此多的人热衷于东方或者西方的石碑，想要知道建造它们的是何方神圣，而我感兴趣的却是，谁在那个时代超越了这些鸡毛蒜皮，从未做过相同的事情。多说无益，下面我还是继续计算我的账目吧。

在我独自生活的这段时间，我在镇上做过各种各样的临时工，比如测量员、木工等（我会的行业和我的手指头数目一样多），总共挣了13.34美元。从头年7月4日到次年3月1日，我总共记了8个月的账，尽管我在瓦尔登湖畔住了两年多，但我花在食物方面的费用——不包括我自己种植的土豆、玉米和少许豌豆，也不包括这种生活最后一天我还拥有的东西——如下所列：

大米——1.735美元

糖浆——1.73美元——最便宜的糖精

黑麦——1.0475美元

玉米面——0.9975美元——没有黑麦贵

猪肉——0.22 美元

面粉——0.88 美元——耗费的金钱和人工远远多于玉米面

白糖——0.80 美元

猪油——0.65 美元

苹果——0.25 美元

果干——0.22 美元——用于做试验，但可惜都失败了

甘薯——0.10 美元

一个南瓜——0.06 美元

一个西瓜——0.02 美元

食盐——0.03 美元

是的，我用在食物上的费用是 8.74 美元。我的大部分读者也像我一样罪恶深重，倘若我不知道这一点，我是不会不知羞耻地公开我的罪状的，但我深知，如果他们也把相应的清单打出来，还不如我的好呢！进入第二年后，我偶尔会捕几条鱼做午餐，有一次，我甚至宰杀了一只土拨鼠，因为它糟蹋了我的豆田——用鞑靼人的话说，我替它完成了灵魂的转世——我把它吃掉了。这么做，多少还打着做试验的旗号。虽然它的肉带着类似于麝香的味道，但还是让我感受到了片刻的满足，我知道长时间享受这样的口福不会有好处，就算是请村子里的厨师烹饪也不行。

衣服和额外费用（很难看出具体某一项的花费）——8.4075 美元

油及其他生活用品——2.00 美元

洗衣服和缝缝补补的活儿我都交给了镇上的专业人员，目前还没有拿到账单，所以，除此之外的现金支出如下所列——这是正常生活必需的开支，有一部分还超出了必需：

房屋——28.125 美元

种地的收支——14.725 美元

8 个月的食物——8.74 美元

8 个月的衣服及其他——8.4075 美元

8 个月的油及其他——2.00 美元

合计：61.9975 美元

现在，我是要告诉那些自己谋生的读者，为了支付以上费用，我卖了一些农产品，如下所示：

农产品所得——23.44 美元

临时工所得——13.34 美元

合计：36.78 美元

从我的总开销中去掉得到的这一部分，最后我还剩 25.2175 美元，这相当于我当初拿出的本钱。由此，我不仅有这么多的余额，还享受到了自由，拥有了闲暇时光，而且健康也颇为受益，更为重要的是，我还拥有了一座小屋，随便我想住多久都可以。

尽管这份统计看上去很琐碎，似乎没什么参考价值，但是，正因为琐碎才更加完整，所有的内容全部统计在内，这就使它具有了某种价值。从我列出的统计表可以看出，我每星期大概要为食物支付 27 美分，在此后两年的时间里，我的食物包括黑麦和没发酵的玉米面、土豆、米、少量腌猪肉、糖浆、食盐，还有作为饮料的水。像我这样崇尚印度哲学的人，大米是最合适的食物。为了让那些吹毛求疵的人无话可说，我或许还得说一下去外面吃饭的事——以前我这样做过，以后也还会这样做——确实会扰乱我的经济计划，但我已经说过了，去外面吃饭是无法避免的事，就算这样，也不会对我以上比较的说法产生影响。

经过这两年的生活，我得知只获取生活必需品几乎不用费什么周折，尽管让人难以相信，但事实确实如此。原来，即便是像动物那样只吃很简单的食物，人也会很健康，而且精力旺盛。曾经，我用马齿苋（学名Portulaca Oleracea）做了一顿令人满足的午餐：我在玉米田里采了一些马齿苋，用水煮了一下，放进去一点食盐，这就好了。我之所以写上马齿苋的拉丁语名字，是因为这个名字有一种食物的气息。在和平时代，在一个普通的中午，有几个已经煮过并放了盐的甜玉米，对于一个讲究理性的人来说已经足够了，难道他还会有更高的要求吗？我稍微变换食物的花样，并不是为了满足健康的要求，而是为了满足食欲。然而，人们现在却走到了这样的境地，他们快要被饿死了，却并不缺少必需的食物，而是缺少奢侈的食物。我认识一个善良的妇人，她认为她儿子饿死的原因，是始终只喝清水。

有读者认为，我谈论这一话题是基于经济学的角度，没有考虑健康的问题，所以他们不会冒然尝试我的试验，除非他们有足够消耗的脂肪。

我是在屋子外面烤面包的，用的燃料是建造房子时剩下的边角料，把面团放在薄木片上烤制。刚开始我只用玉米面，稍微放点盐，烤出了名副其实的玉米饼，而且带着烟熏味和松树味。之后我又尝试使用面粉，但也不理想。最后我发现，把黑麦和玉米面搅在一起烤出来的面包最好吃，也最方便。在寒冷的天气里，我最感兴趣的事，就是连续烘烤小面包：我细心地照料着，隔一会儿给面包翻个身，就像埃及人正在照料孵化中的小鸡。我烤出来的面包，是正宗的稻麦的果实，我能闻到一种芳香，宛如其他名贵水果的芳香，为了让这种芳香长久地保存，我用布把它们包了起来。

我研究了古代关于烤面包的著述，请教了这方面的权威，将烤面包的历史追溯到了原始时代。当时，人们在吃野生水果和坚果的过程中受到启发，发明了不发酵的面包，与之前的食品相比，这可谓是人间美食了。一次偶然的机会，人们在发酸的面团中发现了发酵的原理，于是一代一代传下来，接着，经过各种不同的发酵作用，这才有了我手中"香甜可口、益于健康"，给生命提供营养和能量的面包。

有人说，酵母是面包的灵魂，它赋予面团的生命细胞就隐藏在蜂窝似的小孔中。人们非常小心地将其保存起来，就像保存圣火一样——我想，当"五月花号"起航时，必然携带了这些珍贵的火种，并让它在美国的土地上扎根、发芽、开花、结果——我怀着无上的敬意，每月固定从村中取一些种子，直到一天清晨，因为我的失误，酵母被烫坏了。

这次偶然事件让我认识到，原来酵母并不是必不可少的——这是我经过认真分析得出的结论——之后，我欣然接受了没有酵母的面包，虽然很多家庭主妇对我说，不用酵母的面包没有生命必需的营养，长辈们也告诉我，不用酵母的面包会让生命失去活力，但我却坚持认为，它不是面包的必要成分。在一年多的时间里，我没有使用一点酵母，可是我仍然活蹦乱跳地活着，而且我再也不用在口袋里放一个瓶子了，也不必面对瓶子突然破碎，里面的粉撒得到处都是的尴尬。在我看来，不使用酵母也算是一种创举，虽然很容易却仍值得敬佩，而人类比其他动物更高级的优势就在于，能够根据环境和气候的变化适时调整自己。

我没有在面包里放天然苏打、酸、碱或其他任何东西，这和两千多年前的马尔库斯·鲍尔修斯·加图的做法类似。"Panem depstieium sic facito. Manus mortariumque bene lavato.Farinam in mortarium indito,aquae paulatim addito,subigitoque pulchre,Ubi bene subegeris,defingito,coquitoque sub testu." 我对这段话的理解是："这样做面包：把你的双手和和面盆洗干净，把面粉倒进盆里，慢慢加水，彻底揉好，揉好之后，做成一定的形状，然后放到盖子上烘烤。"——意思是放在面包炉中烘烤。至于发酵，他只字未提。然而，我并不是随时都能享用到这种生命的支撑者，有段时间，我一贫如洗，甚至一个月都没有吃到面包。

这里的土地很适合种植黑麦和玉米，所以对于烘烤面包的原材料，任何一个新英格兰人都能轻易得到，而不需要远方变动剧烈的市场提供。可是，我们的生活非但不简朴，还没有自由，在康科德的商店里几乎买不到新鲜的玉米面，玉米片和玉米也因为太粗糙而被人们放弃。农民自己种植的农作物，绝大部分都成了牲畜的饲料，从别的商店买回来的面粉，不但更昂贵，还不一定更利于健康。我所需要的黑麦和玉米面也就是一两蒲式耳，很容易生产出来，黑麦在最贫瘠的土地上也能生长，而玉米也不需要多好的土地。把它们磨成面之后，即便没有大米和猪肉，我也可以生活得很好——如果我必须使用糖了，可以从南瓜或者甜菜根里提取一些，我发现这是一种很好的糖浆，或者使用糖槭会更简单。假如在我需要的时候，这些农作物还在生长期，那我就会用其他东西代替。正如我们的祖先所吟唱：因为——

我们用南瓜、胡桃木碎屑、防风
酿制成美酒，以温润我们的嘴唇。

最后，我们来说一下盐，这种最粗糙的食品。寻找盐，或许可以成为一个去海滨游玩的好借口，或者，如果不吃食盐，倒是可以省很多开水。不知道印第安人是否为寻找食盐而劳心费力。

由此，在食物方面，我就不必进行各种经营和繁琐的交换了。住所已经有了，接下来就是解决衣服和燃料了。我身上穿的这条裤子，是在一个农民家里缝制的，感谢上帝！人们还拥有这一美德——在我看来，从农民转变成技术工人，就像人类最初转变成农民一样，其改变是巨大而值得纪念的。移居一个新的地方，最难解决的就是燃料。至于住的地方，如果这块荒无人烟的地方不允许我居住，那么我将用 8.8 美元，买下我耕种过的那块土地中的一英亩。然而，我认为我居住在这里，反而使土地价格大大提升了。

有人对我的话表示怀疑，并提出了这样的问题，比如，只吃素食我是否能够活下去。为了直击本质——因为信仰就是本质，我总是这样回答，只吃木板上的钉子我也能够活下去。如果他们连这句话的意思都不明白，那我说得再多也是徒劳。对我来说，我更愿意听到有人正在进行类似的试验，比如一个年轻人在两周的时间里，只吃坚硬的、还没有脱粒的玉米粒，把牙齿当做石臼来使用。松鼠也做过这个试验，成功了。人类对这样的试验也很感兴趣，不过那个拥有磨坊三分之一产权，掉光了牙齿的老妇人会感到无比吃惊。

至于我的家具，有一部分是我自己制作的，其他几件花费也不多，所以我没有记账。我拥有的全部家具是：一张床、一张桌子、三把椅子、一面直径三英寸的镜子、一把火钳、一副铁炉架、一个水壶、一个平底锅、一个煎锅、一把长柄勺、一个脸盆、两副刀叉、三只盘子、一个杯子、一把调羹，两个罐子，一个盛油，一个盛糖浆，还有一盏日本漆器灯。坐在南瓜上的人，不至于穷到那样的地步，只是偷懒而已。村子里的阁楼上有很多这样的椅子，只要你去拿就是你的。

什么家具！感谢上帝！我可以随心所欲地站着或者坐着，无需劳烦搬家公司。当你看到自己的家具被装上车，在众目睽睽之下走向乡村，而且只是些微不足道的空箱子时，除了哲学家，有谁不会感到羞愧呢？这是斯波尔丁的家具。我无法通过这些家具，看出主人是贫穷还是富有，但他似乎总是一副被生活所迫的模样。是的，你的东西越多，你就越贫穷。每一车东西，都可以填满十几座棚屋，如果一座棚屋代表贫穷，那这一车就是十几倍的贫穷。

我们总是搬家，可为什么不扔掉这些家具呢？就像扔掉我们褪下的蛇皮。我们为什么不抛开这个旧世界，到一个新世界去，从而将这些旧家具烧掉呢？这就像一个人把所有家具绑在皮带上，当他途经我们设在野外的绳子时，不得不拖拽腰带上的绳子——他拖的哪里是家具，明明是自己给自己设置的陷阱。

幸运的狐狸把断掉的尾巴留在了陷阱里，却因此逃生；麝鼠为了逃命，宁可咬断自己的第三条腿。这就难怪负重的人类失去生命的活力，几经走上绝路了！"先生，请允许我冒昧地问一句，您所谓的'绝路'指什么？"如果你善于观察，就会发现你所遇到的任何一个人，其实身后都带着自己所拥有的一切，哦，尽管有些东西他拒不承认，你能知道他厨房里的所有厨具以及很多华而不实、他却始终舍不得烧掉的东西，他似乎已经和这些东西捆绑在了一起，只能拖着它们前行。

当遇到一个门槛时,他可以顺利通过,但身后的家具却无法通过,这时我会说,这个人走上了一条绝路。

我听说一个精明干练、独立自由的人,在一切准备妥当即将出发时,却提及自己的"家具"是否买了保险,无论他的家具买保险与否,我都对他表示怜悯。"可是,我的家具怎么办?"——一经说出,漂亮的蝴蝶翅膀就粘上了蜘蛛网,再也无法逃脱。有的人,看上去好像空无一物,但如果你仔细询问一番,就会发现他把家具藏在别人的什么棚子下面了。

在我眼里,如今的英国就像一位年老的绅士,而他却带着自己的全部家当旅行,那都是在长年累月的生活中积攒下来的没用东西,但他却舍不得烧掉,其中包括:大箱子、小箱子、手提箱和包裹。他起码应该把前三件丢掉啊!因为就算是身强力壮的人也不会背着自己的床铺出行。对于那些有病在身的人,我更要劝告他们,把床铺丢掉吧,那样行走会更轻松。

我曾经见到过一个移民,他背着一个沉重的大包袱踽踽而行,那里面放着他的全部家当——那个大包袱就像是长在他脖子上的一个大瘤子——我觉得他很可怜,不是因为他拥有的东西太少,而是因为他背负如此沉重的东西前行。如果我也要带着家当出行的话,我会选择最轻的那一个,起码它不会咬住我身体的要害部位。不要把手脚放进陷阱里,才是最明智的选择。

顺便提一句,我没有花钱买什么窗帘,因为除了太阳和月亮之外,没有什么偷窥者需要我挡在外面,而且我甘愿被阳光和月光照耀。月亮不会让我的酸奶变质,也不会污染我的肉,而太阳也不会让我的家具受损,或者让我的地毯褪色。如果这位朋友的热情有点过火,我会躲到大自然为我准备的窗帘后面去,那样显然更实惠,我何必非要在家里再添置这么一件东西呢?有一次,一个好心的妇人想送给我一张席子,但我在屋子里找不到安置它的地方,而且我也没有时间在屋里或者屋外清理它,所以我谢绝了,我宁愿在屋前的草地上擦拭我的鞋底,这是杜绝罪恶开始的最好方法。

后来,我参加了一个教会执事的动产拍卖会,他的一生算不上失败,而——"人犯下的恶行，死后还要流传。

像往常一样，大部分东西都没什么价值，而且是从他父亲那里继承下来的，其中甚至有一条绦虫的尸体。这些东西在某个阁楼或者垃圾堆里存放了半个世纪，不但没有被烧掉，没有被火化消毒，反而来到这里拍卖，要延长它们的寿命。邻居们都急匆匆地赶来了，他们仔细观摩，认真打量，然后全部买走了，并小心翼翼地搬进了自己的阁楼或者垃圾坑。直到他们的家产也需要清理时，这些东西才再次被搬走，然后再次拍卖。

对我们来说，学习一下某些野蛮民族的习俗或许会受益匪浅。他们每年都会举行一次蜕皮的仪式，虽然实际上做不到，但至少代表他们有这种愿望。巴特拉姆曾描述过摩克拉斯族印第安人的风俗，难道我们也举行一下这样的仪式不好吗？巴特拉姆说："当某个部落要举行这种仪式的时候，人们会先给自己准备好新衣服、新罐子、新盘子以及其他全新的器皿和家具。之后，他们会把自己的房屋、广场以至整个部落彻底清扫一遍，把清扫出来的所有破旧的衣服、坏掉的食物、陈旧的谷物以及所有可以扔掉的东西，都扔到一起，并点燃火把将其烧掉。而他们自己则绝食三天，到那时，部落里的大火也正好熄灭。在那绝食的三天里，他们拒绝对食欲和其他任何欲望的满足，大赦令宣布之后，这些犯罪的人们重新回到家乡。"

"第四天清晨，大祭司来到广场上，将干燥的木柴摩擦一番后点燃了新的火焰，部落里的所有成员都能从这里获取纯洁的圣火。"

接下来的三天，他们开始吃新鲜的粮食和水果，载歌载舞以示庆祝。"连续四天，他们接待邻近部落亲友们的拜访，与他们一起庆祝，因为他们也用相同的仪式净化了自己，焕然一新。"

墨西哥人也会举行这样的仪式，他们认为世界每52年是一个轮回，所以52年才举行一次。

在我所听说过的圣礼中，没有比这种方式更真诚的了，就像字典上对圣礼的解释是：美化心灵和灵魂的外在表现形式。我确信，他们最初必然是受到了上帝的启示，才举行这种圣礼的，虽然他们并没有把那次启示记录下来。

在长达五年多的时间里，我就靠自己的双手生活。我发现，只要我每年工作六个星期，一年的生活开销就有了，而整个冬季和夏季的绝大多数日子，我都可以惬意地读书。我曾一度筹办学校，但财务状况是收支平衡，甚至是入不敷出，因为我必须在穿衣打扮上花费一些钱财，还要具有大多数人那样的思想和信仰，结果我在这件事上浪费了很长时间。因为我办学校的目的仅仅是维持生计，而并非为了人类的利益，所以我彻底失败了。我也试图做生意，但我发现至少需要十年时间，我才能深谙生意经，到那时也许我已经跟魔鬼结缘了，那我就真的要担心了。

之前，我千方百计地寻找谋生的营生，出于对几位朋友善意提议的考虑，我得到一些惨痛的经历，这逼迫我开始重新考虑这件事，与其如此，我还不如去摘些野果，这是我力所能及的，而且也足够我的需求——我最擅长的就是节俭——我痴痴地想着，这样所需要的资本非常少，又不违背我平日的主张。我的朋友们都毫不犹豫地投身商业，或者说就业了，我觉得我这个工作跟他们没有多大差别。整整一个夏天，我都忙于摘野果，并适时处理了它们，就像在看护阿德默特斯的羊群。我曾想着，应该采摘一些野花野草甚至是常青藤，装满一车送给村民，或者送到城里去，这或许能唤起一些人对丛林的记忆。但我也懂得，商业会诅咒你所经营的一切，即使是天堂的福音，也躲不开商业顽固的诅咒。

我对某些事物有着固执的喜爱，而且特别在意自己的独立和自由，又因为我依靠辛苦的劳动尚且能获得些许成功，所以，我不愿意把自己的时间用在华丽的地毯、考究的器具、美味的食物，或者是哥特式的房屋上。但是，如果别人能轻易得到这一切，而且能够合理利用，那就让他们随心所欲吧。有些人天生勤勉、热衷于劳动，但也许他们是借此逃避更糟的罪责，对于这样的人，我也不知道该说什么。有些人拥有很多空闲时间，却不知道怎么利用，对于这样的人，我希望他们能更加辛勤地劳动——直到能养活自己，为自己获取一张自由的凭证。

在所有工作中，我觉得临时工是最自由的，况且一年只需要工作三四十天就能养活自己。当太阳落下时，临时工一天的工作就结束了，之后的时间他就可以自由支配，做自己想做的任何事，而他的雇主则不得不一个月又一个月，甚至一整年都不得清闲。

总之，我出于信仰，也是根据亲身经历得出，如果一个人想要过简单的生活，非但不会特别辛苦，反而会很惬意，就像那些崇尚简约的民族，他们工作时的心情与其他民族娱乐时的心情一样愉悦。人们不必汗流浃背就能维持生计，除非他比我更爱出汗。

我认识这样一个年轻人，他继承了几英亩田地，他跟我说，如果可能的话，他想要过跟我一样的生活。于我而言，却不想让任何人因为任何事像我一样生活，因为也许他的模仿行动还没有开始，我就换成别的生活方式了。我希望大家过的生活都不一样，差异越大越好。但我希望所有人选择的生活方式都适合自己，并矢志不移地坚持下去，而不是照搬父亲的、母亲的，甚至是邻居的。年轻人可以选择建筑、耕地、航海，只要自己的事业没有阻碍，就大胆去做吧。人的聪明之处，在于会计算，当水手和奴隶逃生时，都会根据北极星识别方向，这些道理是可以受益终生的。可能我们无法按原计划到达目的地，但至少我们走在一条正确的航线上。

毫无疑问，让一个人受益的，同样会让一千个人受益，就像一座庞大的建筑，按照比例来说它不会比一座小房子更昂贵，因为上面都是一个屋顶，下面都是一个地窖，一样的墙壁隔出了几个房间。相对来说，我更喜欢独居，因为自己建一堵墙比跟邻居合建一堵墙更便宜。如果你想省钱而跟别人合建了一堵墙，那这堵墙势必会很薄，而你的邻居也不一定好相处，很可能对自己那一面置之不理。一般情况下，能够达成的极少数的合作，也是表面的，真正意义上的合作反而不会轻易显露，其和谐融洽人们很难察觉。

一个有信念的人，不管走到哪里，都会以同样的信念跟别人合作；一个没有信念的人，不管跟谁合作，他都会像大多数人那样只顾自己。不管是合作的最高意义还是最低意义，都是让我们一起生活。最近我听说这样一件事，有两个年轻人想要结伴环球旅行,其中一个为了赚取生活费,要在船上劳动,或者在土地上干活,而另一位却怀里揣着支票。很明显,他们的合作不会长久,因为其中一个人什么都不干,当他们遇到第一个危机时,就难免分道扬镳。最重要的是,如果是一个人去旅行,想今天出发就今天出发,一旦结伴,就不得不等待同伴准备得当,这可能会让出发的日期推迟。

可是,这是多么自私的行为啊!一些市民这样评论我。我必须承认,到现在为止,我做的慈善事业少得可怜。我放弃了很多所谓义务的事情,同时也放弃了因此而得到的快乐,其中包括从事慈善这件事。曾有人竭尽所能地劝我向小镇上的穷苦人家伸出援手,如果我闲得无聊——魔鬼专门找闲人——可能我会作为消遣尝试这样做。可是,每当我出于尽义务的考虑,想要在这方面尝试一下,让一些穷困的人在各方面都过得像我一样舒服时,他们都会毫无犹豫、异口同声地表示,愿意继续过贫穷的生活。在镇上,有很多男男女女为此事忙于奔走,向自己的同胞施以援助,我相信这件事起码会让他们免于做坏事。

做任何事都需要天赋,慈善也不例外。慈善事业,显然是一种人浮于事的职业。我曾经尝试做这件事,但奇怪的是,它并不适合我,但我对这样的结果却很满意。或许,对于社会要求我做的这项挽救宇宙的职责,我不应该刻意逃避,但我坚信,在某处一定有一种与慈善类似,却更坚定更有益的伟大力量,正在维护着我们的宇宙。尽管我自己不会做这样的事,但对于正在做的人,我是不会阻碍他们发挥天赋的,既然他们一心一意要做,那就应该坚持下去,即便所有人都说这是坏事,也不要在意,因为确实有人会这么说。

我并不是说我例外,不然,我的很多读者也不会为我申辩。关于做什么事——我不确定我所做的事邻居会说好——但我可以毫不犹豫地说,我愿意成为最好的雇工,但具体做什么,那需要我的雇主决定。我做的所谓好事,按照最常见的定义解释,势必会违背我的生活轨道,而且,那也是我不愿意去从事的。人们或许要说,从眼前开始,就按照现有的方式,心存善念去做善事,不要被"成为更有价值的人"的观念所主宰。如果我也要用这种腔调说教,我会更干脆地说:

与其这样，不如好好生活。

似乎太阳在用自己的光芒照亮了卫星或某颗六等星之后，就会停下来，然后像罗宾那样到处乱跑，向每一座房屋的窗子里偷窥，让人们发疯，让肉食变质，让黑暗的角落呈现光明；而不是持续增加它那温暖的恩惠，直到它变得光彩夺目，以至于平常人看不见它的真面目。与此同时，它循轨道转动，照耀整个世界，给予它们恩惠，或者说，正如一位深刻的哲学家所发现的，世界围绕着它转动会变得更加美好。法厄同想要证明自己的神圣，于是试图向人间施恩惠，他驾着日神的车架一天走完全程，却不慎偏离既定轨道，导致人间的很多房屋被烧毁，大地被烧焦，泉水枯竭，还造就了吓人的撒哈拉大沙漠，最后朱庇特用一个霹雳把他劈死在地上，而因此深陷悲痛的太阳，整整一年没有放射光芒。

没有比变质的慈善更难闻的味道了，里面掺杂着人性、神性以及肉食腐烂的气息。如果我得知，某人一定会来我家向我施恩，我肯定会逃跑，就像要逃脱非洲沙漠中的西蒙风——这种狂风干燥而炙热，进入你的眼睛、耳朵、鼻子以及嘴巴后，会让你窒息而死——因为我怕他施予我恩惠的同时，某种毒素也会随之进入我的血液。不行，与其这样，我倒宁愿继续受我的罪。假如在我快要饿死时，给予我食物；在我快要冻死时，给予我温暖；在我掉进深沟时，给予我救助，那么，我并不会认为这个人是好人，因为纽芬兰的任何一条狗，都能做到这些事。广义的慈善，并不是对同胞的爱。就霍华德个人的行为来说，无疑是很仁慈很值得敬佩的，而且他也得到了回报。但是，如果在我们最需要帮助的时候，慈善事业并未伸出援手，那么就算有一百个霍华德，对我们来说又有什么用呢？对我或者与我类似的人，我从未听说过哪个慈善协会予以援助。

当印第安人被绑上火刑架的时候，却提出了使用各种新奇虐待方式的要求，这让施刑的耶稣会教士犯了难。印第安人所能承受的痛苦，已经超出了人类肉体所能承受痛苦的极限，这在一定程度上超越了传教士所能提供的灵魂的抚慰。站在他们的立场上看，他们根本不在乎以何种方式死，你们最好少在他们的耳边啰唆，动作快点，他们会用全新的方式爱你们，甚至会宽恕你们所犯的所有罪恶。

你要清楚，对于穷人，一定要给予他们最需要的帮助，虽然他们是因为你才落在后面。如果你想施舍给他们金钱，千万不要丢给他们就不管不顾，而是要和他们一起消费掉。有时候，我们会犯很奇怪的错误。很多穷人虽然衣衫褴褛、邋遢肮脏，但他们并没有到衣不蔽体食不果腹的地步，这多少也是他们的爱好，如果你仅仅给他们钱，最大的可能是他们买回来更多类似的衣服。每当看到那些在湖面上挖冰的爱尔兰工人时，我都心生怜悯，他们的衣服破烂不堪，而我即便是穿着很适宜的衣服，还在瑟瑟发抖。直到有一天，天气异常寒冷，一个不慎掉进湖里的工人来我屋里取暖，我亲眼看着他脱下三条裤子两双袜子，才露出里面的皮肤，尽管这些衣物都是破破烂烂的，但他还是拒绝了我想要赠送给他的衣服，因为他里面还有很多衣物。这就难怪他会落水了，我觉得自己很可怜，此时，如果有人施舍给我一件法兰绒衬衫，会比施舍给他一个旧衣商店更仁慈。

面对罪恶的大树，有一千人在砍树枝，只有一个人在砍树根，而那个在穷人身上花费大量金钱和时间的人，正是用这种方式造就更多的贫穷和不幸。那些貌似正直的奴隶主，将自己的奴隶生产的价值的十分之一，用来给其他奴隶享受星期天的自由。有人想表现对奴隶的仁慈，于是让他到厨房工作，但要是自己到厨房工作，不是更仁慈吗？你大吹大擂地说自己把收入的十分之一都捐给慈善事业了，或许你应该捐剩下的十分之九。重新回归社会的，只是那些财富中的十分之一，这应该归功于占有者的慷慨呢，还是政府对正义的轻视呢？

如果说慈善是唯一属于人类的美德，这未免有点过分夸大，正是因为人类太自私了，它才会被过分夸大。在一个天气晴好的日子里，康科德一名健壮的穷人向我称赞镇上的一个人，据他说，那个人对像他一样的穷人很仁慈。我们对生下我们的父母的称赞，反而没有对陌生却仁慈的伯父、伯母的多。有一次，我去听一位知识渊博、才华横溢的宗教演讲家演讲，他历数了英国的科学家、文学家、政治家，其中包括莎士比亚、培根、克伦威尔、弥尔顿、牛顿以及其他很多人。但当他说到英国基督教历史上的伟大人物时，可能是出于职业要求，他把那些人描述得尤其伟大，超越了之前讲到的任何人，其中包括潘恩、霍华德、福莱夫人。

听到他的说辞，所有人都认为他在混淆视听，因为他最后讲到的这三个人并不是英国最杰出的人物，顶多算是英国最杰出的的慈善家。

我无意减少慈善理应获得的赞美，我只是想寻求公平，所有对人类做出贡献的人，都应该公平对待。在我看来，正直和善良并不是一个人最重要的价值，而只是他的旁枝侧叶。如果去掉这些枝叶中的叶绿素，将其制成药茶，供应有病的人喝，那它们也算派上了用场，但顶多是被游走江湖的郎中使用。我想要得到的，是人开出的花朵以及结出的果实，在我们的交往中，那花朵的芳香浸润着我，那果实成熟的味道熏陶着我。他的善良绝不是一时的心血来潮，而是源源不断的泉水，他施予的恩惠于他分毫无损，他是在无意识的状态下做出的，绝无刻意造作。大多数慈善家喜欢营造心酸、悲痛的气氛，萦绕在人们周围，促使他们回忆起心酸的经历，这所谓的同情心其实掩藏了所有罪恶。我们应该把勇气传递给其他人，而不是失望，我们应该把健康和平安展示给其他人，而不是病容，而且要时刻警惕疾病的传播。

那清晰可闻的哀号声来自哪个平原？需要我们去传播福音的是居住在哪里的异教徒？我们应该救赎的那个纵欲者到底是谁？一个人因病痛而无法从事自己的事业，如果他是肚子痛——令人同情，那么慈善家会马上开始拯救这个世界。他是亿万人中的一个，他发现了这个事实——这是最真实的发现——整个世界都在咬一个酸涩的苹果，他认为地球本身就是一个巨大的苹果，让人害怕的是，所有的孩子都会在它成熟之前就开始啃咬。

于是，他内心深处慈善的狂暴开始咆哮了，他马上去了爱斯基摩人和巴塔哥尼亚人的聚居地，还去了印度和中国人口众多的乡村。通过几年的慈善行动，一些有权势的人还借他之手达到了自己的目的，他的肚子痛显然已经痊愈，地球的脸上也有了羞涩的红晕，似乎它也成熟了，而生命也重新鲜活和健康起来，生活又充满了趣味。我从未见过比我所犯的罪恶更大的罪恶，也从未见过比我更罪恶的人。

我认为，慈善家之所以会如此悲痛，并不是源于对身处困境的同胞的同情，而是因为他自己的痛楚，尽管他是上帝最神圣的子孙。如果改变这一现状，让他坐拥春天，让他在黎明的曙光中苏醒，他会毫无犹豫地撇下仁慈的伙伴，甚至连一句抱歉的话都不会说。我不抽烟，也不反对别人抽烟，抽烟的人自己会受到惩罚，不过，有很多我尝试过的事情，我也会反对。如果你曾从事慈善事业，那么，别告诉你的左手你的右手做了什么，因为不值一提。救起落水的人后，系好你的鞋带去做一些自己愿意做的事吧。

在和圣人的交往中，我们的观念被败坏了，我们优美的赞美诗的旋律，是对上帝的诅咒，是对他无止境的忍受。可以说，就算是上帝和救世主，也只是抚慰人们内心的恐惧，而不是鼓励人们的勇气。世界上从来没有留下对生命这一奇迹的赞美的记载，也没有任何对上帝深刻赞美的记载。所有健康的、成功的，都让我愉悦，不管它多么遥远；所有病痛、失败，都让我难过，不管它如何引起我的同情。因此，如果我们想使人类恢复，不管使用的方式是印第安式的、植物式的、磁力式的抑或是自然式的，首先要做的是变得像大自然那样单纯和美好，驱散我们额头上的乌云，在我们的毛孔中注入一点微弱的生命气息。不要再管穷人的生活，而要努力让自己成为世界上的精英。

我不确定，是在舍拉兹的希克·萨迪的《花园》中，还是在《蔷薇园》中，我曾读过这样的句子："他们请教一位智者，在上帝创造的所有高大的树木以及华贵的花草中，除柏树之外，没有什么能被称为自由，但柏树却结不出果实，这是为什么呢？智者回答说，所有的植物都有相应的产物，在合适的季节，它会繁茂生长亦或盛开花朵，季节一过，它就会枯萎凋零；但柏树不在此范畴之中，它始终生机勃勃，这就是自由，就是对自由的崇尚。你不要寄希望于变幻莫测，因为哈里发灭亡之后，底格里斯河仍旧要途经巴格达。如果你手头宽裕，就像有枯荣周期的人们那样慷慨一些吧；如果你没有什么可奉献的，那就像柏树那样，做个自由的人吧！"

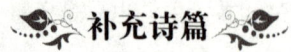 **补充诗篇**

斥贫穷!

托马斯·卡仑

穷光蛋,你如此胆大妄为,
觊觎着世界上的一个位置,
瞧你那茅草屋或浴盆,
滋生了懒惰迂腐的德行,
在免费的太阳光下,
或者泉边的阴凉处,
挖食野菜和菜根;你用自己的右手,
撕去了内心怜悯的热情,
而那是美德的花朵赖以生存的土壤,
你抛弃了本能,封锁了感官,

像戈耳工一样，把活人变成了岩石。
我们要的不是让人郁闷的社会，
那里需要无止境地节制，
也不是变相的愚蠢，
它怎知喜怒和哀乐，也不是
你凌驾于生命之上的弄虚作假、
装腔作势的勇敢。
这卑微的一伙，
稳固地居住在平庸之中，
那便是你奴性的灵魂；
但我们要赞扬类似的美德，
比如允许狂妄、勇敢、宽宏的行为，
以及宏伟、庄严、谨慎、无止境的大度，
此外还有英雄的美德，
历史没有赋予它美名，
只是留下了类似的典型，
比如赫拉克勒斯、阿喀琉斯、忒修斯，
钻进你的心脏，
当启明星开始释放光芒的时候，
你应思考这最美好的英雄是哪些。

我居于何处，又因何而生

到达人生的某一阶段，人们就会想找个合适的地方安家，于是，我把方圆一二十英里之内的地方全部考察了一遍。想象中，我陆陆续续买下了那一带的所有田地，我必须买下它们，何况我对其市场价格了如指掌。

我走到每一块田地里，跟主人谈论种植或品尝地里的野果，然后让他随便出个价钱，就以这个价钱，甚至更高的价钱，把田地买下来，然后再抵押给他——我买下了一切，只是没有立契约——而是把他的谈话当做契约。我天生喜爱交谈，看上去我耕耘的是田地，但从某种程度上说，我耕耘的却是他的心田。我在想象中充分享受了交谈的乐趣后，便离开了，让他继续拥有自己的田地。这段经历，会让我的朋友误以为我是一个地产中介。事实上，我在任何地方的一次逗留，都有可能变成长时间的居住，而我周围的风景也能因此大放异彩。所谓的家，不过是一个坐的地方，这个座位在乡下是最理想的。

我发现，很多能够建造房屋的地方，都很难在短时间里被休整好，有些人认为这些地方离乡镇太远了，而我却认为是乡镇离这些地方太远。于是，我跟自己说，就住在这里算了，我便真的住下了，可能是一个小时、一个夏天，亦或是整个冬季，看时间悄然流逝，掠过严寒的冬季，迎来暖暖的春天——当这个地方的未来主人想要在这里建屋造房时，会发现早有人在这里居住过了。

我用一下午的时间把田地化为果园、牧场或者林地，然后选定了留在门前的某棵漂亮的橡树或松树，同时为砍掉的树木找到了最好的归宿。然后，我就放任土地不管了，让它休养生息，因为越是富裕的人，越是能放置很多东西不用。

我的想象太漫无边际了，我甚至认为有几位主人会拒绝将田地卖给我——这倒正合我意——我从未因为购置田地这样的事情伤过手指头。我在现实中的唯一一次置业经历，差一点成功，当时我决定购买霍乐威尔，而且已经为种植买好了种子，为制造运货的手推车选好了木料，但就在我与田地的主人签订合同的前一刻，他的妻子（每个男人都有一个这样的妻子）突然改变了主意，她要继续持有自己的田地。为此，他们愿意给我10美元，作为解约的违约金。

说实话，我当时只有10美分，假设我在拥有这10美分的同时，又有了一块田地和10美元，这对我的数学知识可是莫大的考验。最后，我把那块田地和那10美元都退还给了他们，因为我已经很成功了，确切地说，是我的慷慨让我以买进的价格又卖给了他们，又因为他们也贫穷，我又施舍给他们10美元，但我的10美分和种子以及制造手推车的材料，我都留下了。因此，我觉得自己变成了一个富裕的人，任何事都无损于我的贫困，甚至，我还额外获得了那里的风景，以后，即便不用手推车，我也能将其收获全部载走。关于风景——

我如帝王般审视一切，
无上的权威无人相抗。

我见过这样一位诗人，他在尽享田园风光中的精华部分之后，悄然离去，而愚钝的农夫们却以为他只是摘走几枚野果。很多年以后，茫然无知的农夫们仍然不知道，自己的田园早已被诗人写进了诗歌，而且用一道看不见的篱笆围了起来，并挤出了全部牛乳,拿走了所有奶油,只给农夫留下了脱脂的奶水。

在我看来,霍乐威尔田园最大的魅力在于,它是那么隐蔽,两英里之外才有村落,最近的邻居也在半英里之外,与公路之间隔着一大块田地。它坐落在河流沿岸,据其主人说,正因为这条河形成的雾,才使他的田地在春天免受霜冻,我对此却并不在意。田园里的农舍都显得破旧不堪,再加上七零八落的篱笆墙,就像与现代居民之间隔着多少个年代。那里种着一些苹果树,但上面长满了苔藓,树身早已空了,很明显,兔子曾一度光顾,据此可以想象,我的邻居是什么样的人。最重要的是,我对这个地方有一段美好的回忆,很多年前,我就曾沿着小河溯流而上,看到几处屋檐掩映在茂密的红色枫叶林中,几声狗叫声传入我的耳朵。

我迫切想要买下它,在原来的主人把那些岩石搬走、把那些空洞的苹果树砍倒、把那些新生的赤杨树苗铲除之前,简单说,我想要趁它还没有发生任何改变之前买下它。为了享有上述好处,我决定让它保持原貌。把世界放在我的肩膀上吧,就像阿特拉斯所做的那样——我从未听说他因此得到酬劳——我之所以这样做,没有任何目的或者推托之词,我只想尽快付清钱然后拥有这片园子,以防止他人对它造成伤害。我确信,只要我放任它自生自灭,它就会释放出我所渴求的丰硕果实。事实上的结果,我在上文中已经叙述过了。

迄今为止,我始终种着一块菜地,而我为所谓的大面积耕种事业,仅仅准备好了种子。在大多数人眼里,经过越长时间改良的种子就越好,我相信时间能够区分出好坏,但我现在就要播种,我相信我不会太失望。但我想告诉我的同胞们的是(只此一次,以后永不再提):你们应该尽可能摆脱束缚,自由生活,因为痴迷于一片园林,无异于桎梏于一座监牢。

我的启蒙者,是老卡托的《乡村书》,可惜的是,这本书唯一的译本,却把原著翻译得面目全非,书中曾说:"如果你想买下一片田园,与其如此,不如多在头脑中想想,千万不要贪婪地买下来,也不要因懒惰而不去照看它,千万不要以为绕着田园转一圈就行了。如果这片田园很好,你去的次数越多,收获的喜悦就越多。"我想,我不会因贪婪而买下它,但我只要活在这个世界上,就要不厌其烦地去看护它，如果我死后能埋葬在那里，那么我生命的尽头也算享尽了愉悦。

　　我现在要写的，是诸如此类试验中的一个，我想要详细叙述这次经历，为了书写方便，我暂且把这两年的生活压缩成一年叙述。我早就说过，我不想写那种令人沮丧的诗篇，而只想像一只栖息在树上的公鸡一样，在清晨啼鸣报晓，希望借此唤醒我那熟睡中的邻居。

　　我首次住在森林里的那一天，就是白天和晚上都在那里度过的那一天，正好是独立日，即7月4日，那一年是1845年。当时，我的小屋还没有完全建好，还不足以抵挡冬日的严寒，只能暂时遮蔽一下风雨。小屋还没有砌烟囱，墙壁使用的都是破旧的木板，每一块木板之间的缝隙很宽，而且没有粉刷灰泥，一到晚上就无比凉快。小屋使用的柱子，是我刚刚砍伐的笔直的小树做成的，门框和窗户框也是最近才刨平，这让小屋看上去很整洁，通风情况也很好。到了清晨，我能感觉到木料里蕴含的露水，这难免让我幻想着中午会从里面流出甜滋滋的树胶来。在这个小屋里，我沉浸在清晨的情调中，这让我想起很多年前曾去过的、一个坐落在山顶上的房屋。那个小屋没有涂灰泥，空气很好，很适合旅行的男神仙歇脚，而女神如果来到这里则会裙裾飞扬。拂过我屋脊的阵阵清风，犹如掠过那个山顶小屋的风，送来时断时续的曲调，仿佛是来自人间仙境的天籁之音。清晨的风从不停止，造化的诗篇从未中断，只是能够听到的耳朵太少了。世人认为，奥林匹斯山坐落于大地之外，从无例外。

　　如果小船不算住所的话，我之前所拥有的唯一一座房屋就是一顶帐篷。每年夏季，我偶尔会带着它去郊游，如今，它已经被卷好放进了我的阁楼。至于我的小船，在倒过几次手之后，我也不知道它如今的下落。现在，我拥有了更好的庇身之所，看来我离定居生活又近了一步。我的小屋虽然简陋，但于我，却像是一个晶体，我置身其中，也沾染上了这种色彩，就像绘画中的一幅素描。我不必跑到屋外呼吸新鲜空气，因为屋里的空气也一样新鲜。坐在门里和坐在门外没什么差别，即便是倾盆大雨的天气也是如此。

　　《哈里梵萨》中写道："没有鸟雀居住的房屋，就像没有放调味料的烧肉。"

我的住所却不是这样，因为鸟雀就是我的近邻，不过，我并没有把某只鸟儿关在鸟笼里，而是把自己关在了它们身边的一只笼子里。对于那些经常飞到花园和果园来的鸟儿，我们自然很熟悉，而对于那些颇具野性、歌声也更为优美的鸟儿，我则更愿意主动接近它们，它们很少通宵达旦地为谁歌唱，它们是：画眉、猩红丽唐纳雀、野麻雀、北美夜莺以及别的鸣禽。

在康科德镇和林肯乡之间那片蜿蜒的森林中间，有一个小小的湖泊，我的住所就坐落离湖不远的地方。这里距离北边的康科德一英里半，距离著名的康科德战场两英里。与森林的地面相比，我的小屋所在地的地势较低，这就导致我周围的一切都被森林掩盖住了，除了半英里之外的湖的彼岸——那是专属于我的地平线。我搬到这里的第一个星期，无论什么时候向湖面望去，都觉得小湖是高居于山坡上的一汪龙潭，湖底比其他湖泊的湖面还要高。当太阳升起时，小湖换掉了夜晚的雾衣，平如镜面的湖面上泛起粼粼微波，而雾呢？则像一个幽灵从四面八方撤退到了森林深处，又像是某个隐蔽的宗教集会散场之后，教徒们四散而去。树梢上、山崖上都挂满了露珠，直到第二天还不肯消退。

八月来了，当轻柔的风和绵绵的雨停下脚步的时候，这方小小的湖泊就成了我最难能可贵的邻居，水面平静了，空气也平静了，乌云仍然悬在空中，午后过半便有了黄昏的氛围，周围回荡着画眉的歌声，处处可闻。此时是湖面最为平静的时候，湖上透明的空气在乌云的映衬下，显得格外轻淡，湖面上形成的倒影，宛如地面上的另一个天空。附近的一个山顶刚刚被砍掉树木，站在那里向南望去，可以看见湖对面的一处优美风景，湖岸所在处，正是这绵延不断的景色的凹陷处，与倾斜而下的山坡形成鲜明对比，宛如一道溪流从山坡上直流而下，奔入湖中，但事实上那里却没有溪流。

我身处附近的矮小山峰，极尽所能地向远处更高的山峰望去，蔚蓝色的小山映入眼帘。我踮起脚尖，看见遥远的西北方那些湛蓝色的山脉，那种蓝色是如此纯净，无疑是来自天堂的染料厂。此外，我还看见了小镇的一角。但是，如果我转身再看，尽管站在高处，视线也会被郁郁葱葱的丛林挡住，什么也看不见。附近有几处活水真好，正是水的浮力，让大地得以游走。作为活水之一的水井，即便是再小，也有其特殊的魅力，当你望向井底的时候，会发现大地并不是连续的，而是由一个个单独的小岛组成，这是水井至关重要的作用，远远超过其冷藏黄油的作用。

如果是洪水频发的季节，站在山顶，当我的目光越过小湖，向萨德伯利牧场望去的时候，可能是出现了海市蜃楼的幻觉，我感觉牧场似乎上升了很多，像落入盆地中的一枚天然硬币，湖底以外的大地，像是被隔绝出来的一层表皮，漂浮在一片横亘的水面上。但此时，我猛然惊醒，记起我居住的地方本是一块干燥的陆地。

在我的屋外，能够看到的风景范围有限，但我却不觉得它狭小，也不觉得压抑，因为这足够我的想象力驰骋了。对面是一处高原，上面长满了矮橡树，向西无止境地延伸出去，一直通向许多年前鞑靼活跃的荒原，这是所有游牧民族广阔的活动天地。当牛羊需要更大的新牧场时，达摩达拉说："除享受广阔的视界外，再没有什么能让人如此快乐了。"

时间和地点都发生了改变，而我生活的地方却是宇宙中永远不变的角落，更接近于我所向往的时代。我的住处是如此遥远，就像天文学家每晚借助于望远镜看到的星空。我们总是沉湎于幻想，希望在宇宙的一角，有一块充满快乐的乐土，它有一万里那么远，甚至比仙后座还要远，纤尘不染，远离喧嚣和繁杂。我发现，我的住处正是这样的一个处所，它永远那么清新，是宇宙中没有被污染的一部分。如果说居住在昴宿星团、毕星团、天鹰座或牵牛座附近更有价值的话，那我真的愿意到那些地方去，不过，至少我居住的地方像那些星宿一样遥远，我所散发出的柔和的光线，洒向我最近的邻居，在没有月亮的夜晚他们才能够看到。这就是我的住所，造物主创造的一部分——

世上曾有一位牧羊人，
他的思想如高山般伟大，

时时给予他营养的羊群，
　　散布在高山之上。

　　如果羊群不断攀爬，直到爬上比他的思想更高的高山，那么牧羊人会过什么样的生活呢？

　　每一个清晨都是对我愉悦的召唤，让我像它那样简单地生活，或者说让我像大自然那样纯洁地生活。如同忠诚的希腊人那般，我心怀敬意地膜拜黎明女神。我每天早早起床，用湖水沐浴，就像宗教行为那样严格遵守，这是我做的最有价值的行为。据说，成汤王的浴盆上刻的铭文意为："苟日新，日日新，又日新。"我深知其中之意。清晨重现了英雄时代，天色尚早，我打开门和窗户，安静地坐在屋中，这时，一只小飞虫来拜访我，所到之处，留下似有若无的嘤嘤嗡嗡声，我不免为之动容，就像听到了献给英雄的号角声。它边在空中飞舞，边唱着挽歌，那是荷马的《伊利亚特》和《奥德赛》，歌声中充满着愤怒和流浪，颇有宇宙本身的感觉，宣告着宇宙的生生不息和无限活力，这是一种永恒的告示。

　　清晨，是醒来的时刻，是一天当中最让人怀念的时刻，我们混沌的感官会清醒过来，至少在一个小时之内，不会再度陷入昏昏欲睡。但是，如果唤醒我们的不是本能，而是仆人的胳膊生硬的推搡，这样的日子有什么意思呢？如果唤醒我们的不是内心新生的力量，而是那没有神圣的音乐伴奏，没有芬芳的香气跟随，嘈杂刺耳的工厂汽笛声，那么即便我们醒了，生命也不会变得更加崇高，即使是生活在白天，也毫无希望可言。因为，黑夜也会结出丰硕的果实，其作用与白天一般无二。每天总有一段无比神圣的时间，比人们往常浪费掉的更早、更富光彩，如果有人对此表示怀疑，那么他的生命已经陷入了绝望，他正在向黑暗沉沦。在休息一晚上之后，人的感官，乃至人的灵魂，会重新获得力量，而其禀赋也会开始尝试他所能达到的生活高度。

　　我敢说，所有值得纪念的事情，都发生在清晨。《吠陀经》中记载："一切慧性，皆于清晨苏醒。"诗歌、艺术以及人类历史上最有意义、最有价值的事情，都发生在清晨。所有的诗人和英雄都是黎明之神的宠儿，比如门农，是在太阳升起之际将悦耳的琴声洒向人间。对于那些灵敏活跃、精力充沛的人来说，白天始终充满了清晨的气息，他们是追随太阳的人，不会在意时钟是否奏鸣，人们会持什么态度或者做什么事。对我来说，只要清醒便是清晨。重新塑造精神，就是为了抛弃沉睡的恶习。如果人们没有昏昏沉沉过日子，何以将自己的生活述说得如此可怜？他们并非不精明，倘若不是被昏睡俘虏，他们大可有一番作为。数百万人的清醒只能从事体力劳动，一百万人中，只有一个人的清醒能够从事脑力劳动，一亿人中，只有一个人的清醒能够诗意而神圣地生活。有什么样的清醒就有什么样的生活。我从未遇到彻底清醒的人，又怎么可能看到他呢？

我们必须重新觉醒，而且要时刻保持清醒，但不是用生拉硬扯的方式，而是要满怀对清晨的向往，如此一来，即便我们陷入沉睡，也不会被清晨的光辉抛弃。与人类付出努力以提高自己生命质量的行为相比，没有比这更让人振奋的事情了。深谙绘画技巧、雕刻技能，固然能创作出几个精美的作品，但更为卓越的才能，则是描摹或雕刻出某种气息或介质，以便让我们进行精神实践，能够真正地有所作为。世界上最高境界的艺术，就是那些能够影响事物本质的艺术。每个人都试图让自己做的每件事，甚至是每个细节都富有价值，好值得我们花费生命中最宝贵的时间去做。倘若我们抛弃或厌烦了平日里的卑微见识，那么神自会给我们启示，告诉我们如何去做。

我来到丛林中生活，是因为我想看清楚生活的本质，并验证自己是否领悟到了生活给予我的启示，以免到临死前才发现，原来我从未真正生活过。生活是如此美妙，我不想把生命浪费在毫无意义的事情上，不到迫不得已时，我也不愿意修行隐居。我要深深扎根于生活之中，吸收生命的精髓，以便像斯巴达人那样坚毅刚强，好彻底刨除生命中非本质的所有东西，大刀阔斧地开辟出一小块土地，把生命安置在这里，使其只剩下最基本的需求。如果生命注定是卑微的，那么将其卑微之处公之于众；如果生命原本就是崇高的，那么用自己的亲身经历来证明，让它显现在我下次的远游中。我认为，大多数人在尚未认清自己的生活是属于上帝还是魔鬼之前，就草率地认为自己的人生主要目标是"彰显主的荣耀，享受神的赐予"。

可是，我们依然像蚂蚁那样卑贱地生活着。根据神话记载，我们变成人类已经很久了，最初的人类就像俾格米人那样，和庞大的仙鹤打仗，这样的说法真是错上加错，致使我们的美德变得微不足道，本可避免的灾难接踵而至，我们的生命也消耗于鸡零狗碎。对于一个诚实忠厚的人来说，十个手指头就可以计算了，实在不行再加上十个脚趾头。简单啊，真是简单！要我说，不要让你的事情超过两三件，一百件、一千件，甚至一万件你是计算不过来的，半打足够你计算了，把账目记在拇指指甲上即可。文明生活宛如波涛汹涌的海洋，一个人要经历怎样的惊涛骇浪、流沙洗礼以及一千零一种考验，才能安全抵达生活的港湾，而不至于沉入海底，这样的人，绝对称得上是一位伟大的计算家。简单啊，真是简单！

何必一日三餐，一餐足矣；何必上百道菜，五道绰绰有余，其他也可按此比例缩减。我们的生活，就像由很多小国构成的德意志联邦，永远变动的边界，即便是德国人也搞不清楚。这个国家有所谓的内政改革，但实际上只是表面文章。这个国家的机构是如此庞大臃肿，以至于因挥霍无度、奢侈浪费毁于一旦。它不懂计算，鼠目寸光，正如世界上的上百万户人家。想要医治这个国家和这个国家的居民，最好的办法是厉行节俭，让人们的生活像斯巴达人那样简朴，让人们的追求提高。人们现在的生活太过放纵了，他们毫不怀疑商业活动、冰块出口、电报的重要性，反而对人们应该生活得像猩猩还是像人拿不定主意。

假如我们不是昼夜不停地工作，不搬来枕木，不锻造铁轨，而只是致力于改善自己简朴的生活，那么还有人去修铁路吗？如果不修铁路，我们又该怎样准时到达天堂？但是，如果我们仅仅忙于家务，谁又需要铁路呢？事实上，不是我们利用了铁路，而是铁路利用了我们，不知道你有没有想过，那铁轨下的一根根枕木是什么？那是人，是一个个爱尔兰人或美国人。他们身下拥着黄沙，身上压着铁轨，陷入沉睡，火车就从他们身上驶过。几年之后，他们会被新的枕木替换掉，而火车却始终在奔驰。如果一些人因乘坐火车而获得了快乐，那么相应的就有一些人因遭受碾压而承受痛苦。当他们因碾压上一根出轨的枕木，而不得不停车的时候，车厢里传来了阵阵责怪之声，似乎这是不该发生的事。于是，他们每隔五英里安插一帮人，以便让枕木维持沉睡状态，规规矩矩地躺着，这说明，这些枕木随时可能苏醒。

我们为什么要急匆匆地生活？为什么要浪费生命？俗话说：及时缝一针，以后能省九针。所以人们现在忙于缝一千针，以便省去之后的九千针。人们终日里碌碌无为，连脑袋都得了跳舞病，无法停下来思考。如果教堂着了火，当我拉响教堂的钟报警时，还没等钟摆回到原处，康科德的人们就会火速赶到现场——不管是男人、女人，还是孩子，而他们早上还在强调多么繁忙——不过他们大多不是来救火的，而是来看别人怎样救火，看到火差不多快灭了，可能也会伸出援手。

在午餐后休息的人，才刚打了半个小时的盹儿，就警醒地抬头问身边的人："发生了什么新闻？"他要求别人每隔半小时叫醒他一次，好像别人都是为他站岗的士兵，而他这样做的目的显而易见。为了感谢别人叫醒他，他会把自己做的梦讲给别人听。睡过整整一夜之后，新闻便像早饭一样必不可少了，"这个世界上发生了什么新闻？"——他一边吃早饭，一边看报纸，得知一个人在瓦奇多河上被挖去了双眼，而对于自己也处在黑暗世界却茫然不知，甚至不知道自己的眼睛也不健全。

对我来说，邮局没有那么重要，几乎没有什么重要的事需要通过邮局传递，确切地说，就算是不需要花费邮费的信，到现在为止我也只收到过一两封。一便士投递制度的目的，是想让你用一便士换取某人的思想，但实际上你换到的却只是接近于玩笑的东西。我确信，我从未在报纸上获得有价值的新闻。我们读到某人被抢劫、某人被谋杀、某栋房子被烧、某只船沉入海底、某只船爆炸、某只母牛被火车撞死、某只疯狗死了、某年冬天蚂蚱成灾——再不需要别的了，这就足够了。如果我们掌握了它的规律，为什么还要在意那上百万的例证呢？在哲学家眼里，所有新闻都是谣言，而编辑和读者都是喝着茶嚼舌根的老太太。

可是，喜欢听这种谣言的人却很多。我听说，有一天人们为了在报社听到最新的国际新闻，竟然将报社的几面玻璃窗压碎了，而那条所谓的国际新闻不过是某个有点思想的人，在 12 个月之前，甚至是在 12 年之前写好的。拿西班牙来说，只要你把唐·卡洛斯和公主、唐·彼得罗、塞维利亚以及格林纳达这些名字放在合适的位置就可以了——跟我以前看到的有些许变化——如果实在没有新鲜材料，就把斗牛加上去，这就使报道变得真实可信了，让人们看到了西班牙的现状和变迁，跟其他类似的报道一般无二。再比如说英国，关于那里的最后一则新闻是 1649 年的革命，如果你了解那里每年的粮食产量，也没必要为其费心，除非你想以此作为赚钱的生意。在一个很少读报的人眼里，国外从未发生过有价值的新闻，法国大革命也不例外。

什么新闻！了解那些永恒不变的事情才是最重要的！"蘧伯玉使人于孔子，孔子与之坐而问焉。曰：'夫子何为？'对曰：'夫子欲寡其过而未能也。'使者出。子曰：'使乎！使乎！'"在星期日，传教士不应该用拖沓冗长的论调去折磨农民的耳朵，而应该言简意赅厉声喝道："停下！且慢！看上去很快，事实上却很慢，为什么？"因为星期日是疲惫的一星期的结束，而不是充满生机的一星期的开始。

撒谎和欺骗被奉为真理，现实是如此荒诞。假如我们崇尚真实，不被欺骗，那么我们的生活就会像《天方夜谭》般充满魅力。假如我们对自然而然发生的一切心存敬意，那么音乐和诗歌就会在大街小巷回荡。假如我们闲适自由，抛弃诡诈，那么我们将知道只有伟大和卓越的事物才能永垂不朽，偶尔的恐惧和欢乐不过是真相的幻影。这就是崇高的现实。但是，人们往往紧闭双眼，昏昏沉沉地甘愿被幻影欺骗，于是构建了一种生活习俗，并谨小慎微地遵守着，却不知这只是建立在幻想之上的空中楼阁。相对来说，孩子反而知道什么是真实的生活，而成年人尽管自恃聪慧过人、阅历丰富，却过着毫无价值的生活。

我曾在一本印度古书上看到一则故事："有一位王子，幼年时就被逐出了王国，被一个砍柴人抚养成人。他长大后认为自己也是野蛮人的后代，直到一位大臣发现他，并把他的身世告诉了他，这才使他改变了原来的错误看法，认识到自己是王子的事实。"这本古书的作者接着说:"他所处的环境让他的灵魂迷失了,直到一位贤人道出真相,他才明白原来自己是婆罗门。"我发现,新英格兰人之所以生活得如此卑微,是因为看不透事物的表象,认为看上去怎样就是怎样。倘若有人穿过小镇,去探索真正的现实,那么"磨坊水池"还有立足之地吗?如果他把看到的一一描述给我们听,可能我们会对他的描述异常生疏。在他犀利的目光下,会议室、法庭、监狱、商店以及居民住宅,又会变成什么东西呢?它们都会土崩瓦解,经不起描述。

  人们所推崇的真理超越宇宙的界限,在最遥远的一颗星星后面,在亚当诞生之前,在人类灭亡之后。是的,永恒之中有真理,但是那些时代和那些地点遥不可及!上帝的伟大应该显露于眼下,过去的时光不会增加他的神圣。我们只有看透事物的表象,置身于身边的现实之中,才会知道什么是崇高。不管我们快走还是慢走,上帝都赞同我们的观念,并为之铺就路轨,让我们用一生去领悟。诗人和艺术家的构思不会永远崇高而美丽,但至少他们的后代能使其更加完美。

  让我们泰然自若地度过每一天吧,就像大自然的流逝那样,不要因为一个硬果壳或者蚊子的半边翅膀,而改变了前进的方向。让我们天一亮就起床,不管吃不吃早餐都心安理得,任凭人们来来往往,任凭钟声响起,任凭孩子哭闹,只专注于过好每一天。为何我们要做让步甚至随波逐流?切勿被子午线沙滩上所谓的正餐,卷入可怕的漩涡,以至瞬间崩溃。经历这番艰难险阻之后,你将踏上平坦的康庄之路。但是,你万不可松懈,而应另选方向前进,就像缚在桅杆上的尤利西斯。如果火车鸣响了汽笛,任凭它歇斯底里吧。如果车站敲响了钟声,我们为什么要奔跑?还是研究一下那是什么音乐吧。

  让我们沉下心来,将双脚踏进那混杂着意见、偏见、传统、幻觉和表象的污泥中间——这片污泥覆盖了世界的方方面面,从巴黎、伦敦、纽约、波士顿到康科德,从教会到国家,从诗歌、哲学到宗教——直到触及一块坚硬的岩石,这就是我们所说的真实,不错,就是这里,这是一个基点,一个位于洪水、冰冻、烈火下面的基点。在这个基点之上,我们可以建造起一道城墙,或者一个国家,也能牢牢竖起一根灯柱，或者一个测量仪——用来测量现实，而非尼罗河水——以便让后代知道，欺诈、哄骗以及幻觉的洪水究竟积了多深。如果你端正站立，直面真实，就会发现它的两面都被阳光照射，看上去就像一把东方的弯刀，你切身感受到它华美的刀刃劈开了你的心脏和脑髓，于是，你欣然结束在世上的生活。不管是生还是死，我们只想要真实。如果我们快死了，就让我们倾听喉咙里急促的喘气声，感受四肢逐渐僵硬的阴冷吧；如果我们还活着，就让我们一如既往地做事吧！

  时间如溪流，我在此钓鱼，亦在此饮水。饮水时，我看到溪流的底部全是沙，而且它是那么浅。流淌的溪水一去不复返，只留下永恒。我想去更深处饮水，想去天空钓鱼，那里的星星正如溪流中的石子，我怎么都数不清，我甚至不知道字母表上的第一个字母是什么。我已失去了刚出生时的智慧，为此，我时常扼腕叹息。智力宛如一名刀客，他能洞悉世间万物，并善用手中的刀劈开其中的奥秘。我不想让双手忙于不必要的事，对我来说，头脑就是手和脚，是我最好官能的所在处。基于本能，我知道我的头可以挖洞，正如某些动物的鼻子和前爪。我要用我的头脑在山间挖掘，以开辟我的道路。我认为最丰富的矿脉就在这附近，依靠寻金的神杖和那袅袅升起的薄雾，我断定这里就是我开始挖掘的地方。

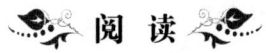 阅 读

在选择终生追求的事业时,只要人们稍加思索,就会对学习者和观察家趋之若鹜,因为两者的性质和趋向都很有趣。我们都会为自己和后代积攒财富,会为国家建设和家乡建设作出自己的贡献,甚至会为了名利做某些事,从这方面来说,我们都是凡夫俗子。与此同时,我们也没有放弃对真理的追求,从这方面来说,我们又是神圣的,所以大可不必害怕什么变故或者意外。

神像上盖着一件袍子,古埃及和古印度的哲学家撩起了其中一角,直到现在那微微抖动的衣角依然如故。我凝视着眼前的光辉荣耀,感觉到它对我的巨大冲击,正如古代哲人当初的感受,因为当初英勇果敢的是他身上的"我",而现在重睹这个景象的是我身上的"他"。从那衣角被掀起,神像便再无灰尘遮盖,时间也不再流逝。因为时间一旦被探索占有,便成为永恒,不再属于过去、现在或者未来。

和大学比起来,我的小木屋更适合思考和严肃的阅读。虽然我享受不到现代图书馆的便利,但我阅读的图书却流通全世界。这些书中的内容最初被刻在树皮

上，现在被印在亚麻布上。一个名叫卡玛·乌丁·马斯特的波斯诗人曾说:"坐着看书时,我的思想可以在精神世界里任意驰骋;喝下一杯酒就有如痴如醉的感觉,我在喝下那秘传的琼浆时同样享受到了。"荷马的《伊利亚特》在我的书桌上放了整整一个夏天,但我却因为忙于建造房屋、种植豆子,只是偶尔翻看几页。但我相信,以后我必定有很多时间读书。利用工作闲暇,我读了两本浅显的旅游书,但后来我不禁为此羞愧,问自己现在居住在哪里。

能够读荷马或者埃斯库罗斯希腊文原著的学生,可能会避免陷入奢华的陷阱,因为读原著就是为了学习先贤,况且他们把美丽的清晨也奉献给了其诗篇。如果用我们的母语印制伟人的诗篇,它们无法在这堕落的年代释放光辉,因此我们只能逐字逐句揣摩原意,用自己的智慧、勇气和坚持揣摩出更深刻的原意。如今泛滥成灾的读物和译著,并不能让我们更接近古代的伟人。他们依然那么孤独,连写下的文字都那么稀奇。用珍贵的青春年华,去学习一门古老的语言,非常值得,因为那是街头巷尾平凡琐碎的升华,永远激励着人们。一个农民偶然记住几句简短的拉丁语警句,并常常诵读,这对他来说也并非全无用处。

有人曾说,对古典作品的研究最后终将让位于更现代、更实用的研究。但是,有更高追求的学生还是会研究经典作品,不管它们是用何种文字写成的,也不管它们的年代多么久远。除了人类最崇高的思想记录,还有什么能被称为经典?它们是永世不变的神灵启示,就算是特尔非和多多那也无法给出这种启示,而现代最让人费解的疑问,却能在其中找到答案。我们或许会觉得大自然不值得研究,因为它已经太苍老了。

好好读书,即以求真务实的态度阅读真实的书,是一项高尚的训练,它所耗费的力气,远远超过世界上任何一项竞技运动所需的力气——它需要像运动员那样,终生为自己的目标努力。阅读也应像写作那样深思熟虑、小心谨慎。仅仅会说经典原著的语言是远远不够的,因为口语和书面语相差甚远,一种用来听,一种用来阅读。口语声音变化很大,只是一种方言,甚至是野蛮人也能在潜移默化中从母亲那里学会;书面语是口语的提炼和升华,假如说口语是母亲的舌音,那么书面语就是父亲的舌音,是一种更为严肃的表达方式,它不是能听懂的语言,我们必须重新学习一遍才能掌握。

在中世纪,有多少会说希腊语和拉丁语的人,却无缘阅读用这两种语言写成的伟大著作,因为其书写的语言不是他们所熟悉的方言,而是更高级、更精练的书面语。他们完全不懂这种高级的书写语言,也就难怪会把这些经典作品当做废纸了,他们钟情的是一种廉价的现代文学。然而,当欧洲几个国家拥有了自己的语言后,尽管很粗糙但至少很清楚,于是,他们的文艺踏上了复兴之路,最遥远年代的珍贵典籍重新被解读,在长达几个世纪的时间里,罗马和希腊的人们听不懂的文艺作品,又有人在阅读了,直到现在还有人在继续阅读。

不管演讲家的精彩演说多么令人赞叹,但始终未触及隐藏在口语背后的最高尚的语言后,更别说超越它了。它就像躲在云层后面的星辰,只有观察到它的人才有幸阅读到它。天文学家无疑是幸运的,他们无时无刻不在观察或阅读它。站在演讲台上的演讲家,用所谓的学术用语,肆意发挥头脑中闪过的一个念头,并用自己的好口才说给台下的观众听;而坐在书桌前的作家,考虑得更多的则是生活的实质,那些赋予演讲家灵感的活动和蜂拥而至的观众,只会扰乱作家的心智。他的读者,是全人类任何时代每一个心智健康的人,只要他们能读懂他的话。

亚历山大即便是在行军打仗时,也不忘带一本《伊利亚特》,因为文字比任何宝物都要宝贵。与其他形式的艺术作品相比,文字最接近生活,与我们最亲近,也最具世界性。它可以被译成各种文字,不仅让人阅读,还让人用嘴巴说出来。它不仅可以抄写在画布上,还可以雕刻在大理石上,甚至可以通过呼吸雕刻在生活中。一位古代哲人的思想,常常成为现代人的口头禅。两千个春秋只是为希腊文学的丰碑增添了一道金黄色的丰收色彩,因为它们自身所具有的天堂般的肃穆、宁静,流传到了世界的每个角落,以使它们免受时间的侵袭。书是人类最宝贵的珍宝,也是任何时代和国度最珍贵的遗产。

年代最久远的经典之作,当然适合放在任何房间的书架上。它们无需为自己的存在找理由,当人们被它们的启发所吸引,谁又能够拒绝它们呢?写这些书的人，顺理成章地成为了所有国度的贵族，而他们所发挥的作用却比国王还要大。一名目不识丁甚至鄙视文字的商人，经过努力拼搏后，终于获得了闲暇和独立，尽管他跻身于财富和时尚的世界，最终仍不得不转向更高级，却又高不可攀的智者和天才的领域。于是，他认识到自身知识的匮乏和财富的空虚，并果断地致力于让自己的孩子获得知识和文化，以免他们像自己一样匮乏，这样，他就成了一个家族的先驱。

对于阅读不了古典原著的人来说，人类的历史是残缺不全的。令人吃惊的是，这些古典原著至今没有用现代语言进行翻译，如果非要说有，那就只能是我们的文化。不管是荷马、埃斯库罗斯还是维吉尔，至今还没有出现英译本——他们的作品是那样的唯美雅致、构思奇妙，像清晨一样美好。之后的作家，不管我们怎样称赞他们的才能，他们也无法与古代作家相媲美，那是一种经过苦心构思、精雕细琢，使之达到完美和永生的伟人的创作。不曾读过它们的人，会劝人们忘记这回事。可是，一旦我们拥有了阅读它们的能力，就会马上付诸行动，而将曾经的劝告抛之脑后。当那些古老的经典以及任何国家比之更古老、更丰富的经典积累得越来越多时，当梵蒂冈城被《吠陀经》、《阿维斯陀经》、《圣经》、荷马、但丁、莎士比亚填满时，当以后的时代能够继续将他们的作品聚集在这里时，一个更加丰富的时代到来了，我们借此获得了登上天堂的希望。

人类从未读懂伟大的诗篇，因为只有伟大的诗人才深晓其意。人们之所以会阅读这些诗篇，就像人们观察星星仅仅是为了占星，而不是为了研究天文学那样。大多数人学习阅读是为了谋求方便，正如他们为了记账才学习算术，以防被骗。阅读是一种高尚的智力锻炼，但人们却知之甚少，甚至一无所知，从更深层次的意义上来说，像奢侈品那样吸引我们的，让我们的官能昏昏欲睡的读法，并不能称之为阅读。真正的阅读需要我们踮起脚尖、凝神静思，在最清醒、最灵敏的时刻阅读。

我认为，既然识字了，就应该阅读最好的文学作品，而不是像小学四五年级的学生那样，简单地重复a-b这些字母。很多人满足于自己读或听别人读，可能偶然读到《圣经》的智慧后，便终生热衷于读一些消遣之物，让自己的官能放任自流，虚度人生。在图书馆里，有一种被称为"袖珍读本"的作品，我原以为它是一个地名。这样的作品，如果被像水鸭和鸬鹚那样贪吃的人看到，必然会悉数吞下，即便是吃饱了仍贪得无厌，因为他们讨厌浪费。如果我们把一些人称为制造这种食物的机器，那么他们就是消化这些食物的机器。

关于泽波伦和塞福洛尼亚的爱情故事，他们已经读了九千个版本，无非是些他们的爱情如何举世无双、他们的爱情之路充满了坎坷之类的内容：他们如何相识，如何相爱，如何经历磨难，如何跌倒爬起来坚持相爱！某个可怜的家伙爬到了教堂的塔尖上，他要是不向钟楼上爬就好了，可是他已经爬上去了，那好吧，小说家敲响了警钟，让全世界的人都跑到这里来听他卖关子，可是，哎呀，他怎么又下来了！要我说，小说家还不如把小说里的善男信女都变成矗立风中的风向标，让它们不停地旋转，直到生了锈，可千万别让它们下来叨扰忠诚的人们了。如果小说家下次再敲响警钟，即便是教堂着了火，也别想让我前去了。

"一部中世纪的爱情小说《脚尖跳舞》新鲜出炉，作者铁塔尔·托尔·伯恩，每月连载，欲购从速！"他们读这些东西的时候，瞪大了双眼，以最原始的好奇心，极好的胃口，永不满足地接纳这些东西，甚至不怕磨损了胃壁，就像4岁的孩子那样，坐在凳子上，捧着价值两分钱的封面烫了金的《灰姑娘》。据我所知，他们阅读这样的书之后，在发音、强调、语气强调方面没有一点长进，更别提对主旨的了解了。更为糟糕的是，他们的视力日渐衰退，生命的活力日渐衰弱，最终使官能丧失。每天从面包炉里烤出来的这类面包，显然比纯粹的黑麦粉或印第安玉米粉烤出来的面包更具诱惑力，也更容易有销路。

最好的书往往不会被最好的读者阅读，区区康科德的文化又何足挂齿？在这个小镇里，尽管大家对英语能读会写，但却很少有人对很好的英语著作感兴趣，即便是英国文学中最优秀的作品。至于英国古典文学著作，就连接受过大学教育的人也知之甚少，甚至全然不知。只有少数几个人愿意花时间去阅读《圣经》或记录人类思想的经典，要知道，这些书是很容易拿到手的。我认识一个祖籍是加拿大的中年伐木工，他订阅了一份法文报，却不是为了获得新闻，而是想对母语"继续学习"。我问他，能做到最好的事是什么事？他说，除了继续学习法语，还要努力提高英语水平。订阅英文报纸的大学生，大抵也是以此为目的的。

假设某人刚读完一部可能是最好的英文典籍，有几个人能跟他交流心得呢？假设某人刚读完希腊文或拉丁文的经典原著，即便是目不识丁的人也会颂扬它，但他却找不到一个可以探讨的人。所以，他只能沉默。事实上，在我们的大学里，几乎没有哪个教授能在灵活运用拉丁语的同时，也以相同的程度掌握希腊诗人深奥的智慧和诗作，并用引起共鸣的心态来教授那些聪明、勇武的学生。至于那些神圣的典籍或者人类的圣经，康科德的人有谁能说出书名？大多数人并不知道，在人类众多民族中，只有希伯来民族有属于自己的圣经。所有人都会为了一块银币绞尽脑汁，却对珍贵如黄金的文字和古代智者的思想熟视无睹，殊不知，它们的价值是经过每一个充满智慧的时代的检验的。可是，我们却只是读识字课本、初级课本和教科书，毕业之后我们就开始读"袖珍读本"和孩子们看的童话书，所以，我们看的书、我们说的话以及我们的思想，都处于很低的水平，仅仅和侏儒、俾格米人程度相当。

我想要结识比所有康科德人更富智慧的人，这里的人从未听说过他们的名字。当我听到柏拉图时，难道会不读他的著作吗？柏拉图就像是我未曾谋面的同乡，不曾交谈的近邻，我从未听到他智慧的言论。事实不正是如此吗？他那饱含不朽哲思的《对话录》就放在我的书桌上，可我却从未读过。我们真是粗鄙无知、不学无术。我想说，目不识丁的文盲和会读书写字却只读低级读物的文盲，在本质上没有任何差别。我们要向古代的圣贤学习，但首先要知道他们的优点。我们是如此渺小，以至于我们的智力无论如何都飞不出报刊栏。

事实上，并不是所有书籍都如它的读者那般愚钝，有些书籍就恰如其分地描述了我们的境遇，倘若我们认真领悟，将获得如清晨和春天般的气息。我们周围的事物会因此大放异彩，我们身边的人会因此翻开人生新的篇章。书籍，在为我们揭秘奇迹的同时又启发了新的奇迹，对于我们无法用语言表达的事情早有了记载。那些让我们备感折磨和困惑问题，也都造访过所有智者，与我们不同的是，智者用自己的聪明才智、精炼的语言以及生活感受，对这些问题一一作了解答。智慧会让我们变得豁达，对于这个说法，康科德郊外农田里的雇佣工可能并不赞同，因为他在经历特殊的宗教体验后获得了重生，他坚信，是信念的力量使他进入了庄重的宁静和超然物外的境界中。虽然早在几千年前，琐罗亚斯德就经历了相同的体验，但他的智慧使他认识到其普遍性，并以此教化乡邻，甚至还建立了一种信仰制度。所以，还是让这个雇佣工和琐罗亚斯德沟通一下吧，在所有圣人追求自由精神的影响下，跟耶稣沟通一下吧，然后让"我们的教堂"走开！

我们为生活在19世纪而自豪，我们比世界上任何国家发展得都快。但想想这个小镇，我们在文化方面的付出多么微不足道。我不想奉承邻居，也不想得到他们的奉承，因为那毫无益处。我们需要刺激，就像在棍棒的挥舞下，才会撒腿奔跑的老牛一样。我们公立学校的制度还算可以，却只适合学龄前儿童。适合我们的教育场所，除冬季举步维艰的拉希姆讲堂和刚刚由政府提议草创的图书馆之外，再无其他。我们耗费大量钱财治疗肉体上的病痛，而对精神上的病痛却所费甚少。我们是时候拥有非同寻常的学校了，以便让我们的孩子成年之后还能接受教育。一个村庄就是一所学校，所有的老年人都是学生，可以把晚年的闲暇时间都用在自由探索之上。

难道世界上只能有一个巴黎和牛津吗？难道康科德的学生不能在当地开始学习的历程吗？难道我们不能聘请阿伯拉尔来康科德讲课吗？可惜呀！我们只知道养牛和开店，早已远离了学校教育，甚至将其遗忘了。在这个地方，我们的小镇某些方面足以取代欧洲贵族，它是艺术的守护者，它很富有，只是缺乏恢弘和精美，它愿意为农民或者商人的事业投资，却将更有价值的知识投资看做虚无的乌托邦。基于财富和政治的目的，小镇耗费17000美元建造了市政厅，这笔钱如果用于为智慧的头脑提供真正的肉食，也许一百年也花不完。每年冬天，拉希姆讲堂募到的捐款是125美元，与其他项目数额相同的捐款相比，这是最有价值的捐款。

为什么我们生活在19世纪却没有享受到19世纪应有的便利？为什么我们

的生活如此可怜？如果我们想阅读报纸，为什么不撇开波士顿的流言蜚语，订阅一份世界上最好的报纸呢？不要再咀嚼新英格兰的《中立之报》或《橄榄枝》了。让所有社团都来我们这里作报告，以便让我们鉴别它们是否有真本事。我们读的书为什么要让哈勃兄弟图书公司或里丁图书公司代选？趣味高雅的人，周围必然有成就他的因素：天赋、学识、智慧、书籍、绘画、雕塑、音乐以及哲学等。所以，我们的小镇也应如此，不要有一位教师、一位牧师、一个教堂、一个教区图书馆、两三位政府官员就满足，因为我们的祖先在寒冷的冬季经历了这片荒凉。

集体行为就是按照规章制度做事，我坚信我们的生活必将更加繁荣，我们拥有的财富也会比贵族还多。这样一来，新英格兰就有能力聘请世界上所有的智者前来传授学问，并为他们提供食宿而不限于一个角落，以便让我们不再狭隘、不再粗野。这就是我们想要的不同寻常的学校。我们不需要贵族，而需要让这个小镇高贵起来。如果需要的话，我们宁愿少建一座桥，哪怕多绕一点弯路，也要在包围我们的愚昧深渊之上，架起一道圆拱。

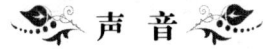

声音

  如果我们只学习书本上的知识,即便是最经典的作品,而且只读书面语——它本质上也是一种方言俚语——那我们就面临忘记另外一种语言的危险了。这种语言是世间万物自身的语言,是最丰富最标准的语言,能把这种语言付诸印刷的出版物世上少有。从百叶窗的缝隙里照射进来的阳光,人们会在打开百叶窗后忘得一干二净。人们的心灵应时刻警醒,这是任何方法或规律所无法代替的。眼睛要时常去看眼前的一切,这是一个规律,怎能是一门课程比如历史、哲学、诗歌,或者是理想的社会,又或者是令人羡慕的人生信条所能比拟的呢?你想做一个学生、一个读者,还是想做一个观察者?阅读你的命运吧,看看眼前有什么,然后走向未来。

  我在第一个夏天没有读书,我忙于种豆,不对,我所做的事情比种豆更有意义,我不能因为头脑里或手头的工作而辜负了眼前的美景。有时,我会在夏日的清晨洗过澡后,坐在门前的阳光里凝神静思,从日出一直到正午。松树、山核桃树、漆树围绕在我的四周,鸟雀在林中唱歌,不时还会飞过我的屋顶,这里的一切都笼罩在宁静祥和中,直到看到阳光照耀小屋的西窗,或听到远处公路上传来旅人和马车的辚辚声,我才意识到时光的流逝。像玉米在夜晚生长一样,我在夏季得以生长,这好过任何一种体力劳动。这样的做法,并没有让我生命中的时间减损,反而使其增加了,我终于明白东方人为什么放弃劳作凝神沉思了。我不在意是否虚度了时光,每个白天的降临似乎只是为了给我照明,好让我完成某项工作。黎明刚到,夜晚就来临了,但我并没做什么有价值的事。

我没有像鸟儿那样歌唱,只是为我幸福的生活由衷地绽放笑容。我门前的山核桃树上,有一只麻雀在啾啾地叫,我在屋里不发声地窃笑着,生怕它听到后飞进我的巢穴。我度过的每一天,不是一星期中的哪一天,它没有接受任何神祇的命名,也没有被按小时切成碎末,我更不想被嘀嗒的钟声打扰。我现在的生活就像普利印第安人,据说他们"用一个字表示昨天、今天和明天,并配合相应的手势加以区别,向后指表示昨天,向头顶上指表示今天,向前指表示明天",我的邻居们可能会认为我太懒惰了,但鸟儿和花儿必定会对我的行为很满意。人要从自身找原因,这话不错。我在大自然中宁静度日,它并不会责备我懒惰。

为了消遣,人们奔走于社交场所和大剧院之间,与他们相比,我至少有一个优势,因为我的生活就是我的消遣,它永远充满了新奇,就像一出永不结束的多幕剧。如果我们一学到新的生活方式,就把它用于自己的生活,那我们就不会觉得无聊了。按照自己的意愿行事,它会让你每时每刻都看到崭新的前景。做家务是一件让人愉快的事,如果我的地板脏了,我会提早起床,把所有家具都搬到外面的草地上,把床和床架摆在一起。然后,我在地板上洒上些水和湖里的白沙,用扫帚用力地扫,直到地板变得很干净。

乡邻吃过了早饭,我的小屋也晒干了,我便再把家具搬回去。在此期间,我的头脑一刻也没有停止思考。我堆在草地上的家具很像吉卜赛人的行囊,我那张只有三条腿的桌子放在松树和山核桃树之间,上面照常摆着书籍、笔和墨水。家具似乎也喜欢外面,不想被搬回屋里,我甚至想为它们支一顶帐篷,然后安然就坐。阳光沐浴着它们,风儿抚摸着它们,这真是妙趣横生的一刻。在我看来,再熟悉的东西在屋外也比在屋内有趣得多。鸟儿落在上面的树枝上，常青藤在桌子下面生长，黑莓的枝蔓缠住了桌腿，松果、栗子以及草莓的叶子落得到处都是——这样的场面，让人觉得它们似乎要变成桌子、椅子、床架的一部分，因为这些家具昔日是站在它们中间的。

我的小屋坐落在一个小山坡上，距离瓦尔登湖六杆远，四周围绕着苍松和山核桃树的幼苗，这里恰巧是一片大森林的边缘，有一条狭窄的小路从山坡上一直蜿蜒到瓦尔登湖湖边。我的院子里长着草莓、黑莓、常青藤、狗尾草、黄花紫菀、矮橡树、野樱桃树、越橘和落花生。5月底，小路两旁的野樱桃开出了一朵朵伞状的小花，把小路装扮得更加迷人。等到秋天，这些小花就会变成一撮撮水灵的野樱桃，向四面散开，犹如四射的光芒。野樱桃的味道并不好，但我为了感激大自然的馈赠，还是尝了几个。

小屋四周的黄栌树生长旺盛，甚至超过了我建造的一道矮墙，仅仅一个季节，它们就长高了五六英尺。它那宽大的羽状树叶很怪异，却让人心生愉悦。晚春时节，在那看似枯死的枝条上突然长出了硕大的芽苞，并很快长成直径一寸左右的鲜嫩树枝。当我坐在窗前时，偶尔会听到鲜嫩的树枝因承受不了重压而突然折断的声音，而当时没有一丝风声，它就像一把巨大的扇子那样掉在了地上。到8月，数不清的果实换上了深红色的天鹅绒外套，光彩照人地站在枝头，压弯了树枝，甚至压断了娇嫩的枝条。

这个夏季的午后，我凭窗而坐。一只鹰在我旁边的空地上空盘旋；几只鸽子从我眼前飞过，落在小屋后面的白皮松树上，不安地向着天空鸣叫了一声；一只鸬鹚从水里叼起一条鱼，在水面上留下一个小漩涡；一只水貂在小屋前的沼泽地边缘抓到一只青蛙；芦苇鸟一掠而过，弄弯了身下的莎草；火车哐当哐当的声音连续响了半小时，一会儿轻、一会儿重，像扇动着翅膀的鹧鸪，把波士顿的乘客载到了这偏僻的乡下。我并不觉得自己被遗弃了，不像那个被送到东部农民家的孩子，听说他没住几天就逃回家里了，甚至磨坏了一双鞋。因为他从未见过如此单调乏味、荒凉偏僻的地方，甚至连口哨声都没有！我不知道马萨诸塞州现在还

声音 **083**

有没有这样的地方:

> 千真万确!我们的村子成了一个靶子,
> 被利箭般迅猛的铁路双轨射中,
> 在平静的原野上,轰降的车轮声
> 就在这里——康科德的上空回响。

我所在的瓦尔登湖向南一百杆,是菲次堡铁路,我常常沿铁路线去附近的村子里,它成了我与社会联系的纽带。火车上的工人因为常年在这条线路上跑,难免会碰到我。他们每次都会像老朋友那样跟我打招呼,他们似乎以为我是养路工,我很愿意当养路工,负责养护我们地球运行轨道上的某段路轨。

火车的汽笛声不分冬夏地穿越我的丛林,正如老鹰的尖叫声响彻农民的院落,这是在提醒我,一些焦躁不安的城市商人即将光顾这个小镇,一些其他地方的乡下商人也赶来了。他们站在同一块土地上,彼此要求对方让道,呼喊的声音双方都能听到。乡下人啊,你们的杂货送来了!这是你们的粮食!没有人能独自守着农庄生活,而敢于对他们大声说"不"。于是,火车的汽笛声长鸣不止,这是乡下人付出的代价。木料像攻城的木槌,以每小时20英里的速度冲向城墙,用它们制造的椅子,足够所有疲惫不堪的城里人坐。乡村用如此隆重的方式给城市送去了椅子,而印第安山间的越橘树却被砍伐殆尽,甚至连果实也被运进了城里。纺织品多了,棉花少了;呢绒多了,羊毛少了;书本多了,写作的才能少了。

我看到一个火车头拉着一列车厢像行星转动般前进——不对,应该是像彗星那样前进,在场的人都知道,它以这样的速度向那个方向行驶,是不可能回来的,因为铁轨并不是一条封闭的曲线。火车留在身后的一团团浓烟,像是一面面旗帜,又像是高空中宛若棉絮的白云,在阳光的照射下慢慢散开。这个轰隆隆前进的怪物,吞云吐雾,好像要用夕阳映照的晚霞作为列车的号衣。这匹铁马吼声如雷响彻山谷,步幅沉重使得地动山摇,鼻孔喷着烈火和浓烟(我不知道它会对未来神话中的飞马或火龙有多少启发），看来地球上又多了一个配得上居住在这里的新种族。如果事实真如我们看到的那样，人类掌握了各种元素，并使之服务于人类的崇高目标，那该多好啊！如果火车头上冒出的浓烟是其创造伟大业绩时排出的汗，是农田上空飘荡的美丽的白云，那么元素和大自然都会甘愿充当人类的随从。

当我看到火车在清晨驶来时，就像看到了日出，而且日出也不一定有火车准时。火车驶往波士顿，留在身后的浓烟慢慢升到高空，瞬间就遮住了太阳，遮住了我的田园。与天上这列浓烟构成的火车相比，地上的火车倒可怜得像是一支标枪的倒钩。在这寒冷的冬季，铁马的主人每天早早起床，借着群星的微光给铁马喂草料戴辔具，点燃火堆，让它获得急需的热量，以便赶快启程。如果这积极进取的精神能于人无害，那该多好啊！

积雪太厚时，它会穿上一双雪靴，用一个硕大的铁犁在山峦间开出一道沟壑，一直通到海滨，而火车就在这道沟壑中前进，将车上焦躁的人和流动的商品像撒种子一样撒到田野里。这匹火马终日不得休息，除非它的主人想要休息。即便是在半夜，我也会被它行进在远处山谷密林中的步伐声或喘气声吵醒。在黎明的星光下，它终于被赶进了马圈，但还没来得及休息就再次踏上了旅途。傍晚时分，我偶尔能看到它在马厩里释放剩下的力气，以使精神放松、头脑清醒。

小镇的边缘处，有一片人迹罕至的森林，以前只有猎人在白天进入，现在是漆黑的夜晚，那里却突现一片灯光灿烂的客厅，而里面的宾客却毫不知情。这一刻这些客厅还停在城市里亮如白昼的站台，那里社会名流云集，下一刻它们已经驶进了阴森森的沼泽地，令狐狸和猫头鹰都胆战心惊。火车每天的出发和到站成了小镇上的头等大事，它们按时来回，分秒不差，震耳欲聋的汽笛声能传出几英里地远，农民们便以此校对时间，后来出现了一个专门负责调整国家时间的机构。火车发明之后，难道人类的时间观念没有增强吗？与之前的驿站相比，人们在火车站的站台上说话和思考的速度不是都快了吗？就连火车站的空气都像有电流般通过的快速。

我对它所创造的奇迹十分震惊，我本来坚定地认为我的邻居们不会坐如此快速的火车去波士顿,但钟声刚响起来,他们便走上了站台。如今流行的口头禅是"火车式"的风格,有关部门也郑重警告,让人们给火车让道,这是应该听的,却无法写进法律条文,也不能鸣枪示警。我们已经创造了命运之神的阿特洛波斯,这是无法改变的事实。(用这位神祇的名字作你的火车名字吧!)人们得知几点几分会有几支箭射向罗盘的既定位置,不过,这与别人无关,孩子们照常乘坐另一列火车上学。我们充当了支撑箭靶的架子,都化身为退尔的儿子,可是空气中到处都是无形的利箭。如果你不主动选择道路,将会被命运支配,所以,还是走原来的路吧!

　　使我佩服商业的,是它的上进心和勇气,它从不向朱庇特求救。商人们总是带着满足感和勇气投入工作,比他们想象中做得更好,而且取得了比原计划更大的成就。对于在布埃纳维斯塔的前线上屹立半小时的英雄,我并不佩服,我佩服的,是那些心怀愉悦在严寒中坚持铲雪的人们。他们敢于在凌晨三点钟与暴风雪搏斗,这是连拿破仑都赞赏的勇气,他们总要等到暴风雪平息了、铁马的身体冻僵了,才会躺下。在一场特大暴风雪降临的黎明,我听到火车头嘶哑的鸣笛,穿过坚硬的雾层传了过来,宣告列车正点到达,毫不理会新英格兰强劲风雪的阻拦。这时的铲雪者已经全身冰霜,但仍然盯着手里的雪铲,铲除了雏菊和田鼠洞之外的所有东西。

　　商业是自信的、庄重的、敏锐的、警醒的,而且不知疲倦。商业的运作方式是极其自然的,远比那些幻想的事业或浪漫的体验更自然,所以,它的成功有其独到之处。一列火车从我身旁驶过,我的精神为之一振,我闻到了商品的气味,它们从长码头到香普兰湖一直在散发气味。这种气味让我联想到了珊瑚礁、印度洋、热带气候以及地球的广大。我看见棕榈叶,马上想到了棕榈帽,明年夏天它们又会出现在很多亚麻色头发的新英格兰人头上,我又看见了马尼拉的大麻、椰子壳、旧绳子、黄麻袋、废铁以及生了锈的铁钉,我感觉自己成了世界公民。

　　眼前是一整车的破烂帆布,如果把它们造成纸并印成书,那书一定通俗易懂引人入胜。这些帆布的破烂之处正是它经历惊涛骇浪的明证,还有什么描述能比这更生动呢？它是不用校对的校样。缅因森林的木料途经这里，上次涨潮时原木没有被扎成排海运出去，如今加工成木料后每一千根价格提高了4美元。不管是松树、云杉，还是雪松，都被按质量分成了一等、二等、三等、四等，可是就在前不久，它们还一般无二地站在森林里，枝叶下游荡着熊、麋鹿和驯鹿。接着，托马斯顿的一等石灰伴随着轰隆隆的声音到来，即将被运到遥远的山区去。这边一包包放着的，是颜色各异质地不同的破布，它们是棉花和亚麻的悲惨下场，是衣物的最终结局——人们不再会称赞它们的图案或款式，除非是在密尔沃基市，那里的人们或许还会把这些产自英国、法国、美国的各种布料当做好东西。不管这些破布来自穷人还是富人，它们最终都将变成一种色泽一致的纸张。这些纸张将被用于书写真实的故事，不管是来自上等社会还是来自下等社会，都有事实根据。

这一列封闭的车厢里传来咸鱼的气味，这是特属于新英格兰的刺鼻商业气息，这让我想起了大浅滩渔场和那里的渔夫。有谁没见过咸鱼？它是专为我们腌制的，任何东西都无法让它腐败，这难免让一些坚守节操的圣贤自叹不如。咸鱼可以用来扫大街、铺路或当柴烧，马车夫甚至用它遮阳挡雨——康科德的一位商人在新店开张时，用咸鱼做了一个招牌，后来，连老顾客都不知道它到底是动物、植物还是矿物，但它仍然像雪一样白，如果你把它放进锅里烧熟，它依然是美味可口的咸鱼，可以端上星期六的晚宴。

接着运过来的是西班牙皮革，尾巴仍然扭曲着，保持着在西班牙草原上疾驰时的仰角——固执的典型，足以证明性格上的缺陷多么难以改正。事实上，在我看清人的本性后，我一点也不希望它们在如今的生存环境下改变，不管是改好还是改坏。东方人有言："一条狗尾巴在历经12年的烧、压、绑之后，仍然保持原样。"对付像狗尾巴这般顽固的本性，唯一的办法就是将其熬成胶，用于黏合任何东西，我想它们大抵是派作这种用场的。

我看到车上还有一大桶糖蜜，也可能是白兰地，是要运送给佛蒙特州卡丁斯维尔的商人约翰·史密斯的，他采购货物卖给附近的农民。此时，他可能正靠在仓库的墙壁上，琢磨上次的货物会对价格造成什么影响，同时向顾客强调，下一次的货物肯定是一等货,这话他在早上就说了不下 20 遍,而且登上了《卡丁斯维尔报》的广告栏。

一批货物卸下来,另一批货物装上去。火车疾驰的声音让我抬起头来,不再注视眼前的书本。我看到车上装着很多松木,那是从偏远的北部山区砍伐来的。火车像长着翅膀一样飞过了青山和康涅狄格州,只用了十分钟就穿过了小镇,人们还没有看清,它就变"成了一艘舰船上的桅杆"。

听!运送牛羊的列车来了,带来了上千座山上的牛羊,附加它们的窝棚,还有手持鞭子的牧人,除了群山上的草原,所有的一切都被运来了。它们从山上疾驰而下,就像 9 月的秋风吹落的树叶。牛羊的叫声从空中传来,公牛们在车厢里互相挤压,似乎把这里当成了某个山谷。当领头羊脖子上的铃铛响起时,高大的山峰真的像大公羊那样跳起来,而矮小的山则像小羊一样安稳。列车中间的一节车厢里,是无数牧人,他们也像牲畜一样拥挤着,虽然已经失去了工作,但他们仍然拿着鞭子,就好像鞭子是他们的身份证明。那么牧羊犬哪儿去了呢?它们被彻底遗弃了,而且再也嗅不到牛羊的气息了。它们的叫声从彼得博罗山传来,它们走路的喘气声从青山传来,它们丢了工作,也无意参加牛羊们的葬礼。它们失去了先前的灵敏和机智,沦为与狼、狐狸一起生存的野狗,作为牧羊犬的生活经历就此结束。火车开始鸣笛了,我必须给它让道:

铁路跟我有何关系?
我绝不去观看
它在哪里到站。
它将一些山谷填满,
为燕子建造了堤岸,
令黄沙漫天飞扬,
让黑莓四处扎根。

当我走过铁路时，会像穿过树林般小心，不想让我的鼻子和眼睛沾染它的烟雾和水汽。火车过去了，躁动的世界随之而去，瓦尔登湖里的鱼不再被震颤，我也安静下来。在午后剩下的时间里，我的思绪将不会再被噪音打断，顶多会听到从远处公路上传来的马车声或骡马声。

在星期日，如果风向合适，我有时会听到来自林肯、阿克顿、贝德福或者康科德的轻柔的钟声。这时的钟声更像是大自然的韵律，传入旷野，在经过森林上空时，被极像竖琴琴弦的松针拨弄了一下，成为一种震颤的声波。所有的声音，在传到最远的距离时，都会产生这样的效果，就像你远眺最远处的山脊时，它们都无一例外地被染上淡蓝色。这次的钟声在和每一根松针亲密接触之后，陡然转换了旋律，从一个山谷传到了另一个山谷。钟声的回声跟原声几乎没有差别，这就是它的魅力之所在，不仅重现了钟声，同时重现了林中的声音，宛如林中的仙女在吟唱。

夕阳西下时，从远处传来几声牛的叫声，我听着很动听，误以为是曾经听到过的行吟诗人的歌声，他们可能正好路过这里，但是再听下去我就失望了，因为这种声音拖得太长了，原来是牛的叫声，一种免费音乐。在我看来，行吟诗人的歌声和牛叫声差别不大，在此，我并没有讽刺的意思，相反，我很欣赏这种音乐，毕竟，它们都属于天籁之音。

在夏天的某些日子里，当夜班火车七点半准时经过之后，五分钟之内，夜鹰一定会开始唱歌，像钟表一样准时，它们有时站在小屋前的树桩上，有时站在屋顶。利用这个机会，我了解了它们的习性。有时，四五只夜鹰会在不同的地点同时唱歌，而节奏仅仅相差一点点。它们离我很近，我甚至能听到每个音节后面的咯咯声，还有一种奇怪的嗡嗡声，很像苍蝇落入蜘蛛网的声音，只是更响亮一些。当我在林中漫步时，偶尔会有夜鹰在我周围几英尺的范围内转着圈飞，就像我握着一根拴着它的绳子，但也许是因为我离它的卵太近了。整整一夜，它们间歇性地歌唱，但最动听的一段是在黎明前。

夜晚，当其他鸟儿都停止歌唱时，猫头鹰上阵了。它像个悲哀的女人，唱着亘古不变的悲怆音调"呜-噜-噜",很像诗人班·琼生的风格。它是午夜狡黠的女巫!它的声音绝不像某些诗人呆板的"啾-喂-啾-呼"声,认真地说,它的声音更像一首回荡在墓地的哀歌,更像是一对殉情的情人在地狱之门前回首往事时彼此的安慰声。

事实上,我喜欢这种悲凉的声调,这种沿着森林的边缘传播的颤音,有时会让我想起音乐和鸣禽。这似乎是世上最悲凉、最哀伤的音乐,要唱尽人世间的沧桑。它们是沉沦的灵魂,是阴郁的精灵,是忧愁的预兆,它们曾有肉身,在茫茫黑夜行走,干尽了伤天害理的勾当,如今面对自己犯下的罪恶,只能夜夜鸣唱赞美诗以祈求得到宽恕。它们的存在,让我重新认识到大自然的变幻莫测和伟大的包容性。湖边的一只猫头鹰焦躁不安地盘旋着哀叹:"噢-呵-呵-呵-呵-我要是从没出生-生-生!"最终失望地落在一棵灰暗的橡树上。远处的另一只猫头鹰真诚地回应道:"我要是从没出生-生-生!"更远处的林肯树林中同样传来微弱的"我要是从没出生-生-生"。

如果在近处听到猫头鹰的叫声,你会认为这是世界上最凄惨的声音,就像人们临终前的呻吟——那是人类最可怜的最后的喘息声,是他失去希望之后,在踏入鬼门关之前发出的动物般的悲鸣声,却仍不失人类的哽咽。它那"咯-咯"的叫声,简直让人毛骨悚然——当我想模仿这种声音时,总是不自觉地发出"咯儿"的音调——这是一种冰冷腐朽的心灵状态,所有的英勇和坚强荡然无存,我不免想起了午夜的魔鬼、傻子以及目不转睛的狂人的嚎叫声。但此时,从远处的树林里传来几声回应:"霍-霍-霍,霍累",距离产生美,这叫声反而让人心生愉悦,不管你在白天听还是晚上听,盛夏听还是严冬听。

猫头鹰的存在让我很欣慰,就让它像傻子一样对着人类嚎叫吧!这种声音只适合在暗无天日的沼泽地和森林里出现,能让人类想起自身还有某种未被开发的天性,它是阴暗寒冷的代名词,是人类不满足思想的象征。太阳每天都会光顾一片荒凉的沼泽,那里只有一棵云杉树,树枝上满是苔藓,一只尚未成年的鹰在天空徘徊,山雀在常青藤中鸣叫,松鸡和兔子则在树下藏身。但现在,更加明媚的白天降临了，于是，其他各种生物也开始苏醒，试图在这里表现大自然的意蕴。

深夜，远处传来火车通过桥梁的声音——这声音在夜里听起来尤为遥远——狗叫声，偶尔还有某个牛棚里的牛叫声。与此同时，湖边的青蛙也在聚众聒噪，它们是古代有名的醉鬼，如今依然不知悔改，在冥河般的湖上轮番演唱——希望瓦尔登湖女神原谅我的比喻，因为湖边几乎没有草丛，却有很多青蛙——它们仍然像古代宴席时那般喧闹，毫不在意已经沙哑的嗓子，它们唱出的音调越来越阴郁，与眼下的欢闹形成鲜明对比。美酒不再是酒，仅仅是一种用来撑破肚皮的液体，它们沉浸在对往日的回忆里，一味地往肚子里灌液体。

那只最尊贵的青蛙，把下巴放在一片心形的叶子上，就像是在口水不断的嘴巴下垫了一张餐巾纸。它在湖北岸豪饮一番，一边念叨着"拖－拖－拖－隆克，拖－拖－拖－隆克"，一边把酒杯递了出去。马上，相同的声音在远处响起，这是地位较低的一个醉鬼在饮完杯里的酒后发出的，按照这个程序，所有的青蛙都挨个喝了一遍。对此，担任司仪的青蛙很满意，它也大声叫了一遍"拖－拖－拖－隆克"，于是，新一轮的豪饮重新开始，如此循环，直到太阳光透过清晨的浓雾，照射到湖面上。这时，除了最尊贵的那只青蛙仍在继续叫喊着口令，其他青蛙都已跳进了湖里。

我不确定是否在林中听到过野鸡的叫声，但我想如果把一只野鸡当作鸣禽来饲养，或许很有意思。最早的野鸡是印第安野鸡，它的叫声异常动听，如果不是人们将其驯化成家禽，它或许会成为森林里最会唱歌的鸣禽。再来看看母鸡，当她们的先生停止歌唱时，她们总会用近似噪声的鸣叫填满时间上的空档！难怪人们要让她们做家禽了——鸡蛋和鸡腿就更不在话下了。在严寒的冬季，当我清晨到树林里散步时，会听到野鸡嘹亮而尖锐的叫声，这是压倒一切的声音，甚至可以传到几英里之外。想想看，这种叫声可以让所有人提高警惕，有谁不愿意每天早早起床，直到获得健康、富裕和聪明才智呢？

任何一个国家的诗人，都不惜用赞美本土鸟儿的相同笔墨，来赞美这位外来的客人。野鸡能适应任何气候条件，甚至比本土的鸟儿还能适应。它永远精神抖擞，健康茁壮，从来没有萎靡不振过，就连航行在大西洋或太平洋上的水手都能被它的叫声叫醒。但奇怪的是，我却从未被它叫醒过。

我从来没有养过母鸡、狗、猫、牛、猪这些禽畜，可能你会认为我家缺少禽畜的声音。但是，我家也没有搅拌奶油的声音、纺车的声音、水壶沸腾的声音、咖啡壶的咝咝声以及婴儿的哭声，倘若是传统居家生活的人，肯定会因为这样的生活发疯或烦死。我家里甚至没有老鼠，它们可能都被饿死了，也可能根本不屑一顾。但是，我的屋顶上有松鼠，屋脊上有夜鹰，窗户下有蓝鸲，地板下居住着兔子或土拨鼠，屋后有猫头鹰，湖面上有水鸟，夜里还能听到狐狸的叫声，唯独缺少性情温和的鸟儿，比如黄鹂和云雀。

我的小院里没有公鸡嘹亮的啼叫，也没有母鸡沙哑的聒噪，我甚至没有院子，大自然就在我门口。一些幼小树苗在你窗前生长，野黄栌树的根和黑莓的藤伸进了你的地窖，油松为了获得生长空间，身体用力挤压着紧挨着的墙壁，根尽可能在屋子底下延伸。并非狂风暴雨把我屋后的松树弄断，把它的根拔起，而是我为了获取燃料而为。一场大雪过后，没有通向前院大门的路——没有门，也没有院子——也就没有通往文明世界的路了！

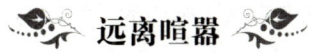 远离喧嚣

  这是一个迷人的黄昏，我全身的毛孔里都洋溢着喜悦。我自由穿梭于大自然，俨然成了它的一部分。尽管天气还有点冷，而且刮着风，但我只穿着一件衬衫在湖边散步却不觉得冷，反而觉得很舒适。在青蛙的叫声中，夜晚降临，掠过湖面的风带来了夜鹰的歌唱。随风摆动的赤杨和白杨激起了我情感的波澜，但我的情感也像湖面那样，只有粼粼微波而没有大的波浪。

  但是，当夜晚到来后，森林中的风又呼啸起来，湖里的波浪拍打着岸边，一些动物用自己的歌声为其他动物催眠，看来，宁静从来都不是绝对的。凶猛的野兽并没有入眠，而是四处寻找食物。狐狸、臭鼬、兔子也在森林里游逛，它们是大自然的守护者，自然不会有任何恐惧——它们是连接每一个生机勃勃的白天的纽带。

  我回家之后，发现有人来过，因为他们留下了名片，要么是一束花，要么是一个用常青藤编织的花环，要么是一片写着名字的山胡桃叶。不经常来森林的人，总是喜欢把玩森林里的小玩意儿，并有意无意地把它们留在我的小屋里。有一次，

一个人把一枚用柳树皮编织的戒指留在了我的桌子上。在我外出期间有没有人造访,我总是一眼就能看出来,因为树枝或小草会因此弯了腰,地上也会留下脚印。通常,我还能根据这些痕迹猜出访客的性别、年龄以及性格:他们有的留下了鲜花,有的留下了小草,有的留下了浓重的雪茄或烟斗的气味。有时,我能根据烟斗的气味,判断出距离我六十杆远的公路上有一个旅客经过。

我们生活的空间异常广阔,地平线不可能触手可及,茂密的森林或湖泊也并非都在家门口,中间总是隔着一块供我们使用的空地。我们把这块空地加以整理,围上篱笆,从大自然手里夺过来据为己有。我凭什么拥有这么大规模的土地?方圆几英里的森林人迹罕至,都归我所有。离我最近的邻居在一英里之外,除非爬到半英里外的小山顶上,否则是看不到房屋的。周围茂密的森林是专属于我的地平线,我能看到的最远的景观,是分列于湖两端的铁路和围着公路的篱笆。一句话,我居住在像大草原一样孤寂的地方。从这里到新英格兰的距离,丝毫不亚于到亚洲或非洲的距离。这是我的专属空间,连太阳、星星、月亮都只属于我一个人。

从来没有人晚上经过这里或敲我的门,就好像我是人类的第一个人或最后一个人。不过到春天,村里的人会来瓦尔登湖边钓鳕鱼,但他们往往只能钓到自己的秉性,鱼钩也只能钩到茫茫黑夜,最后他们只能背着很轻的鱼篓返回,把"世界留给了黑暗和我",而黑暗的内心从未被人类污染。我确信,人们都对黑暗充满了恐惧,尽管女巫都被吊死了,基督教和烛火也都引进了。

我有时不免感慨,在质朴的大自然中,任何人都能找到最甜美、最温柔、最天真的伴侣,即便是愤世嫉俗者和悲观厌世者也不例外。置身于大自然之中,只要你有感官,便不会觉得忧郁。对于纯真的耳朵来说,暴风雨就像埃俄奥勒斯的音乐般动听。任何事物都无法让纯真无畏的人产生卑劣的情感。当我独享四季的关爱时,任何事物都无法让生活成为我的负担。今天的雨浇灌了我的豆田,却让我在屋里待了一整天,这非但没有让我沮丧,反而让我感觉很好。虽然我因此没能锄地,却做了比锄地更有意义的事。即便是雨下得时间太长,使低处的种子和土豆烂掉了,但同时也使高处的草更茂盛了,这样我就很高兴了。跟别人相比,我似乎更得众神的宠爱，似乎我的保险单或证明书在他们手里，而别人却没有，所以我才备受关照。

我并没有自我夸耀，反而是众神夸奖了我。我从没觉得孤单寂寞，自然也没有承受过相应的折磨。但是有一次，那是我开始丛林生活的几个星期之后，有那么一个小时，我不知道是否应该给我宁静的生活找几个邻居，独自生活似乎并不好。与此同时，我知道我的情绪失控了，但我知道我会很快恢复常态。就在我的头脑不受控制时，天空飘起了小雨，突然之间，我觉得与大自然为伴是最为享受的事情。滴滴答答的雨声在我周围响起，所有的事物都充满了关爱，这样的情景让我关于邻居的想法彻底消失了，从此以后，我再没有出现过这个念头。每一根正在长大的松针，都是我忠诚的朋友。尽管我身处荒野，却依稀感到身边有同类存在，它们与我的血统最为亲近，而且最富人性，却不是某个人，以后我将不会对任何地方感到陌生。

无尽的悲痛侵蚀着忧伤的心灵，
在生者的国度，他们时日不多，
托斯卡尔的美丽女儿啊。

当春季和秋季下起持续的暴雨时，是我最为惬意的时候，我一整天都待在屋子里，从黎明开始就步入黄昏，聆听暴风雨的咆哮。其间，我头脑里的思想生根发芽，并逐渐发展壮大。从东北方来的瓢泼大雨考验着村里的房屋，女仆们都拿着拖把和水桶站在门口，以便随时抵挡涌进来的洪水。而我却安然坐在门后，庆幸这仅有的一扇门给予了我保护。8年前，在一次雷电交加中，一道闪电击中了湖边的一棵松树，在它身上下留下一条四五英寸宽，一英寸深，贯穿全树的疤痕，就像你故意在拐杖上刻的槽那样，前几天我途经那里，无意间又看到了这条疤痕，竟然比以前更明显了。

人们总是跟我说："你住在那里一定很孤独，很希望离人们近一些吧？尤其是在雨雪天气或者是晚上。"听到这样的话，我真想说：我们生活的地球不过是宇宙中的一粒灰尘，看那遥远星空中的一颗星星，你能用天文仪器测量出它的大小吗？那颗星星上距离最远的两个人又能有多远呢？我怎么可能孤独？难道地球不在银河系里吗？所以说，你的问题不值一提。人们被什么样的空间隔开后，才会感到孤独寂寞呢？我发现，无论双腿怎么努力靠近，都无法让两颗心灵靠近。我们最想和谁相邻而居？并不是所有人都喜欢车站、邮局、酒吧、广场、学校、杂货店、别墅区这些地方，尽管人们总是在这些地方聚会，其实人们更愿意亲近奔涌着生命活力的大自然，因为我们本身有这个需求，就像河边杨柳的根对水的需求。不同性格的人，有着不同的需求，但富有智慧的人必然要在永不枯竭的大自然里挖掘自己的地窖……

一天晚上，在去瓦尔登湖的途中，我遇到一个赶着牛去市场的人，他手头已经有"一笔可观的钱财"。他问我，为什么要放弃那么多人生乐趣到这里来？我回答道，我喜欢现在的生活，并非戏言，而是肺腑之言。之后，我便回家睡觉了，而他则继续在黑夜的泥泞里跋涉，以便赶到布莱顿——也可以说是光明之城——等他到那里时天已经亮了。

对于一个死者而言，任何复活的希望，都会让所有时间和地点变得无关紧要。任何重生的情形都是一样的，它能让我们的感官获得无以言表的快乐，但我们当中的绝大多数人却只在意那些转瞬即逝的琐事，要知道，正是这些琐事分了我们的心。最接近生命本质的是我们体内的一股力量，其次是由它产生的自然之道，最后才是我们所说的"工匠"，但并不是我们喜欢与之聊天的普通工匠，而是创造了我们的造化之手。

"神鬼之为德，其盛矣乎。"

"视之而弗见，听之而弗闻，体物而不可遗。"

"使天下之人，斋明盛服，以承祭祀，洋洋乎，如在其上，如在其左右。"

我们都是试验品，不过我倒是很喜欢这个试验。鉴于此，难道我们就不能暂时抛开是非横生的社会，让我们的思想来鼓励我们吗？孔子曾说："德不孤，必有邻。"

　　思想可以让我们在清醒的状态下欢欣鼓舞。心智自觉地努力，能够让我们超越任何事务以及结果的纷扰，不管是好事还是坏事，都只能像流水般从我们身旁匆匆而过，我们并没有完全沉浸在大自然里。我可以是河里漂浮的木头，也可以是俯视人间的印德拉。我会因为一出戏感激涕零，却不一定会因为攸关我生命的事动容。我知道我被称为"人"，我是展现我的思想的舞台，我有两个身份，所以能像审视别人那样审视自己。不管我的经验多么丰富，其中的一个我总是会批评另一个我，好像这与他无关，他只是一个评判别人经验的旁观者：正如他不是你，也不是我，而是他自己。当人生这出戏结束时——极有可能是悲剧——观众自顾自地走了。当然，这个双重身份只是我想象出来的，但他有时却会阻碍我们交朋友。

　　在我看来，孤独和寂寞在很大程度上有利于健康。因为，就算是最要好的朋友，时间长了也会闹矛盾。我喜欢孤独，没有比孤独更让我满意的朋友了。置身于国外熙熙攘攘的人群中，比独自坐在卧室里更让人感到孤独。痴迷于思考或工作的人还是自便吧，因为他们总是孤独的，孤独不是用与同伴之间的距离表示的。勤奋好学的学生，虽然身处剑桥大学蜂房般拥挤的房间，却孤独得像沙漠里的行脚僧。农民整天在田地或森林里劳动也不会感到孤独，但当他傍晚回家之后，却无法在屋子里凝神静思，他一定要到有人的地方放松一下，以缓解一天的劳作。令农民感到奇怪的是，学生们居然能没日没夜地坐在教室里，而不感到郁闷，他不知道，坐在教室里的学生也像他那样，在自己的田地或森林里劳作，而且学生也会在劳作之后娱乐一下，只不过形式与他的不同而已。

　　来自社交的收获总是微不足道。因为相聚的时间很短，大家还没来得及分享有价值的东西，聚会就结束了。我们只在吃饭时见面，彼此交换发霉的奶酪品尝。我们必须遵守一套行为规范，即礼节、礼貌，好让这种聚会顺利进行，不至于陷入无谓的争执中。我们互传信件、在社交场所会面、围在火炉边聊天，拥挤的生活让我们干扰着彼此的生活，所以我想，人们之间已经没什么敬意可言了。即便是非常重要的聚会，也可以少举行几次。想想工厂里的女工吧——永远得不到孤独,甚至在梦里也不行。假如一平方英里只居住一个人,比如我这里,那就会好很多。人们的价值与皮肤无关,所以我们没必要彼此碰触皮肤。

我听说,一个人在森林里迷路了,因为饥饿和劳累倒在一棵树下,虚弱的身体状态让他看到很多幻想,但他却信以为真。相同的,当我们的身体和灵魂都保持健康时,就能够从与之相似的,但更正常、更自然的社会中获得鼓励,并最终明白,我们并不孤独。

居住在小屋里的我有很多朋友,尤其是在清晨没人打扰的时候。我还是举例说明吧,这样或许能更清楚地描述我的境况。与我相比,瓦尔登湖里的水鸟更孤独,瓦尔登湖本身更寂寞。试问,谁是这孤独的湖的伙伴?在那蔚蓝的湖面上荡漾的,不是魔鬼,而是天使。太阳是孤独的,但等到乌云密布时,就会出现另一个太阳,但那只不过是幻影。上帝是孤独的,但魔鬼却不孤独,它甚至会拉拢同伴,结成帮派。一朵毛蕊花、一朵蒲公英、一片豆苗的叶子、一棵酢浆草、一只马蝇、一只黄蜂,都比我更孤独;相同的,密尔溪、一只风信鸟、北极星、一阵南风、4月的一场雨、正月的溶雪、新屋里的第一只蜘蛛,也比我更孤独。

在漫长的冬夜,当雪花飘舞、寒风呼啸时,一位年老的拓荒者,这块土地最早的主人,时不时会来拜访我。据说,就是他挖出了瓦尔登湖,并铺上了石头,还在湖边种植了松树。他给我讲了很多古代的故事,我们满怀喜悦地交换彼此对事物的看法,尽管没有苹果酒,这样的夜晚却让人很愉快。不得不说,我非常喜欢这位机智而幽默的朋友,他甚至比谷菲或华莱知道得还多。尽管人们都说他已经去世,却从未有人看见过他的坟墓。我的小屋附近还住着一位老妇人,大多数人没见过她,我却有幸到她那花香四溢的花园里散步、采草药,并听她讲故事。她有着惊人的想象力和记忆力,能够说出远古时代(比神话故事的时代还要早)发生的事,能够说出每一则寓言故事的起源和根据,因为这都是她年轻时代的事。她是一位脸色红润、精力旺盛的老妇人,在任何季节任何天气都生机勃勃,看来她会比自己的孩子活得时间更长。

太阳、风雨、夏季、冬季——大自然不可言喻的纯净和恩惠,给了我们这么多的健康和快乐！它对人类满怀同情之心，当人们因貌似正当的理由悲恸时，它也会跟着伤心：太阳黯然失色、风儿叹息不止、云朵泪流满面、夏天的树木绿叶飘落。难道我不该与土地共呼吸吗？难道我不是滋养绿叶和青菜的泥土的一部分吗？

是什么良药让我们保持健康、宁静和满足呢？不是你的或者我的曾祖父的遗产，而是我们大自然母亲的馈赠，她有世间所有绿色植物的灵丹妙药，并用它来保持不老容颜，使自己比潘斯更加长寿。我的灵丹妙药，不是那种像船一样的黑色篷车上兜售的、由江湖医生用冥河或死海里的水配制成的药水。还是让我痛饮一番清晨的空气吧，清晨的新鲜空气啊！倘若人们不想在一日之晨喝，那我们就要把它密封在瓶子里，放进商店，卖给那些没有清晨预定券的人。但要记住，它只能在地窖里保存，而且保质期在中午之前，所以你必须提前打开瓶子，跟随着曙光女神的脚步西行。

我不是健康女神（老草药医生埃斯库拉彼斯的女儿）的崇拜者，她被人们以一手握一条蛇，一手拿一个杯子的形象，雕刻在纪念碑上。我更愿意崇拜青春女神，她是朱庇特的掌杯者，为众神司酒行觞。她是天后朱诺吃了野生莴苣后生的女儿，她能让众神和世间凡人永葆青春。她可能是世界上最健康、最强壮、最完美的少女，她走到哪里，哪里便是春天。

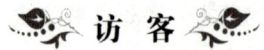 访 客

像大多数人那样,我也喜欢交际,只要有血气旺盛的人前来,我就会像水蛭那样吸住不放。我并非天生就是隐士,如果非要让我去一个酒吧,即便是那里的常客,也未必有我坐的时间长。

我的小屋里有三把椅子,我独处时用一把,朋友来时用两把或三把全用上。如果朋友出乎预料得多,我也只有这三把椅子可用,但他们为了节省空间,往往选择站着。让我惊奇的是,我的小屋居然可以装下那么多男男女女,它曾在某天装下了 25 或 30 个灵魂外加他们的肉体,可是,当我们分别时,我并没有觉得多拥挤。我们的房屋数不胜数,不管是国家的还是私人的,有宽敞的客厅、有储藏美酒和军备用品的大地窖,但对于居住者来说,却显得很不合适。它们高大宏伟,华丽无比,使得里面的人相形见绌,犹如寄生在里面的寄生虫。让我吃惊的是,当特雷蒙特——或阿斯托或米德尔赛克斯——的侍者通报有客人到来时,我却看到一只滑稽的小老鼠在走廊上散步,找到一个窟窿后随即钻了进去。

我也觉得我的小屋不方便,当我和朋友谈论深奥的重大问题时,我们之间的

距离显然不够远。思想的驰骋也需要广阔的空间，以便让它随意调转船头，直达目的港。你必须让自己思想的子弹直线前进，不能横向或纵向跳跃，否则就有可能到不了对方的耳朵里，而是擦着脑袋从一边穿过去了。另外，我们的话语也需要足够的空间，以使它排列有序。一个人就像一个国家，也需要有适用于自己的辽阔疆土，而且在每块疆土之间还需要留出中间地带。当我跟一个朋友隔着瓦尔登湖聊天时，发现这是一种难得的享受。如果是在小屋里，我们会因离得太近而无法听清对方的话，这就好像你同时向平静的湖面扔两块石头，如果它们离得太近肯定会破坏彼此的涟漪。假如我们本就是喜欢喧哗、絮絮叨叨的人，那么我们离得很近，呼吸彼此的气息也不为过；可如果我们交流的是含蓄而有意味的话，还是离远点好，好让我们身上的湿气和热量尽快散去。

　　如果我们交流的是只可意会不可言传的感受，仅仅沉默片刻是不够的，两人还必须离远一些，直到听不见彼此的声音为止。照此看来，大声说话只是为耳聋的人提供便利，如果我们非要大声叫喊一些美妙的事物，那就无法言传其真谛了。当我们的谈话越发崇高而庄重时，会不自由自主地向后移动椅子，直到它们紧靠两端的墙壁，这时，小屋的空间就显得不够用了。我"最好"的房间是小屋后的那片松林，这是我的隐退之地，尽管它的地面很少被阳光照射，但它却是我招待客人的雅居。当夏季有朋友来访时，我会把他们带到那里，房间里的地板、物件早已被一位尊贵的管家清扫得当。如果访客是一个人，有时会品尝我的粗茶淡饭，我会煮玉米糊、烤面包，不过这丝毫不影响我们谈话。可如果访客是20个人的话，就很难解决吃饭问题了，尽管我还有两人份的面包，但他们却像戒了吃饭一样只字不提，我这样做并不失礼，反而是考虑周全的表现，很恰当。

　　肉体生命的减损，是需要及时补充的，但我的客人虽然遭遇拖延，生命活力却依然旺盛。照此行事，即便访客不是20个人而是1000人，我照样可以招待。如果我在家，却让客人饿着肚子走了，他们至少应该知道，我是很同情他们的，尽管很多管家表示怀疑。综上所述，摒弃一种旧习惯，确立一种新习惯，是很容易的，你们大可不必用请客来维持声誉。对我来说，即便是守护地狱的三头怪来了我也不会害怕,但如果有人极尽奢侈地请我做客,那我就要逃跑了,我觉得他是在暗示我以后不要再去叨扰他了,我以后必然不会再去那里。我的一个朋友在一片山核桃叶上写了几句斯宾塞的诗,以此作为自己的名片,这让我引以为傲,并且以此作为座右铭。

  人们来到这里,装满了小屋,
  不要求过多的款待;
  休息就像盛宴,一切悉听尊便,
  最高贵的心灵,最能知足常乐。

  当温斯罗(后担任普利茅斯垦区的总督)跟同伴第一次去拜访马萨索特酋长时,穿过一片很大的森林后,疲惫不堪地到达了酋长的棚屋。酋长对待他们彬彬有礼,却一整天都没有提及吃饭。到了晚上,他们说:"他让我们跟他在一张床上睡觉,当然,还有酋长夫人。这是一张用木板架成的床,离地面一英尺,只铺了一张很薄的草席。因为住所紧张,他的两名下属也要跟我们挤在一起。我们对住处很不满意,甚至开始后悔这次旅行。"第二天下午1点,马萨索特酋长"拿来两条他刚捕到的鱼",这两条鱼很大,每一条都相当于三条鲤鱼。"鱼被做好了,最少40个人一起分吃了这两条鱼。这是我们在一天两夜里吃到的唯一食物,如果不是我们买到一只鹧鸪,这次旅行就成了饥饿旅行了。"

  温斯罗和同伴吃到的食物很少,又因为"野蛮的歌声(当地人总是唱着歌睡觉,直到睡着为止)",睡眠也不充足,他们担心继续这样下去会体力不支,所以趁有力气的时候赶紧告辞了。显然,关于住宿,酋长的招待并不周到,这让温斯罗和同伴深感不便,但这却是对方给予的最高礼遇;关于食物,印第安人连自己吃的食物都没有,但他们很聪明,深知道歉无法弥补食物的匮乏,所以便勒紧了腰带保持沉默。后来,温斯罗又去过一次,恰逢印第安人食物充足的时节,这一次没有出现食物短缺的情况。

哪里都有人，我在林中居住时期的客人，比任何时期都多。在林中会客比在其他场合好得多，因为他们都不是因为琐事来找我的，因为我的居住地远离城市，仅仅这段距离就足以把他们区分开。我居住在大海深处，尽管社会的河流也会流到这里，但从我的需求来说，能够真正沉淀下来的，才能聚集在我的周围。另外，我还认识了很多未开化大陆上的人。

今天早上，我家来了一个荷马式的人，他的名字和他的身份很匹配，只可惜我在这里不能透露。他来自加拿大，以砍伐树木做柱子为生，他一天能凿好50根柱子上的洞，现在，他刚刚吃下一只土拨鼠，那是他的狗抓到的。他知道荷马，还说"如果不是有书，真不知道怎么度过下雨天"，但好几个雨季过去了，他却一本书也没读完。在属于他的教区里，一位懂希腊文的牧师曾教他读一本书上的诗，他手里就拿着这本书，但我却不得不充当他的翻译。打开书，帕特洛克罗斯的面容出现在眼前，阿喀琉斯责怪他说："帕特洛克罗斯，为什么要像个小女孩那样哭泣？"

难道你从毕蒂亚哪儿
听到什么消息了？
阿克托的儿子和伊苦斯的儿子
都还活着，就在玛密同；
仅此，我们就不应悲伤。

他说这首诗很好。他用胳膊抱着周日早晨收集的一捆白橡树皮，要送给一个病人。"今天做的事总不该出问题吧。"他说。尽管他不知道荷马写过什么书，但他知道荷马是一位作家，很难找到比他更淳朴更自然的人了。世界因犯罪和病痛阴郁不堪，而他却权当它们不存在。12年前，他离开加拿大和父亲，来到新英格兰工作，当时他只有28岁。他想挣到钱后购置田产，可能是回故乡购置。他有一副高大笨拙的身板，脖子像晒焦了一样黑，头发黑而多，一双蓝眼睛昏昏欲睡，但有时也会闪烁出明亮的光。值得一提的是，他的举止很文雅。他总是穿着一件肮脏的羊毛大衣，戴着一顶灰色的帽子，穿着一双牛皮靴。

他时常带着装有饭菜的铁皮桶，到距离我的住处几英里的地方工作——整整一个夏天，他都在砍伐木头——他特别能吃肉，而且是冷肉，基本上一直是土拨鼠的冷肉。他把装着咖啡的瓶子绑在腰带上，有时还会邀请我跟他一起品尝。他途经我的豆田，早早地来到了工作地点，却并不急于干活，因为那会伤害他的身体。即便是工作所得刚够吃住，他也无所谓。他总是把饭桶放在灌木丛里，因为当他的狗捕到土拨鼠时，他还要往回走一英里半的路程去处理，然后放进住处的地窖里。每当此时，他总要想半天：是不是应该先把土拨鼠浸泡在湖里，等到晚上收工回家的时候再取呢？他在这件事上要耗费很长时间。早上从我这里经过时，他总是那句话："鸽子真多啊！要是我不用每天砍伐木材，那我准能捕到我想吃的所有肉，比如鸽子、土拨鼠、兔子、鹌鹑等等。只要一天就能捕到一个星期的食物。"

他技术娴熟，痴迷于砍伐的艺术。他伐树时，总是紧贴着地面，一来可以让运木料的雪橇顺利滑过，二来从树根长出的嫩芽会更健壮。而且，他不像别人那样先把树根砍一半，再用绳子拉倒，而是直接把树根砍得只剩下一个薄片，只要轻轻一推，树就倒了。

我感兴趣的是，他在如此宁静寂寞的同时却保持着内心的愉悦，他的眼睛里洋溢着满足之情，他的快乐是如此纯净。我在林中散步时偶尔能碰到他，他正在砍伐树木，看到我后会用一种无法用语言描述的笑声欢迎我。他用一口加拿大腔的法文跟我打招呼，事实上他的英文也不错。当我走到他身边时，他就会停止砍伐，带着喜悦俯在一棵砍倒的松树上剥里层的皮，然后将其卷成一团，一边说笑一边品尝。他浑身充满了活力，倘若有什么事需要他思考，又触到了他的痒处，他就会笑得前仰后合，甚至在地上打起滚来。开始伐树前，他会先环视一周，然后大声喊道："在这儿伐树太棒了，这就是最好的玩乐。"当他难得有空闲时，会带着小手枪在森林里玩乐，走一会儿就要开一枪，用这种方式向自己致敬。到了冬天，他会生起一堆火，每天中午就用这堆火煮一壶咖啡。当他吃饭的时候，小鸟有时会落到他胳膊上，跟他抢土豆吃，他说自己"喜欢这些小家伙在身边"。

他永远充满了活力，如果只论坚韧程度，他足以和松树、岩石相媲美。我曾问他劳动一天后，晚上会不会觉得累，他用真诚的目光看着我说："我长这么大从来没觉得累过。"然而，他的智力却没有得到开发，至今仍像个孩子。他接受的是一种天真而无用的教育，就像天主教的传教士对土著人的教育。这样的教育方式，是无法提高学生的意识境界的，而只能让他们停留在信赖和崇敬的层次上，就像一个没有教育好的孩子，始终保持着天真的状态。当造化之手创造他时，给了他强壮的身体，赋予他对生活的满足感，用尊敬和信任支撑着他，于是，他便可以用孩子般的纯真心态活到70岁。他纯真质朴，毫无掩饰，甚至都不用介绍，就像你不用给土拨鼠作介绍一样。

他一点也不造作，他为别人工作，别人给他报酬，相当于给他提供了食物和住所。他不喜欢跟别人交流。他淳朴而谦卑，如果没有任何欲望可以称为谦卑的话，但他对此却浑然不知。在他看来，智者简直像神仙一样，如果有这样的人要来，他必然会认为这跟他没有一点关系，事情自然会办好，人们还是忽视他比较好。没有人赞美过他，他对作家和传教士心怀崇敬，认为他们的工作很神奇。我跟他说，我也写了很多作品，他却以为我说写了很多字，他的字也写得很好。确实，他有时会把故乡的名字写在厚厚的积雪上，字迹秀美，还标注了法文的重音符号，我看到这个，就知道他曾从这里经过。我问他是否考虑过把自己的思想写下来，他说曾帮文盲读过信、写过信，但从没想过写下自己的思想。他不会，他连开头都不会写，这对他来说太难了，况且写的时候还要注意拼音。

一位智者兼改革家曾问他，是否希望这个世界改变。他听到后惊讶地笑了，因为他从未考虑过这个问题，所以他带着乡音说："不用了，现在就很好。"倘若一个哲学家跟他交谈，必然能从他身上学到很多东西。不认识他的人认为他很无知，但我却能在他身上看到不一样的他：我不确定他究竟是像莎士比亚一样聪明，还是像婴儿一样尚未启蒙；我不确定他的话是富有诗意，还是他就是一个笨蛋。有人跟我说，曾看到他戴着小帽在树林里闲逛，悠然自得地吹着口哨，俨然一个微服私访的王子。

他只有两本书，一本历法、一本算术，他对算术尤为精通，而历法在他看来则像一本百科全书，囊括了人类思想的精髓。从某种程度上说，确实如此。对于当前的一系列改革，我总是乐于询问他的意见，而他每次都会给出简单、实用的答案，尽管他从未听说过这些事。我问他没有工厂能生活不？他说穿佛蒙特式的家纺布就很好；我问他没有茶和咖啡行不行？他说水是最好的饮料，除此之外还需要什么呢，他曾用铁杉树叶泡水喝，比白开水好喝；我问他没有钱怎么办？他马上给我举例说明钱币的好处，就像是探讨哲学意义上货币的起源，比如他的财产是一头牛，但现在他要用针线，他总不能把牛分成一块一块去商店买针线吧，这样多不方便啊！他对很多制度的评价，比哲学家的辩护还要有说服力，因为他是根据自己的实际情况，说出某种制度得以通行的理由，无需什么假设。一次，人们在讨论柏拉图对"人"下的定义：没有羽毛的两只脚的动物，其中一个人拿来一只拔光了羽毛的公鸡，说这就是柏拉图所谓的人，他听到后说两者最大的区别，是膝盖弯曲的方向不同。他有时会大喊："我太喜欢聊天了！我能说上整整一天！"

有一次，我们几个月没见面。当我见到他时便问夏天有什么新感受。他说："天啊！像我这样一天忙到晚，要是能记得什么新感受就好了。如果一起锄草的人要跟你比赛，那你的心思就会全在这上面，想到的只是杂草。"类似的情形，他有时也会先问我有什么进展。冬季里的一天，我问他是否对自己满意，我想替他找到一种能取代牧师的东西，希望他能有更高的生活追求。结果他回答："满意！有人对这些事满意，有人对那些事满意，或许什么都拥有的人，会后背靠着火炉肚子靠着饭桌，真是这样！"不管我怎么努力，都不能让他说出对事物精神方面的看法，他秉持的最高原则就是"单纯的方便"。这一点和动物的喜好一般无二，而事实上，大多数人都是如此。如果我建议他换一种生活方式，他会说太晚了，语气中没有一点遗憾，他始终尊崇诚实这一美德。

通过对他的观察，我看出他多多少少是有独创性的。他有时会琢磨怎么表达自己的观点，这种情况很少见，如果让我跑十英里去观察这种现象，我也愿意，因为这相当于重新审视了一遍社会制度的起源。虽然他的表达还不太清楚，而且有点迟疑，但他的一些观点却正确无比。他的观点是原始的，和他肉体的生命是不可分割的整体，但这显然要比仅仅拥有学问的人的思想高明得多，只是还不够成熟，还不能作为报道出现。他曾说，即便是生活在社会最底层的人们，即便他们很卑微，而且目不识丁，仍然有产生天才的可能，他们有自己的独立见解，从不自诩无所不知，他们像瓦尔登湖一样深不见底，但也可能底部是黑暗的泥沼。

　　经常有旅行者绕很远的路来我这里，只为了看看我，看看我的小屋，但他们却使用讨水喝的借口，对此，我会指着瓦尔登湖告诉他们，我直接喝湖里的水，我很愿意把小勺借给他们。每年4月1日左右，人们就会外出踏青，尽管我的居住地很偏远，却仍逃脱不了被拜访的命运。真是吉星高照啊，访客中居然有这样的奇葩——从救济院或其他地方来的傻瓜。我尽最大努力让他们放松，好展示出所有才华与我畅快交谈，我们时常会以机智为话题，这样我将受益匪浅。说真的，我认为他们的才智远在乡村或城市的管理者之上，他们甚至可以位置互换。我觉得在才智方面，愚笨的人和智者之间没多大差别，尤其是一个淳朴而单纯的贫民来拜访我，并表示希望像我一样生活时，我更坚定了这个看法。

　　在此以前，我多次见他像篱笆一样站在田野里或者坐在箩筐上，照看自己的牛群，以免其丢失。他突破自卑的防线，用极其诚恳的态度告诉我，他"智商低下"，这是他的原话。尽管上帝造就了这样的他，他还是相信上帝对他的关爱与对别人的关爱相同。他接着说："我从小就这样，脑筋一向不太好使，我跟别的孩子不一样，我的智商很低，我觉得，这可能是上帝的意愿。"他的行为无疑证实了他的话。对我来说，他就像一个哲学上的谜题。他非常有希望，他的话无不透露着诚恳和真实，我很难碰到这样的人。他的极度自卑，恰恰彰显了他的无尚高贵。我原来并不知道这是一个很有效的办法。我和他在诚恳和真实的基础上进行的交谈，比跟任何智者进行交谈所达到的层次都深。

还有一些访客，他们看上去不像城市贫民，实际上却是真正的贫民，甚至是世界级的贫民。他们不在乎你是否好客，只在乎你的盛情款待。他们迫切希望得到你的帮助，但一张嘴就透露出不想自救的意思来。我希望我的访客不是饥饿的人，尽管他们有着世界上最好的胃口，且不管他的好胃口是怎样形成的，因为需要施舍的人和访客是有本质区别的。还有些客人，看到我忙碌起来，也意识不到拜访活动已经结束了，而且他们的问题我也懒得回答了。当鸟儿开始迁徙时，很多智者都来拜访我，他们的才能使他们知道自己想要什么。当逃亡的奴隶经过我这里时，小心翼翼地竖着耳朵听动静，就像寓言故事里的狐狸正被猎犬追踪，用祈求的眼神望着我，似乎在说："基督徒啊，你真的要把我送回去吗？"

有一个逃亡的奴隶在我的帮助下，向北极星的方向逃去。有的人像只有一个心眼儿的小鸡，有的人像一只母鸡，有的人像一只小鸭，有的人像照料着一大群小鸡的母鸡，思绪万千头脑混乱，为了捉到一条虫子而在清晨丢失了20只小鸡，搞得自己羽毛凌乱、肮脏不堪。还有一些不用脚而用智慧走路的人，就像一条聪明的蜈蚣，让人浑身发抖。有人跟我说，最好用本子把所有访客的名字记下来，可是，根本不需要，因为我的记忆力很好。

我总能看到我的访客的特点，比如小女孩、小男孩、少妇来到这里总是很兴奋，在欣赏湖水和鲜花时不知不觉过了很久；而商人来到这里则会感到孤独，认为我这里离别的地方太远了，农民到这里时也是这样的想法，尽管他们嘴上说喜欢在林中闲逛，但事实上并非如此。这些人焦躁不安，把生命中的所有时间都用在了谋生上。牧师整天把上帝挂在嘴上，似乎这是他的专利，对于别人提的意见置若罔闻；医生、律师、忙碌的女管家趁我外出时打量着我的橱柜和床铺——不然她如何知晓我的床单不如她的干净。还有一些已经不年轻的年轻人，按照惯例走着自己的职业道路，他们以为这样很安全，还时常指责我的生活一无是处。哎！这就是问题的关键！那些上年纪的、生病的、胆小的人，心心念念的都是疾病、意外事故以及死亡。他们觉得生命时时处处都有危险，但是，如果你不想的话，又会有什么危险呢？他们认为，考虑周全的人应该找一个安全的地方，那里的医生要时刻待命。他们认为村子其实就是一个联合防护的团体，就算是摘几枚越橘，他们也要带着药箱。是的，一个活着的人随时都有死亡的危险，但如果这个人本身就是个活死人，那么死亡的危险反而会减少。一个人不管是在家里坐着还是在外面奔跑，所面临的危险都是一样的。最后一种人，自称是改革家，我最讨厌的就是这种人。他们以为我唱的只是——

这是我建的小屋，
这是生活在小屋里的人；

但其实我还有后两句——

就是这些家伙，
困扰着建造小屋的人。

我一点都不怕抓小鸡的苍鹰，因为我一只小鸡也没有养，但我怕抓人的鹫鸟。

不过，有些访客还是让我很愉快的。孩子们欢快地来采野果，衣着整洁的铁路工人来散步，渔夫、猎人、诗人、哲学家等等所有真诚的朝圣者，都是为了自由才到森林中来的，他们从心里已经忘却了农村。对于这样的人，我很乐意对他们说："欢迎，英国人！欢迎，英国人！"因为我曾跟他们有过交往。

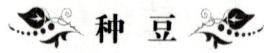 种 豆

如果把我种好的豆子一行一行相接,应该有七英里长了。现在的当务之急是给豆田锄草松土,因为第一批种的豆子已经郁郁葱葱,而最后一批豆子还没有种,不能再拖了。这件对于赫拉克勒斯来说微不足道的工作,我干起来却如此费力,如此伤自尊,意义何在?我还没有弄清楚。我喜爱这一行行的豆子,尽管它们已经远远超出我的需求。

因为种豆,我爱上了这块土地,从而获得了像安泰(希腊神话中的巨人和英雄)那样的力量。我种豆的原因何在?天知道。整整一个夏天,我始终在大地的这一小块表皮上劳作。以前这里生长着洋莓、狗尾草、黑莓以及很多野果和鲜花,现在,我却让它生长着豆子。我应该向豆子学习什么?豆子又应该向我学习什么?我很重视它们,每天细心照顾它们,给它们松土、锄草,以此为日常工作。露水和雨水是我的助手,负责滋润干燥的土地,而土地本身也有着丰富的营养,尽管有些土地比较贫瘠。害虫和土拨鼠是我的敌人,后者吃掉了我四分之一英亩的豆子。但反过来想想,谁又给了我拔掉狗尾草的权利?我凭什么要毁掉它们一直以

来生存的地方？还好，没有被毁掉的豆子长势很好，我又该对付一些新的敌人了。

我清楚地记得，当我4岁那年从波士顿迁移到这里时，曾从这片森林里经过，还见过瓦尔登湖。这是我记忆中保存的最早的片段之一。今天晚上，我的笛声在同一个湖里响起，有幸活下来的松树比我的年纪还大，不幸被砍伐的，其树根成了我的燃料，周围冒出来的小松树，让下一代人的眼前又多了一道风景。要想知道我的再次到来，让这里发生了什么变化，就看看这些豆叶吧，还有玉米叶子以及土豆秧。我种的地大概有两英亩半，这块田地在15年前曾遭遇砍伐，这使我获得两三考特树根。我没有给我的农作物施肥。在我今年夏天刨地时，刨出几个箭头，显然，早在白人到达这里之前，已经有某个古老的民族在这里生活过了，他们很有可能也种植了玉米和豆子，而且没有施肥，所以耗尽了土地的肥力。

清晨，当太阳还没有升起，土拨鼠和松鼠正在大路上流窜，露珠还没有从植物上消失时，我已经在豆田里锄草了。我喜欢用泥土把杂草盖住，尽管很多农民朋友好心地提醒我不要这样做，但我还是照做不误，因为我要赶在露水消退之前干完。我光着脚在田地里劳动，就像一个以露水和泥土为原材料的雕塑家正在工作。假如等到正午做这个工作，我的脚就要被晒得起泡了。太阳出来了，我在阳光下劳动，从那15杆长的田地这头慢慢走到那头，每走一遭，我都觉得其中一头的浆果颜色又加深了，而另一头的橡树树荫则充当了我的休息场所。我在锄草的同时，还给豆苗培土，好让我的豆苗生长得更好，让这块土地以豆叶和豆花来寄托夏日的哀思，而不是以苦艾、芦管、栗粟。我每天的工作基本上就这样。我没有借助牛马、雇佣工、小孩、先进农具的帮忙，所以进度很慢，但正因如此，才让我和豆子之间更亲近了。用手像苦工那样劳动，总不该是懒惰的形式吧。

有些旅行家坐着马车，悠闲地搭着手，缰绳挽成了花饰，向着西边的林肯和维兰德或者别的什么地方去了，跟他们相比，我就成了在土地上劳作的居家劳动者。我的小屋和田地很快被他们的眼睛和思想抛在了后面。由于在很长一段路程中，只有我的田地是被耕种了的，所以总能引起他们的注意。他们时而提出批评："豆子种得太晚了，豌豆也晚了。"——别人早就开始锄地了，我却正在播种。

对于这些，我这个业余农民从来没想过。一个身穿灰色上衣，头戴黑色礼帽的人说话了："孩子啊！这种农作物只配让牲畜吃！他在这里住吗？"一个农民勒住马缰绳，停下来问我为什么不施肥，他说应该撒点垃圾的碎屑或者灰泥之类的任何肥料。但是，我有两英亩半田地，而我只有一把锄头，我没有牛马，只有自己的一双手，而垃圾又离得很远。

还有一些旅行者，把我的田地和他一路上见到的田地大肆对比，这无疑让我认清了我在种植行业中的地位。可是我想说的是，在大自然中更加荒芜的土地生产的粮食，会有人计算它们的价值吗？从英格兰收割来的干草，都被仔细测定了硫酸盐、碳酸钾的含量和湿度，但是任何山谷、洼地、林地和沼泽地都生长着丰富的植物，只是没有人去收割而已。而我的田地呢，恰好位于以上两者之间，就像位于开化国和野蛮国之间的半开化国，但这绝无贬损之意。很高兴我种的豆子重返原始的野生状态，而我的锄头则负责为它们高唱牧歌。

整整一个早上，附近一棵白桦树上的歌雀（也有人称它为红眉鸟）都在歌唱，它很乐意与你为伴。如果这里没有农田，它就会飞到别处的农田里去。当你播种时，它叫着："丢了，丢了它——遮，遮起来——拉，拉上去。"但这里并没有种玉米，也就不会有它那样偷吃庄稼的敌人。你可能会很好奇，它那纯属无稽之谈的叫声，就像帕格尼尼非正式的演奏，跟你的播种有什么关系。就算是听鸟叫你也不愿意去弄些灰泥做肥料，确实，这就是我最信任，同时也是最廉价的肥料。

我用锄头在田地里挖出新土，同时也挖出了某个古代民族留下的灰烬和狩猎用的武器，他们曾居住在这里，却没有留下任何文字记载。他们用过的石器和其他天然石头混在一起，有的石头上还有被火烧过的印记，还有一些陶瓷用品则可能是现代农耕者留下的。我的锄头敲打在石头上的叮当声，传到了远处的树林和天空中，成为我劳动的伴奏，这种收获是无法计算的。似乎，我种的不是豆子，我也不是在种豆，但突然我又想到，我的朋友们正在城里听歌剧。在这艳阳高照的午后，我在辛勤地劳作，夜鹰在空中盘旋，就像我眼中的一粒沙，或者说是天空中的一粒沙，它偶尔突然降落，好像把天空划成了两半，但天空随即又恢复了原样。空中还飞着很多精灵般的小鸟，它们把蛋产在地面上、黄沙上、岩石上或者山顶上，很少被人看到。它们体型修长漂亮，就像湖面泛起的阵阵涟漪，又像被风吹到空中翻飞的树叶，在大自然中，到处都是这样的声气相融。我有时会被空中盘旋的一对鹞鹰吸引，它们上下相对，远近适宜，就像我的思想；有时又会全神贯注于一群野鸽，它们在树林之间穿行，发出嗡嗡的轻微颤抖声。当我停下手里的活儿，靠在锄头上休息时，所有这些声音和景象都是我能听到和看到的，也是乡村生活中最有兴味的一部分。

当节庆日来临时，小镇里会鸣放礼炮，在森林中听很像气枪的声音，偶尔也会有军乐声传来。在远离小镇豆田中锄草的我听来，礼炮声更像是真菌爆炸。假如是部队在演练，而我却不明所以，只能隐约感觉到大地在颤抖，就像要出疹子似的，又或者是猩红热或马蹄疫，稍后，一阵温暖的风拂过大地，吹到维兰德公路上来了，把部队的小溪带给了我。这时，嗡嗡的声音传来，似乎谁家的蜜蜂飞出了窝，于是，邻居们拿起响声最大的锅壶之属不断敲击，以便让它们飞回窝里去。当嗡嗡的声音消失后，温柔的风也讲完了故事，最后一只蜜蜂也被人们赶回了米德尔赛克斯的窝，他们已经开始考虑蜂蜜了。

当我得知马萨诸塞州和祖国都很安全时，我感到无比自豪，于是满怀信心重新开始了劳动。

如果村子里有几支乐队同时演奏，那它就像个大风箱了，所有建筑都会交替着一会儿鼓起来一会儿陷下去。不过，传到森林里来的，到都是令人愉快的乐章，我认为自己拥有了杀死一个墨西哥人的能力，于是到处寻找土拨鼠和鼹鼠，试图实际操练一下我的骑士精神。这种军乐就像从遥远的巴勒斯坦传来的，让我想起了东征的十字军。这一天真是伟大啊！尽管我仰望天空，看不出与以往有何差别。

经过和豆子的长久相处，我在种植、锄地、收获、打场、捡拾以及出售方面得到很多经验，不妨再加上最后一个吃，我吃了豆子，并尝出了其中的味道。

我想要了解豆子的一切，于是在它还长在地里的时候，经常从早上五点劳动到正午时分。一天当中的其余时间我则自由支配。原来人和草可以如此亲近——这是很麻烦的,劳动的时候这些草就够麻烦的了——将其全部铲除,野蛮地扼杀其组织细胞,同时,锄头还要加以区别,以免伤到要留下来的草。艾草、猪猡草、酢酱草、芦苇,把它们都拔起来,根部朝上,让太阳暴晒,不让一根纤维留在阴影中,否则,它们将在两天后复活,并且像韭菜一样充满生命力。这是一场持久战,我每天都来战斗,将杀死的敌人横尸于沟壑之中。

在这个炎热的夏天,我的朋友们不是在波士顿或罗马研究美术,就是在印度研究哲学,还有的在伦敦或纽约的生意场里。而我却在从事农业,像其他千千万万新英格兰农民一样。但我这样做并不是因为想吃豆子,而是因为我的秉性属于毕达哥拉斯那派,至少在种豆子这件农事上是这样。不管是为了吃、拉选票、换大米,还是为了未来一个预言家,总得有人在田里劳动。可以说,这是一种难得的快乐,尽管持续的时间有点长。尽管我没能全部为它们锄一遍草,松一遍土,但我已经尽了最大的努力,这样是有好处的,正如艾芙琳所说:"真的,所有复合肥或粪肥都不如用锄头给泥土翻个身。"他还说:"泥土,尤其是新翻出来的泥土,具有很大的磁力,能够吸引盐、力或美好的德行,以增强自己的生命力。土地是劳动者的劳动对象,我们借助于在土地上的劳动养活自己,所有的肥料和发臭的东西,都是人们劳动的代替品。何况,有些土地仅仅是耗尽了力量,正在休息的废地。"我总共收获了12蒲式耳豆子。

为了让我的种植情况更详细、更可信,我把我的收支状况列了下来:

一把锄头——0.54美元

耕地——7.50美元

播种——3.125美元

土豆种子——1.33美元

豌豆种子——0.40美元

萝卜种子——0.06美元

篱笆白线——0.02美元

耕马及3小时雇工——1.00美元

收获时用的马和车——0.75美元

共计——14.725美元

我卖出的农作物：

9蒲式耳12夸特之豆——16.94美元

5蒲式耳大土豆——2.50美元

9蒲式耳小土豆——2.25美元

草——1.00美元

茎——0.75美元

共计——23.44美元

收入和支出抵消之后，我还赢余8.715美元。

这便是我种豆的经验：6月1日左右，挑选一些新鲜的、外形美观且不掺杂别的种子的白色小豆子种到田里，行距3英尺，株距18英寸。时刻防治害虫的侵害。如果有豆子没发芽，及时补种。之后要时刻警惕土拨鼠的糟蹋，它们不仅会把刚露头的豆子叶吃光，还会把蓓蕾、豆角一起吃掉。特别需要注意的是，如果你不想让你的豆子被冻坏，就应该尽早收获，这样才更容易卖出去。

我还获得了一些经验：我告诉自己，明年我不会下这么大工夫种豆子和玉米了，我要种诚恳、真理、淳朴、自信等等这样的种子，我要看一下它们能否在肥力和劳力都很少的土地上生长，因为土地的力量足够它们生长了。尽管我对自己说了这样的话，可到来年夏天，并且一个又一个夏天过去了，我不得不说，我的读者啊，倘若我种下去的是美好的德行，那么也都被害虫吃掉了，没等发芽就都死了。通常情况下，人们的勇敢或怯懦都不会逾越自己的祖先。现代人每年种的豆子和玉米，和几个世纪以前印第安人种下的是一样的，是他们传授给了第一批移民，命该如此，很难改变。

我曾经看到过一个令人惊讶的老头子，他用锄头挖洞的动作至少重复了70

次,却并不是为了给自己挖掘墓穴。新英格兰人为什么不尝试一下新的事业呢?他们应该不要过分地关注自己的玉米、土豆、草料和果园,而是种植些别的东西。为什么他们只是关心豆子的品种却对新一代的人类不闻不问呢?我们认为我前面提到过的品德,是高于其他事物的,如果一个人具备这些品德,并且这些飘荡于空中的品德已经在他身上生根发芽,那么我们应该由衷地感到满意和快乐。如果出现了一个新品种的品德,难以言传,例如真理或公正,数量很少,但是它还是从大道而来,那么我们的大师就该接受这样一种训令,选择优良品种,送回国内,国会再把它分发到全国去栽培。我们不能用虚伪来对待真诚。如果我们已经拥有了高贵和友情,我们就不能让卑鄙来欺骗、侮辱、排斥对方。我们也不该来去匆匆。大多数人我无缘得见,因为他们总是忙于照料自己的豆子,腾不出更多的时间。我们别去结交这样的大忙人了,他在劳动之余,会像倚靠手杖那样倚靠在锄头或铲子上,跟香菌类似,并只有一部分是来自土壤,身形并不笔直,就像燕子行走在大地上——

"说话的时候,翅膀时时张开,既像要飞走,又像要停下来。"

让我们觉得好像在跟天使谈话一样。面包可能不能总是起到滋养我们的作用;但是总是对我们有利的,能让我们的关节不再僵硬,能让我们变得柔软活泼,甚至能在我们不知罹患什么病痛的时候,让我们从大自然和人间找到关爱,享受到纯粹而浓烈的快乐。

古代诗歌和神话告诉过我们,农业活动曾经是神圣的艺术行为。但是我们匆忙杂乱的生活,太注重于大型田园和最后的丰收。现在我们没有节庆日,没有仪式,没有规则,连耕牛大会和感恩节也是这样,本来这些形式,都是为了体现农民这个职业的神圣,或者追溯农业活动的神圣起源,但是现在人们看到的只是利益收获和一顿大餐了。现在他不供奉色列斯,不供奉约夫,而只供奉普鲁都斯这样的恶神。我们都没能摆脱贪婪、自私和卑劣的习惯,就是只把土地视为财产,或者是获得财产的手段,不惜以破坏风景为代价,是我们把农业活动搞得跟我们自己一样卑贱,让农民过上了最为屈辱的生活。他对自然的理解,跟强盗对自然的理解并没有什么不同。卡托说农业所得是很虔敬而正直的（maximeque plus quaestus），照伐洛说，古罗马的人"把地母和色列斯叫成同一个名字，在他们看来，农民的生活是虔敬而有用的生活，农民才是农神的子民"。

我们总是忘记，太阳对我们耕种的田地、草原和森林的爱是同等的。它们都反射和吸收了太阳的光线，田地只是太阳每日关爱的图画中的一小部分。从它的角度来看，整个大地就像一座花园。我们在接受它的光和热的同时，也接受了它的大度和信任。我重视大豆的种子，注重秋天的收获，这又怎样呢？我瞭望广阔的田地这么久，广阔的田地却不把我当成耕种的人，而是去感谢那些给它洒水，使它变绿的更为友好的行为。

豆子的收成也并不算我的收获，因为有一部分成果是要送给土拨鼠。麦穗（拉丁文 spica，古文作 speca，词根 spe 是希望的意思），不光是农夫的希望；它的果实，换言之，谷物（granum，词根 gerendo 是生产的意思）也不是它生长的全部意义。这样的话，我们怎能有歉收这一说呢？我们应该为野草的茂盛感到欣喜，因为它们的种子会喂养鸟雀。田地所得是不是堆满了粮仓，相比而言，成了小事。真正的农夫不必忧心忡忡，就像松鼠一样，它们不会关心今年树林产不产栗子，真正的农夫整天劳作，却并不祈求所有产出都归自己所有，在他的心里，不管是第一个还是最后一个果实，都是应该贡献出来的。

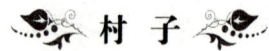 村 子

  上午除了锄地，我还会读书写字，之后便会到湖里游会儿泳，但顶多游到一个小湾。湖水洗去了我身上劳动的灰尘，或者是读书写字导致的皱纹。下午的时间我会随意支配。每一天或两天，我会去村子里一趟，听村民们说永远也说不完的闲话，有些事是从别处听来，再说给其他人听，有些事则是从相互转载的新闻上看来的，如果能以尝鲜的态度对这些闲话浅尝辄止的话，也是一件很有意思的事，就像树叶的声音和青蛙的鸣叫声。

  我在林中散步的时候，喜欢观察鸟雀和松鼠；我在村里散步的时候，喜欢看男人和小孩，所以我听到的要么是松涛和风声，要么是车马的声响。在我的屋子里，从一边看，能看到河畔的草地，那里有一个地方是麝鼠的老巢；从另一边看，是繁忙的村落，村口有榆树和悬铃木，村民就像大草原上的狗一样，要么守在自己的窝门口，要么去找邻居闲聊。我经常去村子里观察他们的生活。

  我觉得，整个村子就像个大型的新闻编辑室，旁边的杂货铺起到了国务街上里亭出版公司的角色，杂货铺经营的主要商品有干果、葡萄干、盐、玉米粉，还

有其他一些食品杂货。但是有人却对这里的另一主营产品——新闻，有着强大的消化吸收能力，他们总是坐在街道上，陶醉于像地中海季风一样或汹涌或私密地扑向他们的新闻，那种感觉也像他们都被注射了有局部麻醉作用的乙醚，虽然头脑都很清醒，却感觉不到痛苦——不然一些新闻是应该引起他们的痛苦的。每次我散漫地走过村子的时候，都能看到这群宝贝要么成排地坐在石阶上晒太阳，身子轻微前倾，眼睛不时轻浮地瞟向别处，要么身子斜倚着谷仓，插在裤袋里的手像女像石柱一样支撑着自己的身体。

因为他们常常待在户外，所以任何小小的风吹草动都逃不过他们的耳朵。这里就像粗粝的磨坊，新闻在这里经过第一道粗加工后就进入了住户，就像进入了更精密的容器。我看到，食品杂货店、酒吧、邮局和银行是村子里最有生气的地方；其次就是钟表、大炮和消防车，它们就像必备的机器零件一样，都出现在最合适的地方。为了最大限度利用人类的特性，房子都是面对面建造的，这样，经过这里的任何人都要接受所有人的夹击。当然了，住所在巷口的人会最先看到来人，也最先被来人看到，所以这里的人就要付更多的租金；还有些人七零八落地居住在村外，来人在到达他们那里之前，可以选择翻墙逃走，或者抄小路走掉，所以他们要付的租金或窗税就很低。

居住在这里的人引诱来人的武器就是各种招牌，能抓住他的胃口的，是酒店和食品店，干货店和珠宝店抓住了他的幻觉，理发店招待的是他的头发，鞋子店和成衣店伺候的是他的脚或者他的下摆。另一种最危险的情况是，你得挨家挨户地参与那些有很多人参加的场合。我对应这些危险的方法是毫不犹豫地直奔目的地而去。不想受到夹击的人应该向我学习。还有一种办法是只想崇高的事物，就像俄耳甫斯那样："弹奏七弦琴，高声歌唱着对诸神的赞美诗，压过了妖女的歌声，所以避过了灾难。"有些时候，我会迅速溜走，没人会知道我的踪迹，因为我对礼节是不大在乎的，所以如果篱笆上有个洞，我会毫不犹豫地钻过去。我还常常闯到一些人家里，在那里我会受到很好的款待，能听到一些我想听的新闻，比如刚刚平息了什么事件、战争与和平的前景、世界各国之间的合作还能持续多久等等，得到这些信息以后，我会从后门的小路溜走，潜回我的森林之中。

有时候我会在城里待到很晚才回家，这对我而言，也是一种有趣的经历，尤其是在伸手不见五指或者有暴风骤雨降临的夜晚更是如此，我会在肩上扛着一袋黑麦或者印第安玉米粉，驾着小船回到我在林中的安乐窝。不用担心在路上会受到困扰，只需要带着自己快乐的思想躲在甲板下，用我的肉体把着舵就好，如果一切顺利，我甚至会直接用绳子把舵拴死。在返回的途中，烤着舱里的火炉，我获得过很多令人愉悦的思想。

不管遇到什么天气，我都不会忧郁或悲怆，虽然我遇到的坏天气也并不多。平常的日子，森林要比你想象中黑暗得多。最黑的时候，我只能依靠树叶间隙漏出来的天空，一边走一边认路，如果遇到没有车道的地方，我就用自己的脚来探索道路，有时候我也需要用手摸摸几棵熟悉的树才能辨明航向，例如，有两棵松树，它们之间的距离是18英寸左右，这两棵树中间的位置，就是森林的中央。有时候，在漆黑潮湿的夜晚，眼睛什么都看不到，我就用脚探路，但是心思却飞向了别处，像梦游一样，直到伸手开门的时候，才意识到已经到家了。可能我的身体即使被灵魂抛弃了，也可以自己找到回家的路，就像手不需要别的帮助就能摸到嘴一样。有时候，如果访客待到了很晚，而这一夜又偏巧很黑的时候，我就会把他从屋后送到车道上。还要给他指明回去的方向，并告诉他，最好依靠自己的腿而不是眼睛前行。

曾经有一个这样的夜，两个来湖边钓鱼的年轻人迷路了，我给他们指了路。他们的家就在离森林约一英里的地方，还是这里的熟客呢。一两天后，其中一个年轻人告诉我，他们在自己的房屋附近转了大半夜，天快亮的时候才回到家，这中间还下了几场大雨，树叶淋湿了，他们也被浇透了。老话形容最黑暗的夜，就是简直可以用刀子把黑夜割下来，我听说有人在这样的夜里，即使是去街上走走都会迷路。住在郊外的人开车来村里买货，就必须在村里过夜；还有出门访客的绅士和淑女，哪怕只走了半英里的路，就只能用脚摸索着前进，连在什么时候在什么地方拐弯都不知道。

所有在森林里迷路的经历，都是惊险宝贵而值得回忆的。如果是在白天遇到暴风雪，即使是常走的路，也会迷路，不知道路会通向哪里，这条路就跟西伯利亚的路同等陌生了。如果这种情况发生在夜晚，困难指数无疑更高。我们平常走路的时候，总是无意识地依据一定的标识物前行，比如灯塔或者海角等等，如果走的是不太熟悉的航线，我们头脑中也会有临近的海角的印象，除非我们完全失去了方向或者转了一次身。在森林中，只要你闭上眼睛，一转身，你马上就会迷路——这时我们才会感慨大自然的浩淼和奇幻。不论是睡觉还是心思飞向了别处，清醒过来以后，都应该看看罗盘上指明的方向。我们常常非要到迷路以后，或者说失去世界之后，才会关注自己，对自己的处境有更多的认识，并且意识到跟我们发生联系的自然是无穷的。

第一个夏天快结束的时候，我一天下午去村子里取鞋子，却被捕进了监狱，原因是我在另一篇文章里提到过，因为我不肯向国家交税，甚至不承认国家的权力，因为这个国家在议会门口把男人、女人和孩子当成牛马一样买卖。我本来去森林里是因为别的原因，但是不管人去哪里，肮脏的机构总会跟随到哪里，从他身上攫取财富，如果他们可以，他们会用尽一切手段强迫他回到共济会式的社会里。我本来可以对他们进行强有力的抵抗，因为终归会有点作用，我本来可以竭尽全力反对社会，但是现在我选择让社会来反对我，因为它才是绝望的一方。

但是第二天我就被释放了，还拿到了补过的鞋子，回到森林中的时候，还凑巧在美港山上吃了一顿越橘。除了代表国家的人物外，没有其他人骚扰我。除了摆放稿件的桌子以外，我不用锁，不用门闩，窗子、梢子上，甚至连一只钉子也没有。即使要出门好几天，我的门也从来不会上锁。在接下来的秋天里，我在缅因州的森林中生活了半个月，这段时间我也没有锁门，但是我的屋子比驻扎着哨兵的住所还受人尊敬，劳累的游人可以在我的火炉边休息取暖，我在桌子上还放了几本供文学爱好者翻看的书，也会有好奇的人打开橱柜看看我剩下了什么饭菜，还可以知道我晚餐能吃点什么。

虽然不管哪个阶层都有很多人到湖边来，但是他们并没有给我造成多大不便，除了一本荷马的小书之外，我并没有什么损失，至于那本书，可能是因为封面的镀金镀坏了，所以被军营中的士兵拿走了。我坚信，如果每个人都像我的生活这么简单，就不会有偷窃和抢劫了。之所以会有这种不好的事情发生，是因为社会上的一些人所得大于所需，而另一些人却所得小于所需。蒲伯翻译的荷马应该马上大面积传播……

Nec bella fuerunt,
Faginus astabat dum scyphus ante dapes.

"世人不会战争，在所需只是山毛榉的碗碟时。""子为政，焉用杀？子欲善而民善矣。君子之德风，小人之德草，草上之风，必偃。"

 湖

有时，我会对人类之间的社交感到厌烦，朋友之间的交往也让我心绪惆怅。那时我就会到小屋的西边漫步，一直走到没有人烟的地方，抵达"新鲜的森林和牧场"，也可能会在夕阳晚照的时候，到利津山上品尝一些越橘和浆果，并带一些回去当食物储备。

水果是不会把自己的香味展示给购买者的，当然也不会满足那些只为卖钱而种植的商人。也许只有一种方法可以感受到它的香味，那就是问一问牧童和鹧鸪，只是很少有人这样做。如果你没有采摘过越橘，就不能轻易说知道了它的香味，这样有悖于事实。真正的越橘只能在山上存活，因此它从没有踏足过波士顿，波士顿的人们也就没有见识过越橘的真面目。水果的香味都在那表皮的薄薄霜衣上，运输过程中的舟车劳顿早已经将它的香味消耗掉了，剩下的只是单纯的食品。

完成一天的锄地任务后，我有时会走到湖边的垂钓者身边。他总是从早晨开始就安静地坐在那里，有一些烦躁，一句话也不说，就像一只孤独的鸭子或一片漂浮的叶子，在那里独自思考某个哲学问题。我的到来，或许正是他顿悟的契机，

那一刻，他的境界已经上升到古老修士的级别了。

有一个钓术精湛的老人，在木工上也很精通。他总是在我的家门口整理钓线，把这里当成渔民们的临时客栈。对此，我也觉得很荣幸。有时候，我们会共乘一艘船到湖上漫游，一个在这头，一个在那头，不过，我们很少交谈，因为他的耳朵已经失聪了，但他偶尔也会哼唱几句圣诗，正好契合我的人生哲学。可以说，我们之间的神交远比语言的交流更美妙。我总是会在没有人交谈的时候，用桨敲击船舷，那声音回响在周围的森林中，激起了阵阵声波，就像动物管理员惊动了动物一样，整个山林都开始咆哮了。

夏天的夜很温暖，我常乘着船到湖中吹笛子，那些鲈鱼或许也沉醉在我的笛音中了，环绕在我周围。月亮倒映在波光粼粼的湖面上，斑驳的树影伴随左右。以前，我总是带着伙伴到湖边探险，先点燃火把吸引鱼群，然后在钓钩上拴好鱼饵，接着就可以钓鳕鱼或者鲶鱼了。结束之后，夜已经深了，我们就将火把抛到高高的空中，天空上就像点燃了烟花一样，落到水里后还会嗞嗞作响。我们也陷入了沉沉的黑暗中，只能哼着歌慢慢摸索到人类的喧嚣中。现在我已经定居到了湖岸边。

我偶尔会到村民的家里做客，等到主人困倦休息的时候，我就回到森林里。但也不排除我为了第二天的饮食到子夜时分还在月下垂钓，耳边传来猫头鹰和狐狸的鸣奏，间或还有不知名的鸟雀的叫声。记忆总是那么美好，曾记得我在40英尺深的湖里抛了锚，距离岸边有二三十杆那么远。曾几何时，数以万计的鲈鱼和银鱼在我身边环绕，月光下鱼儿的尾巴激起了层层涟漪。那些夜游的鱼儿生活在40英尺深的水底，我用一根亚麻线和它们交流。小船偶尔会在晚风的吹拂下轻轻晃动，我的钓线就被拖到60英尺长，不时地轻微震动一下，提醒我钓钩附近有生命体靠近。那个家伙有些愚蠢，也有些犹豫，正在下决心。结果当你慢慢拉起钓线的时候，伴随着尖叫声，一条长角的鳕鱼挣扎着蹿出了水面。

在这样静谧的深夜，鱼儿轻微的挣扎打断了你与宇宙的交流，将你拉回了大自然中。这是一种奇特的体验。

瓦尔登山水的美是含蓄的，美则美矣，不过还谈不上壮丽。不经常到这里的游客或不居住在湖边的居民，或许并不会被它吸引，但这个湖的幽深和清澈是公认的，专门描写一番也不为过。

湖的颜色清翠明亮，有 0.5 英里长，周长有 1.7 英里，面积约 61.5 英亩，身处松林和橡树林之间，历经岁月的磨砺依然如故，除却雨水和蒸发，湖水总是那样不多不少，周围群山环绕，树木郁郁葱葱，从水滨升起，有 40 英尺至 80 英尺那么高。

康科德的水至少有两种颜色，远看和近观各有千秋。远看的时候，主要是光的作用，根据天色的变化而变化。在天气晴朗的夏天，远眺过去是美丽的蔚蓝色。碧波荡漾的时候，再远一些看，则是深蓝色，如果下起雨来，就变成了灰蓝色。海水就不是这样，听说它一天蓝一天绿，和天气没什么关联。我通过观察这里的河流得知，当大地白雪皑皑的时候，河水和冰都是草绿色。有人说蓝色是"纯净的水色，无论是流动的还是凝结的"。不过，我们这里的水可不一样，坐在船上俯视水面，可以看到丰富多样的颜色。

对于瓦尔登湖来说，就是从同一个点看，呈现出的色彩也不一样，一会儿蓝一会儿绿。它置身于天地之间，兼有两者的色彩。站在山顶眺望，它呈现着天空的颜色，走到湖边近观，就发现靠近岸边细沙的水面有些发黄，之后是淡淡的绿色，不断加深，一直到深绿色。在某种光线下，从山顶眺望，会发现靠近湖岸的水是动人的碧绿色。有人说那归功于苍翠的树木，事实上就是在铁轨路基的衬托下，那湖水也是碧绿色的。春天的时候，树叶还没有长大，深蓝色的湖水和岸边的黄色组合成了一道独特的彩虹。伴随着春天的脚步，大地转暖，冰块感受到了来自湖底的温暖，慢慢融化了。开始的时候，湖中心还是坚硬的冰层，周围慢慢消融出一条狭窄的小河。天气晴朗的时候，瓦尔登湖和这里其他的水是一样的，波光粼粼，湖面垂直映照着蔚蓝的天空，在光线的辅助下，远看比天空还要蓝。

在湖上乘船畅游，我发现了一种无可比拟的蓝色，就好像浸在水中的丝绸，又好像锋利的剑刃不断变幻着颜色。和它相比，天空的蓝色已经羞愧地掩面而泣了。水波涌起，那种蓝和浪峰上的墨绿色的一面交替闪现，相比而言，那墨绿色浑浊了许多。那种蓝色有一种玻璃的感觉，带一点点绿色。在我的记忆中，冬天日落的时候，在云彩的缝隙中露出的那一线天空，大约就是这样的颜色。拿一个玻璃杯子，装满水之后对着阳光看，一点颜色都没有，就和装着空气的杯子是一样的。我们都知道，面积很大的一块玻璃会显出淡绿的颜色，制造玻璃的人说，那是因为面积大了，如果缩小面积，同一块玻璃就会失去颜色。对于瓦尔登湖来说，我不知道需要多大的面积可以呈现出绿色。如果你垂直俯瞰这里的河水，看到的是黑色或者深棕色。如果有人到河里游泳的话，河水会像湖水那样，给他染上淡黄的颜色。不过瓦尔登湖不一样，它的水像水晶一样纯净，在里面游泳的人会像大理石一样洁白。更有趣的是，人的四肢在水中会被放大变形，完全可以作为米开朗琪罗的研究对象。

湖水明如镜，连25英尺至30英尺的湖底都看得清清楚楚。在湖上划着船，可以看到几英尺深的地方，鲈鱼和银鱼在那里成群地游着，虽然只有一英寸来长，却能清楚地看到鲈鱼尾巴上的横纹。它们悠闲自在地在深水处活动，让你觉得它们一定是摆脱尘世的鱼类。很多年前的一个冬天，我在冰上凿洞捕捉狗鱼，上岸后，我随手把斧子扔到了身后的冰面上，结果它滑出四五杆远后，竟像小鬼作怪一样掉进了一个冰洞里，那里的水足足有25英尺深。我好奇地趴在冰洞边缘往里看，功夫不负有心人，我看到我的斧头斜斜地插在水里面，斧柄在湖水的冲击下轻轻摆动。看样子要是我不去拯救它，它会一直保持这个姿势，直到斧柄腐烂。于是，我在斧头正上方凿了一个洞，又在湖边砍了一棵桦树，把打好的活结绳圈系在桦树上，然后慢慢将其伸进冰洞里面，把绳套套在斧柄上，接着一拉，绳套就把斧柄系紧了，斧子也就被顺利拽上来了。

湖岸边除了一两处小小的沙滩，其他地方都是光滑的鹅卵石，跟铺路的石头一样。很大一部分湖岸棱角分明，很陡峭，人一旦跳下去，水马上就会没过其头顶。如果不是湖水纯净无比，你看到的湖底就是近前的湖岸了，这也正是一些人认为它深不见底的原因。湖里没有一点泥，不仔细观察的游客会觉得湖里寸草不生。

最近，湖水上涨了，把岸边的一小片草地淹没了，这些小草给湖增添了一抹新绿。不过，它们还不能算湖中的植物。仔细搜寻一番，很难找到芦苇和菖蒲，就连水莲花也看不到，黄色白色都没有，偶尔能看到一些心形叶子和河蓼草，再有就是那么一两根水眼草了。

其实，那些在湖里游泳的人根本就不会注意到这些水草，因为它们本身也像湖水一样清亮干净。岸边的岩石伸展到湖水中一两杆那么远之后，水底就都是细沙了。一般来说，只有在非常深的地方，才有那么一点点沉积物，也许是几个秋天的腐朽树叶慢慢堆积起来的。就是在寒冬季节，起锚的时候也会带上一些明亮的绿色。

在瓦尔登湖的西侧，距离它 2.5 英里的地方，有一个位于 9 亩角的白湖，方圆 12 英里之内，有很多湖泊，有的我很熟悉，但我还没有发现第三个湖能像瓦尔登湖这么纯净清澈。人们代代喝着这里的水，崇拜着它，测量着它，最后离它而去，不过湖水清翠如旧。我猜在亚当和夏娃被逐出伊甸园的时候，这瓦尔登湖就已经存在了，也许那时候，雨水随风而降，野鸭和天鹅也聚集在湖上，在它们看来，根本就没有人类的堕落这回事，只是尽情享受着眼前的春日湖水。也许就从那时候开始，湖水开始了涨落，不断澄清着，点染上了现在的色彩，成了举世无双的瓦尔登湖。曾几何时，它出现在那些久远的诗篇中，享有"喀斯泰里亚之泉"的盛名。在天地初成的时候，在这里居住着多少仙子和精灵。它就好像镶嵌在康科德的花冠上的一颗明珠。

第一批到达这里的居民，可能会留下一些足迹。我发现湖旁边有一片树林曾经被砍伐过，还有一条架起来的小路环绕着湖。那条小路忽上忽下，一会儿接近湖岸，一会儿远离湖岸，其历史或许和居民一样久远。曾经的猎人们和现在的居民们，在不经意间也许踏着它走过。

要是下一场小雪，从湖中心望去就可以看到一条连绵起伏的白线，少了枯枝败叶的遮挡，清晰可见。要是从四分之一英里之外看，会更加醒目。不过，要是夏天的话，就是走到近前，也难以辨认出它的轮廓，这就多亏了雪花，就好像浮雕一样，把它凸显了出来。如果将来这里建别墅的话，希望可以保留下一些现在的影子。

湖水总是时涨时落，不过没有人知道它到底有没有规律，或者遵循着什么样的规律。尽管有些人总是标榜自己知道。一般来说，冬天的水位高一些，夏天的水位低一些，水位的高低和天气旱涝的关系不太大。

有一个沙洲很狭长，一边是深水，我记得大概在1824年，我童年时在那里煮过杂烩。不过很可惜，最近25年，大水将它淹没了，我再也无法重温旧梦了。距离湖岸十五杆的地方，有一片草地，是湖水退了之后形成的。我和我的朋友说过，很多年后，这里会变成僻静树林中的水洼，我可以时常来这里钓鱼。不过我的朋友并不相信我说的话。

最近两年，湖水一直在上涨，眼前是1852年的夏天，和我当初住在这里的时候相比，已经高出5英尺之多，和30年前的高度基本持平。如今当初的那片草地已经可以钓鱼了。从水位上来说，上涨了五六英尺，而从周围山上流下来的水量，甚至可以忽略不计。由此看来，湖水的上涨应该和影响它的深处泉源有一定的关系。这个夏天，水位下降了。无论有没有周期性可循，水位的变化都需要长时间的积累。我之前见到过一次上涨，也见过两次降低。据此推断，我估计12年或15年后，水位还会降落到我曾经观察到的最低值。向东1英里的地方，是弗林特湖。那里的湖水时常流入又流出，和瓦尔登湖类似，最近的水位也上涨到了最高值。同样的情况也出现在白湖。

瓦尔登湖的一涨一落，间隔的时间很长，结果至少有一个：水位线在最高值上维持了一年多的时间，人们要想环绕湖岸行走已经很困难了。经过上次的上涨，沿湖生长的很多树木都被连根拔起了，比如说苍松、白桦、桤木、白杨等。等到水位降下去之后，只剩下一些光秃秃的湖岸。

和其他那些涨落有序的湖泊不同的是，瓦尔登湖的水位降到最低值的时候，湖岸边什么都没有，十分干净。距离我的小屋很近的湖边，生长着一排15英尺高的苍松，湖水上涨之后，全部掀倒在地，这倒是保护湖岸。我们通过这些树木的大小，得出距离上一次的水位上涨有多长时间了。瓦尔登湖一直保持着对湖岸的支配权，最有力的方式就是湖水的涨落。一涨一落之间，把湖岸打理得干干净净。

树木总是无法取得湖岸的永久居住权。湖岸就好像是瓦尔登湖的嘴唇，时不时需要刮一下胡须以保持精神抖擞。当湖水上涨到最高值的时候，桤木、柳树和枫树为了生存，就会生出很多红色的根须，从水下面的树干边，慢慢攀爬到离地三四英尺高的地方。记忆中，那些长在湖岸高处的一般越橘，每到这时候就会硕果累累。

让人们疑惑的是，湖岸非常的整齐，就好像砌了一样。有一个传说在老百姓之间流传，年纪大的人们说，在他们很小的时候就听说过，古老的印第安人在一座山上举行过狂欢庆典，山峰升到天空中的高度和瓦尔登湖的陷入地下的深度是一样，那是因为他们亵渎了神灵，虽然印第安人从没有犯过这种罪。就在那个时候，山川震动，大地塌陷，人们都消失了，只有一个名叫瓦尔登的女子逃脱厄运。因此，形成的湖就用她的名字命名了。人们猜想，现在的湖岸可能就是那些滚落下来的山石形成的。

不管如何，有一点可以肯定，那就是之前这里没有湖，后来才出现了瓦尔登湖。这个神话传说和我之前提到的古代居民的说法没有什么冲突。他记得很清楚，当他第一次到达这里的时候，手里带着一根魔杖，看到这里紫气环绕，那根榛木魔杖一直指着地面，因此他决定在这里挖井。

说到湖岸边的石头，很多人都不相信那是从山上滚落下来的。我发现，周围的山上有很多相同的石头。人们沿着湖岸修建铁路的时候，就需要在铁路两侧用石头修筑围墙。除此之外，湖岸陡峭的一边，石头尤其多。结合这些，我也就解开了这个谜题。对那个修筑湖岸的"人"我也研究了一番，我得出如果湖的名字不是取自一个名叫萨福隆·瓦尔登的英国人，那么我们就可以大胆地猜测它的名字可能是"围而得湖"。

对我来说，瓦尔登湖就是一眼深井。湖水终年都是纯净清澈的，一年里有4个月的时间水是冰凉彻骨的，在这个小镇上排不上第一，也能排到第二。冬天的时候，表层的水总是要比保护起来的水更冰冷。

1846年3月，从下午五点一直到第二天中午，我一直在屋子里静坐。太阳照射着屋顶，此时室内的温度上升到了18.3℃到21.1℃。不过放在屋子里的湖水只有

5.5℃，这个温度比刚从井里打出的最冷的井水还要低。一天之内，我测量了好几个地方的水温，最高的是宝林泉，有7.2℃。那个泉的水在夏天的时候是最寒冷的。

瓦尔登湖很深，因此即便是在夏天，太阳直射下的水温也不会太高。我总会在最炎热的日子里，从湖中打一桶水，放到地窖里面，晚上的时候，就清凉无比了。当然有时我也会去附近的泉眼打水。瓦尔登湖的水就是放一个星期，还是清凉依旧，还没有水泵的味道。如果有人到湖边露营，只需要在帐篷下面埋上一桶湖水，就用不着准备降暑的冰块了。

瓦尔登湖里有梭鱼、鲈鱼、鳕鱼、银鱼、齐文鱼、鲤鱼、鳗鱼等等。渔人曾经在湖里捕到一条足有七磅重的梭鱼，这还不算逃跑的那一条，它反应迅速地挣扎着，最后带着一截钓线逃跑了，虽然没有看到它，但渔人估计它有八磅重。

还有两条重四磅的鳗鱼，对于这类鱼来说，这个分量已经很少见了，因此我尤其注意。我好像还记得有一种五英寸长的小鱼，两侧是银色的，青色脊背，形状有些像鲦鱼。

总之，瓦尔登湖里的鱼算不上多，其中梭鱼要尤其出色一些，虽然不多。我曾经趴在冰上往湖里看，看到三种不同的梭鱼：一种是常见的铁灰色梭鱼，扁长型；一种是生活在深水处的金色梭鱼，发着绿色的光泽；还有一种也是金黄色的，不过两侧有棕色和黑色的斑点，样子和鲑鱼类似，学名"reticulatus"（网状）很少用到，一般称为"guttatus"（斑斓）。这些鱼的实际重量远比你看到的重很多。

瓦尔登湖里的银鱼、鳕鱼、鲈鱼，相比较其他水域里的，要更加干净健美一些。我们可以说，凡是生活在瓦尔登湖里的鱼类都具有这样的特点。正因为水纯净清澈，要想辨别鱼类是很容易的。或许鱼类学家们还能在这里发现一些新品种呢！生活在这里的蛙类和乌龟也很干净，此外还有为数不多的蛤贝。麝鼠和貂鼠也在这里出没，偶尔有淡水龟到此一游。曾经，我在一个早晨把船推离湖岸的时候，就惊起了一只大龟，它应该是在晚上躲到我的船底的。

春秋季节，野鸭和天鹅常会光顾瓦尔登湖，白腹燕子也常常掠过水面。夏天，在布满石头的湖岸边漫步的是斑鹟,鱼鹰则藏在湖边的白松枝上。我不能确定海鸥是不是飞到过这里,就像它们可以飞到丽津山上一样。不过可以肯定的是,每年潜鸟都会光顾此地。以上这些就是瓦尔登湖的客人了。

东边的沙滩附近,水深约有 8 英尺到 10 英尺。晴天的时候,乘船到这里,就可以看到湖底堆成圆形的石堆,高大约有 1 英尺,直径约 6 英尺,都是一些比鸡蛋小的石头堆砌成的,周围都是黄沙。你也许会觉得这个现象很奇特,猜想是不是印第安人故意在冰上堆砌成形,等到冰融化了,它们就沉到水底了。但这种猜测似乎不太合理,因为那些石堆的形状非常规则,有的看起来成形的时间还不长。在河里也有类似的现象,可是这里既没有胭脂鱼,也没有七鳃鳗,这些石堆到底是什么鱼儿成就的呢?也许是齐文鱼的巢?看起来,湖底的神秘感又增加了一分。

湖岸的形状非常不规则,一点也不会让你觉得单调。把眼睛闭上,西边的岸是锯齿形的水湾,北边的岸是陡峭的岩石,南边的岸是美丽的扇贝状,一个叠一个,给人无尽的遐想。湖的周围,群山环绕,从湖心望去,可以看到葱郁的林木。那些林木倒映在湖水中,构成了一幅美丽的画卷,再加上蜿蜒的湖岸线,很是美丽。湖岸边既不是斧子开辟出的空地,也不是开垦出的田园。岸边地域空旷,树木在水边恣意生长,舒展着自己的筋骨。这些仿佛是上帝赐予瓦尔登湖的礼物,浑然天成。和千年前一样,湖水一直涤荡着岸边。

湖是大地明亮的眼睛,人们望一眼,就可以看到自己的灵魂深处。岸边的那些树木就仿佛是睫毛,而周围的群山则是浓密的眉毛。

9 月一个宁静的午后,我站在湖的东岸边,那里是平坦的沙滩。湖面上笼罩着薄薄的轻雾,徒增了些许朦胧。我想我理解了什么叫"湖水如镜"了。倒转过来再看那湖,就犹如一张薄薄的纱,映衬着远处的松林,分隔开了天空。这会给你一种错觉,让你以为从下面走到对面的山上,不会沾到一滴水。那掠过水面的燕子或许可以停驻在上面。不过当那燕子冲到水面之下的时候,你也就逃离梦境,回到了现实中。

要想向湖的西面望去，需要把双手搭在眼睛上方，以便遮挡住晃眼的阳光和湖面的反射光。认真细致地观察湖面，就会发现有小虫子分散在湖面上，阳光下，小虫的每一个动作都会闪出美丽的光芒。野鸭也来凑热闹，时而梳理一下自己的羽毛，时而舒展一下美丽的羽翼。就连我之前提到的燕子，偶尔也会贴近水面轻轻掠过，触碰到湖水。除却这些，整个湖面就好像一面平静的镜子。远处跃起来的是一条小鱼儿，画出了一个大约三四英尺的圆弧，闪耀出美丽的光芒，落入湖中。那银色的圆弧偶尔全部展露出来，偶尔在蓟草处激起涟漪，就好像没有凝固的玻璃溶液，落在里面的尘埃也是美丽的，称为玻璃中的砂眼。

　　站在山顶俯瞰，湖里时时跃起的鱼儿映入眼帘。忙着捕食昆虫的梭鱼或者银鱼不时地打破平静的湖面。我亲眼目睹了一桩鱼类的谋杀案——湖中荡漾开一个圆圆的水波，直径有五六杆那么长。你也可以去观察一下水黾，看它怎样在水面上滑行，有四分之一英里那么远。水面分成两条界线，留下了很清晰的波痕。如果换做掠水虫划过水面的话，就不会留下清晰的痕迹。碧波荡漾的时候，水黾和掠水虫就消失不见了，它们只有在风平浪静的时候，才会跑出来探险。

　　秋高气爽，阳光明媚，身处这样的宜人气候里，使人心旷神怡。在高高的山顶上，选择一个树桩坐下来，俯瞰瓦尔登湖，一目了然。清澈的湖水倒映着蓝天绿树，如果没有偶尔蔓延的水波，晶莹透亮的湖面就好像透明的一样。广阔的水面上，偶尔的一点波动很快就会平复下来，就好像一个瓶子里的水发生震动之后，涌现出波纹一样，到达边缘就归于平静了。鱼儿跳跃，昆虫坠落，都形成圈圈波纹，那水圈有着完美的线条，犹如一直喷涌的泉水。即使是微小的生命，也能激起澎湃的颤动。我们分不清这颤动究竟是欢乐还是痛苦。

　　在恬静的瓦尔登湖，人们辛勤劳作着。看那每一片树叶，每一个枝桠，还有那石子和蜘蛛网，都在秋日的午后闪耀着光芒，就像春日清晨之际，晶莹的露珠一样。无论是昆虫的跃动，还是船桨的划动，都带着美丽的光芒。桨起桨落之间，带来了甜蜜的回音。

　　这样的天气在9、10月之间，倒映着葱郁森林的瓦尔登湖就好像一面完美的镜子。镜框由石子镶嵌，我一直觉得那是高贵华美的。瓦尔登湖躺在大地的怀中，显得那么美丽圣洁，无与伦比。它是那天堂的圣水，不需要篱笆来遮挡。人们来了又走了，一代又一代，它依然明净。这一面明镜，坚不可摧；这一面明镜，永不褪色；这一面镜子，一尘不染。即使落了尘埃污秽，也会有太阳来帮忙擦拭干净。凡是呵在上面的气息，最终都上升到天空中，变成了云朵。

10月即将结束，冰霜就要来了。那些水黾和掠水虫都销声匿迹了。11月的时候，如果是一个晴朗的好天气，湖水依然是波澜不惊的样子。连绵的秋雨终于停了，午后的天空还是阴沉沉的，雾气还没有消散，湖水意外的平静，很难看清湖面的样子。此时的湖水已经失去了10月的明媚鲜亮，取而代之的是11月的冷清寂寞。

在这个时节，驾着一叶扁舟到湖中漫游，小舟带起的水波是那么的微弱，轻轻蔓延到我看得见的地方，就见那倒影晃动了起来。往湖面上望去，可以看到轻微的光，就好像那些躲避冰霜的昆虫们又聚集在了一起。湖底涌动的泉水偶尔也会波及到湖面上，显现出粼粼波纹。我继续前行，居然惊奇地发现周围都是小鲈鱼，只有大约5英寸长，把我围了起来。你瞧，它们在绿色的湖水中摆动着小小的身体，嬉闹玩耍，一会儿跳到水面上，一会儿吹出一串泡泡。连天上的白云也倒映在清澈的湖水中，给人一种错觉，以为是坐着气球在空中遨游呢！成群的小鲈鱼就在近旁盘旋，它们的鳍犹如船帆。

这个湖里面这样的鱼群不在少数，它们抓住这仅有的机会，尽情地嬉戏着。冬天一旦来临，湖面就会被冰层覆盖住，将它们和外面的世界隔绝开来。它们总是在水面上探一下头，好像微风拂过，又如雨滴落下。我想靠近它们的时候，又惊得它们潜入了深水处，溅起一朵朵小水花，尾巴带出的涟漪就好像树枝扫过湖面一样。秋风阵阵来袭，雾气越来越浓，水波荡漾了起来，鲈鱼也跳得更高了，身子几乎有一半跃出了水面，形成了众多黑色的小点，大约有3英寸那么长。

有一年的12月中旬，我看到湖面上出现了很多水涡，空气很潮湿，就以为是大雨来临的预兆，因此划着船赶忙返回小屋。大雨仿佛近在眼前，虽然我的脸上还没落上雨点，但是我已经做好了淋个落汤鸡的准备。出乎我的意料，水涡好像一下子就消失了，原来是鲈鱼的恶作剧，是我划桨的声音惊动了它们。它们很快就隐没在深水处。我又在这个湖上逍遥了一下午。

有一位老人对我说，大约60年前，岸边的树木茂密葱郁，湖水尤其幽深。那时的湖面也很热闹，有很多野鸭和其他水鸟，还有老鹰出没。他到这里来的主要目的是钓鱼，岸边有一只破旧的独木舟，正好给他提供了便利。那只独木舟是把两棵白松挖空，然后钉在一起造成的，虽然看起来蠢笨一些，但用了很多年，浸满了水之后，估计是沉到水底去了。他并不知道谁是这独木舟的主人，也许就是瓦尔登湖自己的。他把山核桃树的树皮系起来，做成锚索。

革命之前，这里还有另外一位老人，是一个陶器工人。他说过，在这个湖底有一个大铁箱，这是他亲眼所见。那个大铁箱有时会浮到岸边，但只要有人靠近它就会沉到水底，消失得无影无踪。

相对来说，我更喜欢那只独木舟的传说。本来是岸边的一棵树，落到湖中之后，在那里漂浮了一世，这应该算得上是和瓦尔登湖最契合的船只了。现在我还记得第一次向湖底张望时，隐约看到了一些巨大的树干，或许是被狂风吹断之后掉到了湖里，也或许是被砍倒之后放在了冰上，那时候木材不怎么值钱。放到现在，已经无法找到这些树干了。

我第一次在瓦尔登湖上划船的时候，周围满是茂密高大的松树和橡树。在一些水湾，葡萄藤攀缘在岸边的树枝上，搭起了一座座小凉亭，小船可以在下面自由穿行。岸边是陡峭的山峰，山上是葱郁的林木。从西边的岸望下去，就好像一个圆形的剧场，是山水精灵们的美丽舞台。我年轻的时候，在这个湖上度过了许多光阴，清风习习，船儿摇晃，我仰卧在船上，惬意地享受着美丽的风光。如在梦境中一般，只有船抵达了岸边，才唤醒了我。此时我才起身，看看到底命运之神将我送到了哪里。

我悠闲地将自己的时光抛洒在湖上，在美丽的晨光中体味着生命的气息。因为我是富有的，这和金钱无关，我尽情挥霍的是那夏日里的良辰美景。这些美好的时光，我没有用在工厂中和讲台上，但我并不后悔。遗憾的是，我离开湖岸之后，伐木工人们并没有停下砍伐的脚步。以后估计有很多年都不能在林间小路上悠闲漫步了。那里已经没有了稀疏的林木，无法从缝隙中观赏那美丽的瓦尔登湖了。我的缪斯啊！如果你沉默不语，我也无能为力，因为那里的林木都被砍伐掉了，还能希望鸟儿歌唱吗？

现在，沉入湖底的树干、古老的独木舟以及那湖岸周围茂密的林木，已经消失殆尽了。而附近的村民们不仅不到湖里取水沐浴，反而想到用管子引流的方法，把湖水引到村里，以便洗涤他们的碗碟。他们只需要把水龙头一拧或者把塞子一拔，就可以获得瓦尔登湖的水。那水有如恒河的水一样神圣！那铁马的嘶吼声刺激着人的耳膜，肮脏的铁蹄践踏着宝林湖的湖水，也是它蚕食着瓦尔登湖岸边的林木。它就如同特洛伊的木马，肚子里面藏着好几千人。它是希腊人利益的产物。摩尔宫的勇士啊，你到底在哪里？请你阻止恶魔的脚步，在大地的伤痛之处投出你复仇的投枪，刺中恶魔的肋骨。

在我知道的范围内，一直保持着纯净特质的或许只有瓦尔登自己了。人们总是用你的样子来赞誉别人，不过其实很少有人能受之无愧。那些伐木的人祸害了这一片湖岸后又去祸害其他湖岸，那些爱尔兰人在湖边修建了房子，铁路也把魔爪伸到了这里，那些制冰的商人从这里取过冰，不过那印刻在我青春记忆中的湖水依旧没有改变。只是物还是，人已非。湖面上掀起的阵阵涟漪，没有在你的脸上刻下岁月的皱纹，你还是那么年轻。我站在湖边，看着燕子低身掠过湖面时，衔走了一只小虫，就好像昨日的情形重现一样。

今夜的你又来了，仿佛这二十多年里我没有陪伴你一样。美丽的瓦尔登湖啊！你还是和多年前我在林中初见时一个模样。在这里，去年冬天有一片林木倒下了，不过有另一片林木生长了起来。你还是那样纯净清澈，带着浓浓的水汽，展示着属于你的欢乐。你就是你，属于创造你的人，也许也属于我。毫无疑问，你是伟大勇者的杰作，率真坦荡。伟大勇者用手镶嵌了湖岸，用心铸就了你，赋予了你纯净，也赋予了你幽深。他将你交给了康科德。你和记忆中的样子重合在了一起，我几乎可以说，瓦尔登，是你，对吗？

我不曾梦想着，
用你装点诗行；
我幸福地生活在瓦尔登，
才得以靠近上帝和天堂。
我是那镶满石头的湖岸，
是那轻轻拂过的微风。
我紧握着的
只有那湖水，那岸沙。
你最幽深的地方，
一直印刻在我的心中。

火车从不会在湖边停下脚步，我想那些司机、司炉、制动工以及买了车票的乘客，多少都会欣赏一下这里的风光。即使在晚上，司机也没有忘记它，白天的时候，这样纯净的景色一定会展现在他的眼前。只要瞥上一眼，就可以洗净满是尘嚣的国务大街和机车上的灰尘。曾经有人说，瓦尔登湖其实应该叫"天堂的水滴"。

我曾经提到，瓦尔登湖的出口和入口是无法看到的，不过它和弗林特湖之间，有着曲折的衔接。弗林特湖地势要高一些，中间部位是长形的水洼，另外一端和康科德河连接着，一目了然。康科德河地势要低一些，相同的是中间也是成串的水洼。瓦尔登湖也许在这里流淌过，那是在另一个地质年代的时候。如今或许我们只需要稍微挖掘一下，瓦尔登湖的水就会回到这里——当然千万不要挖掘。

瓦尔登湖之所以这样纯净，或许和它的内敛含蓄有关，它就像一位隐居者，静静地在密林深处享受生活。弗林特湖的水可不够纯净，要是流到这里，或者说这里纯净的水流到海洋中去的话，我想大家都会替它惋惜吧！

弗林特湖还有一个名字，叫做沙湖，在林肯区是最大的湖，也叫内海。它的位置正在瓦尔登湖的东侧，大约有 1 英里那么远。从面积上来说，要远远大于瓦尔登湖，据说有 197 英亩。那里的鱼类很多，不足的是水很浅，而且不够清澈。我总喜欢去弗林特湖的树林中散步，这也是一种消遣。有时只是为了享受一下清风拂面的感觉，或者回忆一下水手的生活。

有风的秋日里，我会到那里去拾栗子。那时候栗子都掉在水里，水波将它们推送到我的脚边。有一次，我在长满芦苇的岸边寻觅着，浪花有时会掠过我的脸庞。突然，我发现了一只破船，船舷已经没有了，只剩下一块甲板，躺在灯芯草丛中。能够明确看出来的，是它本身的形状，就好像一片腐烂了的大叶子，遗留下的只有那叶子的纹理。

如今，它已经和湖岸融为一体了，上面长着菖蒲和灯芯草。湖的北岸沙滩上有一些波纹状的痕迹，水的压力使它变得坚硬无比，人踩在上面都能感觉到坚硬的纹理。沿着纹理，弯弯曲曲地长着一排排灯芯草，仿佛那种植者是波浪一般。我还在岸边发现了数目众多的奇怪球茎，应该是草叶或根须构成的，估计是谷精草。这些球茎的直径在 1 英寸到 4 英寸之间，是很规则的圆球形。这些圆球在浅水处的沙滩上滚来滚去，有时候会被冲到岸上。它们有的包裹着紧密的草球，有的还夹带着一些细沙。你开始可能会认为那是波浪的作用，就和卵石的形成是一个道理。不过就连最小的草球也是由草叶构成的，直径有半英寸左右，只在一年中某个特定的季节里形成。我还想到的是，对于一个成形的东西，波浪的作用更多的是破坏性的，而不是建设性的。这些圆球脱水之后，依然可以保持原本的形状。

弗林特的湖！瞧瞧！我们在取名字上简直匮乏极了！这个愚蠢邋遢的农夫，在湖岸边耕种着自己的农田，糟蹋着美丽的湖岸。他居然用自己的名字给这湖命名了，他有什么资格呢？这个家伙更爱一块大洋或者一个铜板表面的光泽，光泽中映照出他那张丑陋的脸。在他的心里，野鸭来到湖里，是侵略了他的领地。瞧他那双手，就像老巫婆枯干变形的鹰爪一样，大概是因为常年攫取东西的缘故吧！

话说回来，我到那里去，既不是为了观赏他的尊容，也不是为了聆听他的事迹。他从来不看一眼这个湖，也不在湖里沐浴，他对这个湖毫无感情，不会保护它，不会夸奖它，对创造这湖的造物主也不存一丁点儿感激。

其实这湖本来可以用里面的鱼来命名，也或许可以选择常到这里来的飞禽走兽命名，或者用岸边生长的野花命名，或者用世代生长在这里的野人和孩子命名。就是不要用那个人的名字，除了一张法律文书，根本就没有其他的凭证能证明他拥有这个湖。在这个吝啬鬼的眼里，只有金钱利益，对于湖来说，他的出现就是一场噩梦。他不断榨取着湖边的土地，没准儿还想把湖水都抽干呢！他不断抱怨这里不是英吉利干草或蔓越橘的牧场——在他看来，这是最遗憾的——要是湖底的烂泥也可以卖钱的话，他一定会将湖水抽干。湖里的水无法替他转动磨盘，他也没有兴趣观赏这美景。在他的农场里面，到处都明码标价，我看不起他所谓的劳动。要是美景可以换来金钱，他一定会将这风光和造物主一起搬到集市上去，以换取他梦寐以求的金钱。

他的农场里，没有一样东西是自由生长的，农田里长的不是庄稼，草场上开的不是鲜花，果树上结的也不是果实，一律都是美元的模样。他从来不把果实的美看在眼里，那些果实只有在转换成金钱的时候才算成熟了。请将贫穷赐予我吧！好让我变得真正富有起来。越是贫穷的农夫，我越是尊敬关心他。

这所谓的模范农场啊！房舍就好像长在粪堆上的蘑菇。人住的房子和马厩、牛栏、猪圈紧紧挨着，分不清楚干净不干净。人也像牲畜一样挤在一起。瞧那高贵的身躯，混杂着牲畜粪便的气味，还有那奶酪的香气。

哦！不能这样！除非这是一个顶级高贵，有着伟大贡献的人，才可以用他的名字来为这美丽的湖命名。怎么也应该用伊卡洛斯海这样的名字我们才能接受。

古斯湖是这里最小的湖，就在途经弗林特湖的路上；丽津湖，是康科德河的延伸，面积大约70英亩，在西南方向一英里的地方；白湖，面积大约40英亩，距离丽津湖还有1.5英里。这些都是我的湖区，和康科德河一样，它们都是上帝赐予我的礼物。

对于瓦尔登湖来说，或许我和那些伐木者、铁路一样，已经玷污了它。在这些湖中，白湖虽然不是最美的，但也算是森林中一颗璀璨的宝石了。也许是因为它的单纯，也许是因为湖里沙子的颜色，总之，这个湖的名字实在是没什么意思。话说回来，白湖和瓦尔登湖就好像一对双胞胎，只是小了一些。正因为它们有着相似的地方，很多人认为在地下深处两个湖肯定是相通的。相同的圆石湖岸，相同的水色。即使在炎热的三伏天，从森林上空向浅浅的湖底望去，反射出的颜色和瓦尔登湖的一样蓝中泛绿。很多年前，我曾经到那里取过沙子，为了制造一些砂纸。那以后，我就常到那里游玩。有一个人经常到那里游玩，他提议叫它青绿湖。或许可以叫它黄松湖，因为大约15年前，那里有一棵黄松，品种并不特别，特别的是它的树冠从湖水深处延展出来，距离湖岸还有几杆远。有人说白湖的形成是因为地势下陷。这里本来应该是一片原始森林，这也就可以解释那棵黄松的由来了。

其实1792年时，就已经存在这样的说法了，在马萨诸塞州历史学会藏书库中，有一本名叫《康科德地方志》的书，是当地人写的。书中写到瓦尔登湖和白湖之时，提道："当白湖的水位线下降到很低的时候，在湖的中心会出现一棵树，仿佛是从湖心中长出来的。事实上它的根在水面下50英尺的地方。这棵树的树冠已经没有了，断裂的地方直径有14英寸。"

1849年春天，我和一个萨德伯里人聊天，他就住在湖附近。他对我说，10年或15年之前把那棵树移走的人就是他。据他回忆，那棵树距离湖岸有12杆至15杆那么远，水深大约有三四十英尺的样子。那是一个冬天，上午他到湖面上取冰，打算下午再请邻居来帮忙移走那棵黄松。

他先把冰层割开，然后借助牛的力量将树从湖里拽出来，拖到冰面上。不过，还没开始一会儿，他就惊讶地发现，拔起来的是树的根部，树枝那一端还紧紧地陷在满是沙子的湖底。树干最粗的地方大约有1英尺，本来他还以为能得到一块好木料，谁知树干早已经腐烂了，只能当柴火烧。那时候，他家里还剩下一些树的残骸，有些斧子的劈痕和啄木鸟啄过的痕迹。他认为这棵树原本是湖岸上的一棵死树，被风吹到了湖里，树冠浸满了水，树干是干的，重的树冠就倒插进了湖底，轻的树干也调转了方向。就连他80岁的父亲也不记得，到底是什么时候这棵黄松掉进了湖里。在湖底,还有几根大树的躯干,随着水的波动缓慢移动着,就好像体态庞大的水蛇。

　　船只很少到这个湖上,这主要是因为这里没有吸引渔夫的生物。这里没有白色的睡莲,因为没有它们赖以生存的淤泥。这里也没有白色的菖蒲,仅有的是一星半点儿的蓝色菖蒲,大都是从湖底的石堆中钻出来的。6月的时候,蜂鸟会光顾这里,舞动着它的身姿,和蓝菖蒲的花叶、青蓝色的水波搭配在一起。

　　白湖和瓦尔登湖是大地上两块巨大的水晶。它们是光芒四射的湖。如果可以冻结起来,缩小到手可以握住的大小,也许它们早就被仆人们掠去,像宝石一样镶嵌在国王的皇冠上了。可是它是流动的液体,而且体积庞大,这就注定了它们永远是我们和子孙后代的。然而,我们却抛弃了它们,去寻求什么可希诺大钻石。

　　这两个湖太高贵了,不能用金钱来衡量它们的价值。和我们满是杂质的灵魂相比,它们要纯净得多。在我们面前,它们没有缺陷。和农户门前鸭子游泳的池塘相比,它们更加超脱世俗!爱干净的野鸭在这里小憩。在繁花似锦的背景下,那些鸟儿披挂着美丽的羽毛,展示着悠扬的歌喉。没有哪个少男少女,可以和大自然如此契合。远离尘世的大自然,孤独地自我生长着!说什么遥远的天堂?那是对大地的侮辱。

贝克田庄

  松林里的松树长得很高,就像高丛的庙宇,也像海上排列整齐的舰队。我有时会到那里散步。微风吹来,松涛滚滚,像水波一样闪耀着光芒。瞧这浓浓的绿色,我估计德罗伊特见了,也会丢下橡树转而来膜拜它。有时候,我会到弗林特湖边的树林中去,那里的树上结着灰白色和蓝色的果子。它们长得很高,就是种到瓦尔哈拉也毫不逊色。杜松藤蔓到处都是,沉甸甸地坠着果实。

  有时候,我会到沼泽地去,那里的松萝、地衣互相交织着从云杉树上垂了下来。那些毒蘑菇撑着自己的小伞,仿佛是沼泽地里神灵的餐桌。还有很多其他美丽的蘑菇长在树桩边,就好像是蝴蝶或者贝壳一样。沼泽地里还长着一些石竹和山茱萸,桤木结着果子,红红的,就好像精灵闪闪发亮的眼睛。南蛇藤攀援在树木上,在坚硬的树干上刻下了深深的印记,摧毁了原本的模样。野冬青的果子很漂亮,光看一眼就舍不得离开。还有一些不知道叫什么名字的野果,让人目不暇接。对于我们世俗之人来说,这些野果太美了,不能轻易品尝。

  我不去请教什么专家,而是请教了一些树。这里有一些稀有的树木,有的远远地伫立在草场的中央,有的生长在森林、沼泽的深处,也有的登上了山巅。就说黑杉树,这里就有那么几棵,和我见到的标本一样漂亮,直径有两英尺。再说一说黄杉树,它是黑杉树的亲戚。它披着金黄色的袍子,散发着亘古不变的香气。娉婷的山毛榉装扮着苔藓的颜色,美丽极了。还有一棵高高的松树,一棵宝塔一样的铁杉树等。

有一次,天上挂着一道彩虹,四周的草木都笼罩在炫丽的色彩之下,就好像在看一个五颜六色的万花筒。这里的湖泊和沼泽都变成了彩虹的颜色。我好像瞬间变成了一只海豚,这里就是我的家。如果可以持续一段时间,或许那彩虹的颜色就会永远镌刻在我的生命中了。我走在铁道旁边,总是可以发现一个光圈包围着我的影子。我不禁自诩,上帝也眷顾于我了。我听一位客人说过,这样的光圈只有本地人才有,那些爱尔兰人是没有的。

班文钮托·切利尼在他的回忆录中曾经提道,当他被禁闭在圣安琪罗宫堡的时候,曾经做过一个噩梦,产生了幻觉,那之后他就发现自己影子的头部,有一个光圈出现了。不管何时,黎明也好,黄昏也好,也不管何地,意大利也好,法兰西也好,那光圈都一如既往地存在着,当草叶上有露珠的时候更加清晰。这和我说的情况大致相同。早晨的时候最清晰,其他的时间也能看到,即使是在月光底下也能看到。不过注意到这一点的人很少,像切利尼那样的人,想象力很丰富,也就难怪能看见了。他曾经说那光圈他只会给个别人指示一下。不过,那些有着光圈的人们,是否真得要优越一些呢?

一天下午,为了弥补蔬菜营养的不足,我从森林里穿过,到义港去钓鱼。路上经过了快乐草地,那里和贝克田庄挨着。曾经有一位诗人赞颂过这寂静的地方,他开头是这样写的:

快乐的田野呀,闯入你的视线,

苔藓给果树上了妆,

红色的溪水潺潺流淌,

水边跃过麝香鼠，
那鳟鱼闪着银光，
在水中游来游去。

  我还没有住到瓦尔登的时候，曾经想着要到那里生活。我"钩"过苹果，跃过小溪，还和那些麝香鼠和鳟鱼开过玩笑。一个下午，我走到半路，赶上下雨，就赶紧躲到一棵大松树下，我头上顶了一些树枝，用手帕遮盖住。后来，我索性到水里去了，那水齐腰深。我在梭鱼草上垂下了钓丝，可是乌云又追赶了过来，雷声也来凑热闹。我无可奈何了。我想，天神果真是威力无边，用这样闪光的雷电欺负我这可怜的渔夫。我躲到了最近的茅屋里，那个小屋子距离每一条路都是半英里远，不过距离湖泊要近一些。这个地方已经很久没有人住了：

诗人在历尽沧桑之后，
建造了这个小屋，
你瞧这小小的木屋，
随时都可能坍塌。
这是缪斯女神的箴言。

  我发现那里现在住了一个人，他名叫约翰·斐尔德，是爱尔兰人。他带着妻子和几个孩子。老大的额头长得很宽，已经可以帮助父亲干活了。此时他也从沼泽地里跑回来躲雨。一个小婴儿，脸上皱巴巴的，就好像一个先知似的，头是圆锥形的，正坐在他父亲的膝盖上呢！那样子仿佛是坐在高贵的宫廷中，正满怀好奇地从潮湿饥饿的屋子里向陌生人张望。

  雨一直在下，我们大家都坐在不漏雨的屋顶下。在他们还没来这里的时候，我其实已经在这里坐过无数回了。那时候，我估计载他们来美国的轮船还没有造好呢！约翰·斐尔德是一个老实、勤劳的人。他的妻子更加坚忍，总是在高高的炉子旁做饭,一天也不耽误。她的脸很圆,满是油污。胸部敞开着,憧憬着将来的美满生活。她的手里一直攥着拖把,不过这里好像用不到它。小鸡也到屋子里躲雨了,大摇大摆地走来走去,像人一样自在。我琢磨它们烤着吃应该不怎么可口。它们先是站着那里,望着我的眼睛,然后就来啄我的鞋子了。

主人告诉我他的身世,提到他是如何艰苦地替一个邻近的农夫在沼泽地里干活,如何用铲子和锄头翻草地,报酬是每英亩10元钱,还有就是可以使用土地和土地上的肥料,期限是一年。他那个小个子圆脸庞的大孩子,一直跟随父亲干活,很快乐,一点也不知道父亲和别人之间的这笔吃亏的交易。

我想要帮助他,告诉他我们是近邻,我只是来这里钓鱼,是一个好邻居。虽然看起来我好像是一个流浪的人,不过我也是靠自己的双手生活的人,就和他一样。我居住的房子虽然小,但也很干净很明亮,而且所花费的不会超过他租这种破房子一年的租金。只要他自己想,就可以建造一座属于自己的皇宫,只需要一两个月的时间。我不喝茶、咖啡、牛奶,也不吃牛油、鲜肉,而且我的饭量不大,在吃上花的钱也就很少。因此我不需要多么辛苦地工作。不过,他和我不一样,他要喝茶、咖啡、牛奶,还要吃牛肉,这样他就需要辛苦地工作,以便可以负担这一笔费用。他工作得越辛苦,吃得就越多,最后,花费也越来越多,时间越长,花费也就越多。因为总是不能满足,也就因此耗去了一生。但他还觉得来美国是一件幸运的事情,因为在这里可以吃到鲜肉,喝到茶和咖啡。

其实美国的真实面貌是这样的:在这里你有自由选择生活方式的权利,没有这些食物也可以过得很好。在这里你不需要被迫支持奴隶制度,也不需要为战争支付费用。我和他交谈,完全像是和一个哲学家,或者是未来的哲学家交谈一样。

我希望这片草地可以永远保持自然的状态,如果人类醒悟过来可以达到这样的结果,我感到欣慰无比。一个人不需要读过历史,才知道自己需要什么样的文化。一个爱尔兰人的文化,居然是用一柄锄头来开发的。

我反复给他讲解,在沼泽上辛苦工作需要准备厚厚的靴子和结实耐磨的衣服,而且就算是这样的衣服,也会很快磨烂。看我就不需要这样,我的鞋和衣服都是薄的，价格要便宜一半还多，而且看起来还像一位文质彬彬的绅士，虽然其实不是这样。我不用花多少力气就可以干完活，就像消遣一样，一两个小时很快就过去了。心情好的时候，我还会去捕捉一些鱼，够吃两天的，或者换取一个星期的零花钱。如果你们也可以接受这样简单的生活方式，那么夏天的时候，都可以去采越橘，乐趣有很多。

约翰听完我的话，长长叹了一口气。他的妻子双手叉腰，眼睛睁得很大，好像在考虑，想一想有没有足够的资金以便开始新的生活，或者仔细算一下能否继续这样的生活。我估计，他们一定会勇敢地坚持自己的生活方式。面对生活，他们可以克服艰难困苦，就好像对付浑身是刺的蓟草一样。只不过，他们一直都身陷于一种恶劣的情势下。约翰·斐尔德啊！不要计算了，你已经失败了。

"你钓过鱼吗？"我问。"钓过，休息的时候在湖边钓过。我还钓到过很好的鲈鱼呢！""那你用的钓饵是什么？""我用蚯蚓钓梭鱼，然后再用梭鱼钓鲈鱼。""哦，约翰，你现在就去吧！"他的妻子充满希望地说道。不过约翰还在犹豫。

雨停了，一道彩虹挂在东边的树林上。这就说明今天晚上会是一个晴朗的夜晚，于是我起身告辞了。临走之前，我向他们讨了一杯水喝，其实是想看一看他们的井，这是我对约翰家调查的最后一步。说到那口井，既浅又有流沙，井上的绳子也断了，水桶破烂不堪，连修都无从下手。这时候，他的妻子终于找到一个可以用来喝水的东西，水都要蒸发完了。又折腾了好一会儿，一杯水终于到了我的手里。水还没有变凉，有些浑浊，杂质还没沉淀。我心里嘀咕，维持生命的就是这样的水吗？为了不辜负主人的盛情，我巧妙地将里面的杂质摇到一边，闭着眼睛喝了下去。只要关乎到礼貌问题，我是不拘小节的。

雨后我离开了爱尔兰人的屋子，想赶紧回到湖边，继续我的钓鱼事业。因此我穿过了草场和沼泽地的泥坑，经过荒凉的旷野。我在那一刻，有一种惊慌的感觉。可是我是一个上过中学和大学的人，这样子难免像没见过世面的样子。下山之后，我向西奔向那瑰丽的晚霞，彩虹就挂在我的肩上，雨后清新的空气里回响着悦耳的声音。不过我一直也没搞清楚那声音是从哪里来的。我仿佛听到我的灵魂对我说：自由自在地去钓鱼吧！去开辟遥远广阔的空间吧！放心地在溪边或者农家的炉子边休息吧！趁着年轻，牢记住你的创造力。黎明到来的时候，就起身出发吧！中午时分你已经抵达了另一个湖边，夜晚来临时，随处安家。

没有比这更宽广的天地了，按照自己的天性自由自在地生活吧！你看那芦苇和羊齿苋，永远也不会变成英格兰的干草啊！雷愿意咆哮就咆哮吧！毁坏了庄稼也没有关系。人们躲避在车子、木屋下，你呢？可以躲在云下。不要把生活当做工作，生活本身就是一场游戏。你可以欣赏大地，不过不要试图占有它。人们在买卖中，逐渐丧失了信仰和雄心，也就堕入了奴隶般的生活。

啊，贝克田庄！
那一抹灿烂的阳光，
照亮了最美的风光。……
篱笆给草场筑起了围墙，
还有谁会到里面恣意狂欢？……
不要和他们争论，
任何的疑问都可以解决，
你一如既往地温顺贤良，
依旧穿着那件普通的褐色斜纹衣裳。……

来吧！来吧！
无论心中满怀爱意，
亦或仇恨蒙住了心，
圣鸽之子啊，
还有那政府里的艾伊·福克斯，
无论有什么阴谋诡计，
都将它高高悬挂在树枝上吧！

夜晚来临了，人们纷纷从附近的田地或者大街上回到了家中。那里同样笼罩着生活的艰辛。他们满怀忧郁，不断呼吸着自己吐出的空气。无论是早晨还是晚上，他们的脚步永远跑不出自己的影子。原本我们的生活中应该充满着探险和奇遇，然后带着全新的体验回到家中。

　　我的脚步还没有到达湖边，约翰·斐尔德已经在新的冲动下，来到了湖边。在太阳落山之前，他不会去翻地了。但是那个可怜的人啊！一直在为自己钓到的两条小鱼而苦恼，而此时我已经钓上了一长串的鱼。他认为这是命运之神没有垂青于他。于是我们换了一下位置，但是好运气也跟着我换了位置。

　　可怜的约翰·斐尔德！他一定不会看到这些话，除非他主动要求进步。他用的还是那古老的方法，可是这个天地已经换了模样。他依旧用梭鱼来钓鲈鱼，虽然我承认有的时候这个钓饵还是不错的。

　　虽然他的地平线完全属于他，但是他终究是一个穷人，这一点从出生时就加在了他的身上。他延续着爱尔兰骨子里的贫困，继承着先祖在泥泞中挣扎的生活方式。在这个世界里，他根本做不到振兴门楣，即使是他的后代也不可能做到。除非他们那陷在泥沼中的双脚可以穿上装有翅膀的靴子。

更高的法则

天黑的时候,我拖着钓竿,提着几条鱼回家。当我路过树林时,一只土拨鼠从路上横穿而过,让我突然产生一种野性的喜悦。这只土拨鼠对我极具诱惑力,我真想生吞了它,尽管我的肚子并不饿,只是因为它就是野性的象征。

我在湖边生活的这段时间里,曾有一两次像饥饿的猎犬那样在林中狂奔,想要生吞某种野兽的肉,任何野兽都可以。这种昔日的狂野情形现在突然变得熟悉起来。我发现,我心里同时存在两种本能,一种是向往和追求更高层次的精神生活,很多人都有这种追求;另一种是喜爱和追求原始生活,保持原始的野性。这两者在我体内和谐共存,我对野性的喜爱,丝毫不亚于对善良的钟情。

我喜欢钓鱼,因为这种运动具有野性和冒险性。有时候,我愿意像野兽那样,用一种粗野的生活方式度过余生。我和大自然关系密切,这无疑得益于年轻时的钓鱼和打猎活动。渔猎活动使我很早接触到大自然,否则我就没有机会熟悉野外的风景。渔夫、猎户和樵夫都已成为大自然的一部分,因为他们毕生在山林中活动。他们在闲暇时间,有着比诗人和哲学家更好的欣赏大自然的条件。虽然诗人和哲学家接近大自然都带着目的性，但大自然也慷慨地接纳了他们。

旅行者到了草原，就会成为猎手，到了密苏里和哥伦比亚的上游，就会成为捕兽者，到了圣玛丽大瀑布，就会成为渔夫。从旅行者那里得到的知识并不完备，也不够权威，真正使我们感兴趣的，是科学论文的报告，这些报告告诉我们，人类通过实践或者本能发现了什么，这样的报告是属于人类的，记录了人类的宝贵经验。

有人说北方人的娱乐活动很少，因为他们的节假日比较少，适合男人和小孩玩的游戏也不像英国那么多。其实这句话不对。因为在这里，原始而古老的渔猎活动依然十分盛行。在新英格兰，跟我年龄差不多的人，在10岁至14岁时，基本上都已经扛过猎枪，而且他们的渔猎范围没有界限，比野蛮人的地盘还大。所以，他们不在公共场所娱乐也就不难理解了。现在的情况已经今非昔比了，原因并不是人口增加了，而是猎物减少了，人类和曾经的猎物——禽兽成了好朋友，动物保护协会就是很好的证明。

我在湖边生活时的捕鱼活动，仅仅是想调剂一下胃口。第一个捕鱼的人，是出于生存需要，我也是如此。从人道主义的角度来说，我是反对捕鱼的，但是这并不是我内心的真实想法。这种反对，只是出于哲学的道义，并不是出于我的真实感情。之所以现在只说捕鱼，是因为我对捕猎鸟儿有不同的看法。在我开始林中生活之前，就把猎枪卖掉了。并不是我心性多么残忍，而是我对它们没有恻隐之心，不管是鱼还是钓鱼的诱饵，我从来不会可怜它们，这是生活习惯使然。

在我拥有猎枪的最后几年里，一直以研究鸟类学为借口，我只寻找不常见或奇特的鸟儿。必须承认的是，我现在找到一种更好的研究鸟类学的方式，那就是仔细观察鸟儿的生活习性，单凭这一个理由，就足以让我不再使用猎枪。尽管人们出于人道主义反对打猎，但我依然觉得没有什么娱乐活动可以代替打猎所带来的乐趣。如果有朋友怀着忐忑的心情询问我，是否应该让孩子去打猎，我总是给出肯定的回答。因为我觉得这种经历，是我接受的最好的教育中的一种。就让孩子们成为猎人吧，虽然刚开始的时候，他们扮演的只是运动员的角色，如果可能的话，他们最终会成为优秀的猎手，这样他们就会懂得，任何地方都没有足够的鸟兽可供他们打猎。直到现在，我还是同意乔叟笔下那个尼姑所说的话："老母鸡并没有说过，所有打猎的人都不够圣洁。"

不管是在个人的经历中，还是在种族的历史中，都会有一个把猎人当成最好的人来歌颂的时期。阿尔贡金族的印第安人就曾如此。对于一枪都没有开过的孩子而言，我们应该可怜他的教育被人忽视了。我相信那些喜爱打猎的少年，不会一直沉湎其中。在无忧无虑的童年时代过去以后，就没有人会随便杀死动物了，因为他会懂的，动物跟人一样，拥有平等的生存权利。兔子走到穷途末路的时候，呼喊的声音很像小孩子的声音。我要对母亲们发出警告，我的怜悯之情不会因为对象是人类而有任何差别。

对于年轻人来说，打猎是接近森林的最好方式之一，他们还可以借此发展本性里的天分。他们先是作为猎人和渔夫，长大后慢慢又会有别的兴趣爱好，诗人或者自然科学家也许会成为他们新的目标，打猎和钓鱼就不再能吸引他们了。很多国家的牧师也喜欢打猎，不过他们发挥的作用也就跟牧羊犬差不多，是不能跟善良的牧人相提并论的。

不管是伐木还是挖冰，都不能像钓鱼那样，把不分老幼的市民吸引到瓦尔登湖的岸边来坐半天。但是，如果他们在这段时间里，没有如愿钓到很多条鱼，他们还是会觉得自己不够幸运，其实他们应该明白，垂钓最好的收获，就是欣赏到了最美的湖上风光啊。他们至少要钓一千次鱼之后，才能明白这个道理。当然了，这种认识的过程是循序渐进的。州长和议员在童年时也钓过鱼，但是现在他们年纪大了，不再去钓鱼，也早就忘了钓鱼之乐了。他们现在只想获得进入天堂的资格。如果他们对瓦尔登湖立法，内容也无非是准许多少钓钩垂钓。他们不知道瓦尔登湖最吸引人的不是鱼，而是风光。由此可见，即使是在文明社会里，人类的发展也要经过一个渔猎阶段。

我发现最近几年，我每钓一次鱼自尊心就会受一次伤害。我像同伴们一样，既有钓鱼技巧又喜爱钓鱼，这些都是促使我钓鱼的动力，但是我心底里有一个声音却在告诉我，最好不要去钓鱼了。很显然，我对钓鱼的喜爱，是比较低劣的一种需求。我对钓鱼的兴趣逐年减少，并不是因为我的人道主义观念或者智慧提升了。现在我已经彻底不钓鱼了，但如果我是生活在旷野中，我肯定还是会受不了诱惑而再度成为热忱的渔夫和猎人。

其实不管是鱼肉还是其他什么种类的肉，都不够洁净，而且我终于知道家务如何来的了：因为我们每天都要注意仪表，不能穿得邋邋肮脏，房屋要收拾得干净整齐，我们每天要耗费很多精力在这类事情上。因为宰杀、家务、做饭、吃饭，都是我一个人完成的，所以这些事我都有资格讲话。我反对吃肉并不仅仅因为卫生问题，还因为我觉得捉、洗、煮、吃的过程太麻烦，而且补充不了多少营养，所以实在没必要大费周折。一个面包和几个土豆就可以解决问题，既简单又干净。

我跟很多同时代的人一样，已经好几年没有吃过肉、茶或者咖啡之类的东西了。并不是因为这些东西有什么缺点，而是因为我不想那样做了。对于肉食的反感，我完全是出于本能。不管从哪方面来说，简朴的生活都有很多好处，我做得不够好，但至少我已经尽了最大的努力。我想所有注重养生的人，都不喜欢吃肉，而且也不会吃过多的食物，昆虫学家已经注意到了这样的事实——柯尔比和斯班司的书中就曾经写道："高级的昆虫有进食器官，却很少使用，这是一般性的规律，昆虫长大以后比幼虫时期进食少，虫蛹变成蝴蝶……蛆虫变成苍蝇之后，只要一两滴蜜或者其他美味的液体就能存活。"蝴蝶的腹部还是蛹的形状，所以它还是会遭到食虫动物的捕食。吃得多的人基本上还处于蛹的状态，有些国家的民众就是这样，没有幻想和想象力，只知道不停地进食。

要准备简单清洁使你身心愉快的饮食并非易事，身体和想象力都需要营养，两者应该同时得到满足，这一点是可以实现的。简单吃点水果，是很正常的事情，不会对我们的事业产生任何影响，但在餐盘中加上别的佐料就不对了，我们不应该依靠珍馐美味维持生活。很多人会因为被别人看到正在准备美食而羞愧不已，不管准备的是肉食还是素食。事实上就算他自己不做，别人也得为他做，所以，只要这种状况不改变，我们就依然离文明很远。

不要追问为什么精神文明和肉食相冲突，只要知道两者是矛盾的就够了。把人类称为肉食动物算不算是一种谴责呢?答案是肯定的。人类杀死别的动物以便使自己活下来,这是一种悲惨的生活方式——所有捕捉过兔子、宰杀过羔羊的人都知道——要是有人能让人类不吃肉食,而改吃其他更有营养的食物,那他就算为人类造福了。不管我做到了什么程度,我相信随着人类社会的发展,吃肉食的习惯终将会被淘汰,就像在文明人的诱导下,野蛮人不再吃人一样。

　　人类如果能听从本性微弱而持久的正确建议,尽管他无法确定这种建议会给他带来怎样的结果,是变得更加极端还是更加疯狂都未可知,是,只要他坚决并满怀信心,那么,摆在他面前的,就是一条康庄大道。人类内心深处的声音,能够战胜所有的雄辩和习俗。人类往往在即将误入歧途时,才能意识到内心声音的存在。即使在这种声音的指导下,人类在某种程度上还是在倒退,却没有人会觉得遗憾,因为这就是更高生活的规律。如果你能够欢欣鼓舞地迎接白天和夜晚,生活得像花草一样芳香,像星辰一样璀璨——那你就成功了。大自然会向你祝贺,你也暂时可以心安理得地祝福自己。然而,我们得到的最大利益和最大价值,是得不到人们的赞赏的,这难免让我们怀疑其真实性。于是,我们很快就把它们抛之脑后了。它们就是至高无上的现实。可能最令人震惊、最真实的事实并没有广为流传。我生命中每天最真实的收获,也像朝霞暮霭那样,用手触摸不到,用语言无法表达,我得到的只是点滴尘埃,只是转瞬即逝的一段彩虹。

　　我这个人要求一点也不苛刻,如果别无选择,就是油煎老鼠我也可以吃得津津有味。在很长一段时间里,我坚持只喝白开水,就像我喜欢大自然的天空远胜于吸食鸦片的人吐出的烟雾一般。我喜欢陶醉在清醒的状态里。对于聪明人来说,最好的饮料当然是白开水。酒并不高贵,热咖啡也足以破坏一个美好的清晨,热茶则能毁掉晚上的美梦。我也在它们的诱导下堕落过!音乐也令人沉醉,正是这些微小的因素,毁掉了希腊和罗马,也会毁掉英国和美国。在所有醉人的事物中,没有人会拒绝陶醉在新鲜空气里。

　　我讨厌长期拼命做苦工,因为这会使我拼命吃喝。说句实话,最近我在这些方面,也没那么在意了。我很少在餐桌上祈祷,也不再祈求祝福,原因并不是我变聪明了，而是我不得不承认，我越来越粗俗和冷漠了。只有年轻人才会像关心诗歌一样关心这些事情。我的行动不被人重视，我就把我的想法写在这里。我跟《吠陀经》上的特权阶级并不相同，他说："对于大自然有信心的人，可以把所有存在的事物当食物。"意思是他不过问以什么为食，谁为他准备食物。即使是在这种情况下，也有一点不能不说，正如印度的一位注释家所说，《吠陀经》把这一特权限定在了"患难时间"里。

每个人都曾狼吞虎咽过美餐，但是胃囊却始终空空如也。我想到，正是由于有了味觉，我们才会有了精神上的愉悦，这是由味觉发起的。在小山上吃到过的浆果给我的天性增添了营养。"心不在焉，"古人说，"视而不见，听而不闻，食而不知其味。"知道食物真正滋味的人不会成为贪吃的人，不知味的人才会贪吃。狂吞面包屑的清教徒跟大嚼甲鱼的议员无异。吃食物不会玷污一个人，吃食物的胃口才会。问题的关键不在于吃了多少，食物好不好，而在于口腹的贪欲。

如果吃食物不是为了活着，也不是为了激励我们的精神，而仅仅是为了满足自己馋虫的欲望，那么，不管是爱吃乌龟、麝鼠及其他野兽的猎人，还是爱吃小牛蹄做的冻肉、海外的沙丁鱼的漂亮太太，在本质上都是一样的，不同的是，猎人要到湖边去，而漂亮太太则在家里取肉冻罐头。这真是让人惊奇，他们、你、我，怎么能只在乎吃吃喝喝，过着卑劣的禽兽一般的生活呢？

精神性贯穿我们生命的始终。人性中的善与恶，从未停止过斗争。善是上天赐给我们的礼物，永远会获得最后的胜利。引世人折腰的竖琴声中，善的主题总是令我们不胜欣喜。竖琴就像保险公司里的推销员，让我们明白更多道理，我们所做的微小善行，是我们支付的保险费。虽然年轻人总是那么冷淡，但是宇宙的规律却是永恒的，它总是跟敏感的人站在一起。如果你留心，总是能从西风中听到谴责之词，没有听到的人是多么不幸啊。每当我们拨动琴弦，移动音栓，爱都会渗透我们的灵魂。很多广为传播，听起来像音乐的声音，其实是毫无益处的，对我们卑贱的生活而言，这真是个讽刺。

有一只野兽藏在我们的身体里，当我们本性中善良的部分沉睡的时候，它就醒了过来。它就像一条难以驱逐的毒蛇，也像寄生虫一样，即使在我们很健康的时候，它也寄生在我们的身体里。可能我们能躲避它，但是它的天性永远不会改变。它的生命力很顽强，所以即使我们身体健康，也不能说是洁净的。我曾经捡到过一只野猪的下颚骨，通过观察上面那雪白完整的牙齿，能看出这只野猪生前十分健康并精力充沛，它一定吃得很好而且体内没有寄生虫。

孟子说："人之所以异于禽兽者几希，庶民去之，君子存之。"如果我们能严格自律，将会得到怎样的生命呢？如果有这样一个聪明人，他教我洁身自好的方法，我一定会想方设法找到他。"让心灵接近神的必要条件，是控制自身的欲望和本能，并且多做好事"，这是《吠陀经》里的说法。精神能够主宰和控制身体的所有器官，能把粗俗的外表转化为内心的纯净和虔诚。如果不克制生殖的欲望，我们会成为荒淫和肮脏的人，如果能够克制，我们就能精力旺盛。贞洁是人类的花朵，而创造力、英雄主义和神圣等等则是果实。

只有做到纯洁，我们才有可能与上帝见面。我们时而受到纯洁的鼓舞，时而又因不洁而感到沮丧。能够控制体内的兽性逐渐减少而神性逐渐增多的人是幸福的。如果一个人只剩下了兽性，他应该感到耻辱。农牧之神和森林之神是神兽或者半神半兽的结合体，我担心我们只是类似于他们的妖怪、贪吃好色的动物。我担心，我们的一生在某种程度上就是一种耻辱。

> 如果能把头脑中的草莽去除，
> 能利用属于他的马、羊、狼
> 和其他野兽把天性里的野兽赶走，
> 这个人就是个无比快乐的人。
> 与其他动物相比，这个人是顶聪明的了，
> 不然的话，人怎么能有资格放牧猪猡。
> 就是种种的妖魔鬼怪，也能诱使他丧失本性，
> 使他变得更坏。

虽然淫欲有很多种不同的表现方式，但是本质都是一样的，纯洁的本质也是如此。不管是大吃大喝还是同居淫乱，都是一样的，这是一回事。我们看到一个人做什么样的事，就知道他是什么样的人。不洁和纯洁是对立存在的，就像在洞穴的入口打一下蛇头，它必然会从出口出来一样。如果你想成为一个有节制的人，就必须控制自己的欲望。怎样才算贞洁呢？贞洁的评判标准是什么呢？他不知道。我们也不知道。我们只能根据流传的说法来证明。身体力行会产生智慧和纯洁，懒惰就会变得无知和荒淫。

对学生来说，心智懒惰就会产生淫欲，懒惰的人大多不洁：他在炉边享受温暖，在阳光下晒太阳，还不累就去休息。想抛开不洁和罪恶的不二法门就是热忱地工作，即便是打扫马厩也比什么都不干要强。人的本性不容易克制，但是我们必须克制自己。跟异教徒相比，如果是你不够纯洁，不够克制，不够虔诚，那你还算什么基督徒呢？很多异教的规章制度使读者感到羞愧，即使是奉行仪式也要做出不懈的努力。

以上这些话并不是主题，我也不想说这些，因为说出这些话的同时，就显露出了我的不洁。淫欲有不同的表现形式，我们常常毫无顾忌地谈论这一种，对另一种却闭口不提。我们已经堕落得很严重了，所以不能探讨人类的天性。在以前几个时代，有些国家是能够把人类所有本能摆到桌面上说的，也都有法律的限定。印度的立法者从不嫌繁琐，尽管他的事无巨细让近代人不以为然。比如他还教导人们怎样饮食、居住、大小便等等，把一些我们认为是卑贱的事也提高了地位，不会认为事情琐碎就避而不谈。

每个人都是建筑师，他的作品就是自己的身体。他可以用自己的方法来崇拜自己的神，即便另外再去雕琢大理石，他还是拥有自己的信仰。我们既是雕刻家也是画家，血、肉和骨骼是我们的材料，崇高的品质会改善他的形态，而卑俗和淫欲会把他变成禽兽。

9月的一个黄昏，约翰·法尔莫结束一天繁重的工作之后，坐在门口休息，可他的心思还放在工作上。他洗了个澡，坐下来放松自己的精神。这个黄昏很冷，邻居们甚至担心会降霜。他还在沉思的时候,听到了一阵笛声,这段音乐正合他的心境。前一刻他还在想自己的工作,现在他已经觉得没有什么大不了了,工作中的烦恼就像皮屑一样,可以挥之即去。

  这段音乐塑造的环境,跟他工作的环境完全不同,他身体沉睡着的一部分苏醒了过来。柔和的音乐占据了街道、村子和整个国家。他听到一个声音说:"既然你有可能过上荣耀的生活,为什么还要过这种卑贱劳苦的生活呢?"同样的星星照耀着不同的大地,该怎样从现在的环境中解脱出来,过上自己真正想要的生活呢?他能想到的办法就是开始另外一种艰苦的生活,使心智解救自己,然后借逐渐增长的敬意来面对自己。

 禽兽为邻

　　有时，我会跟朋友一起去捕鱼，他住在小镇的另一头，必须穿过整个村子才能来到我家。捕鱼这种活动也像请客吃饭一样，是社交活动中的一种。

　　隐士：我真搞不懂现在的世界是怎么了。三个小时了，我没有听到一声蝉鸣，鸽笼里的鸽子也都睡着了，连翅膀都不动一下。是不是有农夫在林中吹响了正午的号角呢？雇工们都回家吃腌好的牛肉和玉米粉面包了，当然还要饮苹果酒。人们何必如此自找苦吃呢？如果不吃饭，就不用工作了。我不知道他们有了怎样的收获。我相信没人愿意住在那里，因为狗叫声让人无法思考。对了，还有家务，真是该死，还要擦亮铜把手，天气这么好，却不得不去擦浴盆。建造这样的家，还不如住在树洞里呢，这样连早上的拜访和晚上的宴会也都省了，还能听到啄木鸟啄木的声音。唉，这里的人拥挤不堪，这里的温度太高，这里的人情世故也太复杂。我饮山泉水，吃棕色的面包。我听到了树叶发出的沙沙声，是饿狗在打猎还是小猪迷了路跑到森林里来了呢？雨过之后，我还能看到它的脚印。听啊，脚步声渐渐近了，我的黄栌树和花蔷薇都在微微地颤抖。啊？诗人先生，你来了吗？

你觉得这个世界今天怎么样?

诗人:挂在天上的云,是我迄今为止见过的最伟大的东西。这样的云,古画里没有,外国也没有(西班牙的海岸边上也许能见到)。这是典型的地中海的天空。我得活下去,但是我今天还没有吃东西,那我就只好去钓鱼了。对诗人而言,这是最好的工作,也是我所能懂得的营生。咱们一起出发吧。

隐士:我乐意接受你的邀请,因为我的棕色面包马上就要吃完了。我很想现在就跟你走,但是我现在正在沉思中,过一会儿才能结束,请再给我一点孤独的时间。为了不耽误我们的行程,你可以先去挖点诱饵。因为土里没有肥料,所以这里能用做诱饵的蚯蚓很少,它们快要灭绝了。跟钓鱼比起来,挖蚯蚓也很有趣,尤其在你肚子不饿的时候,更适合这项活动,但是今天你得自己去了。你最好带上铲子,去那边的落花生地里找找;那边还有狗尾草在摇摆,我敢保证,如果你仔细翻找,每三块草皮下面准能找到一条蚯蚓。走远一些也是明智之举,因为走的距离越远,找到的鱼饵就越多。

隐士内心的话:我想想看,刚才我的思绪飞到哪里去了呢?我的思维局限在一个框架内,我对世界的看法都是从一个角度出发的。我该选择上天堂还是去钓鱼呢?如果我现在结束沉思,以后还有没有这么好的机会呢?我刚才好像已经融入万物了,这是前所未有的体验。恐怕打乱的思维是回不来了。如果口哨能唤回它们,我就会吹口哨。但是现在我什么也想不起来了。我刚才思索的好像是个朦胧的日子。也许想想孔夫子的三句话能给我提供一点线索。我忘了刚才的状态是一团糟糕还是处于萌芽状态的欣喜。所有的机会都只有一次。

诗人:怎么了?

隐士:是我的动作太快了吗?我已经捉到13条完整的蚯蚓,几条残缺的,几条小的。小蚯蚓可以用来捉小鱼,他们在钓钩上也会很小。这个村子里的蚯蚓太大了,小银鱼可能吃饱了都还没有碰到串肉的鱼钩呢。

隐士:好,这就去吧。要不我们去康科德?如果水位合适,我们就能痛痛快快地玩了。

为什么世界是由我们眼见的这些事物组成的呢？为什么这些禽兽做了人类的邻居，好像世界上，只有老鼠能够填补窟窿。皮尔贝公司对动物的利用真是妙极了，那里的动物都肩负任务，或者说，背负着我们的思想。

我们常见的老鼠据说来自外地，我家的常客却不是这种，它是村子里见不到的土生野鼠。我寄了一只给著名的博物学家，他对它产生了浓厚的兴趣。在我的房子还没盖好时，就有只老鼠来这里安家了。在地板没有铺好，刨花没有清除之前，每到吃午饭的时候，它就会跑到我脚边吃面包屑。也许是它不认识人类的缘故，我们的关系很快亲密起来，它会从我的皮鞋上爬过去，从我的衣服上爬过去，三下两下就能爬上屋顶。它的动作跟松鼠很相似。有一天，我用肘部支在凳子上坐在那里，它顺着我的袖子爬上来，在我盛放食物的纸旁边打转，我先躲着它把纸拉到我这里，然后又突然把纸推到它面前，这样跟它玩躲猫猫，后来我拿起一片干酪，它坐在我手心里把干酪吃掉了，吃完以后还擦了擦脸和前掌，然后悠闲地走开了。

没过多长时间，一只美洲鹟就来我家里筑巢了；知更鸟也住在了我房子旁边的一棵松树上。即使是像鹧鸪这样怕羞的鸟，也在6月带着自己的孩子在我的房子周围飞来飞去，它像母鸡一样发出咯咯的声音召唤自己的孩子。当你走近雏鸟的时候，母鸟就会发出警告的信号，这些孩子们就会像风一样四散而去。鹧鸪的颜色跟枯枝败叶相似，有些不留心的游人，常常不小心踩进雏鸟群里，这时母鸟就会拍动翅膀，发出焦急的叫声，它这样做是为了吸引游客的注意，使他们注意到幼鸟。有时候母鸟还会打滚，打旋，把羽毛弄的蓬松纷乱，这时你倒是不好分辨这到底是什么鸟了。幼鸟们常常安静地蹲在那里，或者把头藏在叶子底下，除了母亲发出的信号，其他什么也不听不管。即使你走到它们跟前，它们也不会逃走，因为它们太不容易被发现了。即使你的脚已经踩到它们身上，甚至也看到了它们，但是你还是不太容易发现它们。

我有一次把它们放在我的掌心，因为它们只认识母亲的信号和服从自己的本能，所以它们不知道恐惧，也不发抖，只是安静地蹲着。多么完美的本能啊！还有一次，我把它们放回树叶上去，其中的一只跌倒了，10分钟之后，我发现它依然保持着跌倒的姿势跟其他雏鸟待在一起。别的鸟的幼鸟都不长羽毛，鹧鸪却不一样，它们的羽毛很快就长得很丰满，它们也比较早熟。它们的眼睛很宁静，既成熟又很天真，令人印象深刻。这种眼睛里蕴含着全部的智慧。有像孩子般的纯洁，还有从经验里提炼出来的智慧。鸟儿这样的眼睛，不是天生的，却和它眼里映照出来的天空一样久远。山林里再也没有别的宝石可以跟它们的眼睛相媲美了。一般游人不会注意到这眼清泉。常常有野蛮愚蠢的猎人枪杀掉它们的父母，这群无依无靠的幼鸟常常就被猛兽或者恶鸟用来果腹了，或者最后死在了与它们很相像的枯叶中。这群被母鸟孵化出来的幼鸟，稍微受到一点惊扰，就会四处奔走，因为它们听不到母亲召唤它们的声音了。这些就是我的母鸟和幼鸟。

令人惊讶的是，很多动物自由而隐秘地生活在森林里。虽然它们常常去乡镇旁边寻找食物，但是只有猎人才知道它们的藏身之所。水獭就是个很好的例子，可能当它长到四英尺长，像小孩那么大的时候，还没有人见到过它。我曾在屋后的森林里见过浣熊，现在我似乎还能在夜晚听到它们的声音。通常，我上午会去耕作，中午会躲在树荫下休息一两个小时，午饭之后会在泉眼旁边读书，泉水的源头在勃利斯特山，这座山距离我的田地只有半英里远，这里同时还是附近一个沼泽地和一道小溪的源头。

去往泉眼旁的路上，要经过一片草木茂盛的洼地，这里生长了很多小苍松，还要穿过沼泽旁边的大森林，这个森林里有一个隐蔽而阴凉的地方，在一棵大白松下面有一块干净的草地，是休憩的好去处。我在泉眼附近挖了一口井，井里流出了银灰色的清冽的水流，从这眼井里提出一桶水来，井水也不会变浑浊。盛夏时期，我基本上每天都来这里取水，因为这里的水比湖水清凉得多。山鹬也带着它的孩子来到了这里，它们一起在附近的泥土里寻找蚯蚓，母鸟在幼鸟头上一英尺的上空盘旋，它在泉水旁边飞行，它的孩子们就在下面跟着它奔跑。后来它看到我了，便抛开它的孩子们，在我头顶上空盘旋，离我越来越近，直到跟我的距离只剩下四五英尺，然后它故意装出翅膀或者脚折断了的样子吸引我注意，这样我就不再注意它的孩子们了，于是，它的孩子们按照它的叫声的指示，排成一队穿越了沼泽地。这里也是斑鸠的活动场所，它从白松的这根枝条飞到那根枝条；红色的松鼠因为好奇而对我很亲热，从旁边的树枝上跑到我身边。在山林中坐不了多久，就能看到它们轮流出来展示自己。

　　我的视线所及之处，也不全是和平美好之态。有一天，当我走到一堆木料（或者说一堆树根）附近的时候，看到两只蚂蚁正在打架。一只是红蚂蚁，另外一只是体型更大，是将近半英寸长的黑蚂蚁。它们互相挣扎撕咬着在木片上翻滚。令人惊讶的是，远处的木片上到处都是这样的蚂蚁，看来这不是两只蚂蚁之间的决斗，而是两个民族之间的战争。在摆放木料的院子里，到处都是这样的战士，黑蚂蚁和红蚂蚁的尸首已经横尸遍野。这是我目睹过的唯一一场战争，也是我亲临过的战争状态最为激烈的战场。红色的共和派和黑色的帝国派都全力奋进同对方殊死决斗。虽然这是一场没有声音的战斗，但是人类的战争也从未如此坚决。

　　正午的太阳照耀着大地，战场上的一对敌人正死死地扭打在一起，看来它们是打算战斗到晚上或者直至生命的尽头了。红蚂蚁的嘴像钳子一样咬着黑蚂蚁的头，它在翻滚的同时，已经咬掉了黑蚂蚁的一根触须。更为强健的黑蚂蚁则不停地摔打着红蚂蚁的身体，红蚂蚁身上的某些部位已经被黑蚂蚁吃掉了。它们比恶狗还凶残，谁都没有要撤退的意思。看来它们都下定决心要誓死作战了。这时，一只孤单的红蚂蚁出现在山峰上，它的情绪很激动，如果不是刚刚打死了一个敌人，就是还没有加入到战争中来，我猜肯定是第二种情况，因为它身体的各个部分都完好无损。它的母亲要它凯旋，即使是被人抬回家。也许它是像阿基勒斯那样的英雄，带着激愤的情绪来拯救普特洛克勒斯，或者为复仇而来。

　　它从远处观察到这场战争并不势均力敌，因为黑蚂蚁的体型是红蚂蚁的2倍。于是它马上投入到了战斗中，走到一对战斗者附近的时候，看准时机，啃上了黑蚂蚁的前腿根。至于黑蚂蚁开始啃咬它身体的哪一部分，它全然不顾，三个生命纠缠在一起，任何力量都不能把它们分开。此时，如果它们都组织了各自的军乐队，在高地上吹奏国歌，激励落后的和垂死的士兵的话，我也丝毫不会觉得惊讶。

因为此刻的我也非常激动，我已经把它们当成人类看待了。

你对它们的研究越多，就越会觉得它们跟人类没有区别。美国历史暂且不论，不管是从士兵人数、爱国主义和英雄主义的精神，还是从战争的残暴程度来说，康科德历史上的任何一场战斗都不能跟这次战争相提并论。这场战争可以被称之为奥斯特利茨之战或德累斯顿之战。康科德之战实在是不值一提，因为它所有的损失，就是死了两个爱国者，路德·布朗夏尔受了重伤，而这里的每一只蚂蚁，都是波特利克，并发出生命的呼喊："射击啊，看在上帝的份儿上，射击啊！"成千上万的生命，都将经历跟台维斯和霍斯曼尔一样的命运。这些战士里没有雇佣兵，我坚信，它们都是为了原则而战，就像我们的祖先，发动战争的原因并不仅仅是为了免去三便士的茶叶税。战争的胜负，对参战的双方来说，都很重要，就像我们的邦克山之战一样，将会被永远铭记。

我前面特别描写的三只蚂蚁正好站在同一块木片上，我把这块木片连同那三只蚂蚁带回家放在了窗台上，并用一个大杯子罩住了它们，好方便观察。我又拿来了显微镜，先说最初提到的红蚂蚁吧，它现在还在啃咬着敌人的前腿，将其另一根触须也咬断了，但是黑蚂蚁却把它的胸部撕开了，内脏都露出来了，黑蚂蚁的胸甲很厚，是刺不穿的。红蚂蚁的黑色眼珠里喷发着战争激发的凶狠光芒。

半个小时之后，我再去看时，两只红蚂蚁全都身首异处了，但是它们的头颅还是死死地咬着黑蚂蚁不放，就像挂在马鞍两边的吓人的战利品。黑蚂蚁正在虚弱地挣扎，它失去了触须，只剩下一条腿，这仅存的一条腿也被咬得残缺不全，另外不知道还受了什么伤。

又过了半个小时，它终于摆脱了咬在身上的两只头颅。我把玻璃杯拿走，它拖着残缺的身体，慢慢地爬离了窗台。经过这场恶战，它是否能够活下去，能否在荣誉军人院里度过残生，我们不得而知；但是它的身体肯定不能再干什么了不起的事了。我不知道最终获胜的是哪一方，也不知道战争的起因是什么，但是因为观看了这场战争，我在之后的一整天时间里，都充满了激动和痛苦，就像在家门口发生了一场人类之间的血腥战争一样。

柯尔比和斯班司曾经说过，蚂蚁的战斗已经被人类关注很久了，有些大战役的日期甚至都有史册记录，据说，近代作家里可能只有胡勃目睹过蚂蚁大战，传言说"依尼斯·薛尔维乌斯曾经描写过一场战斗，战场在梨树的树干上，这是一场大蚂蚁和小蚂蚁之间的对决"，战争描写完以后，他还写上了这样的备注——"这场战争发生的时间是教皇攸琴尼斯四世的统治时期，观察者是著名律师尼古拉斯·毕斯托利安西斯，他如实记录了大战的全过程。"俄拉乌斯·玛格纳斯也记录过一场与此相似的，大蚂蚁和小蚂蚁之间的战斗，最终结果是小蚂蚁获胜了，听说它们战后把小蚂蚁的尸首都掩埋了，却任由敌人的尸首被飞鸟吃掉。这场战争发生的时间是克利斯蒂恩第二被逐出瑞典之前。我所看到的这场战争，发生于波尔克总统统治时期，这场战争发生5年之后，韦勃司特制定的逃亡奴隶法案通过了。

村子里有很多体态笨重的牛，它们本来只能在地窖里跟乌龟竞赛，现在却也来到森林里活动了，它们的主人肯定不知道它们的行踪。这些牛闻了闻狐狸洞和土拨鼠的洞，但毫无收获，也许是瘦弱的饿狗把它们引来的，这些狗能够在森林里灵活穿梭，鸟兽都害怕它们。现在老牛已经跟不上饿狗的脚步了；松鼠躲在树上悄悄观察它们，于是它们向松鼠发出呼喊声，然后缓慢地跑开了，它们的身躯把附近的树枝都压弯了，也许它们以为追赶的是迷路的老鼠呢。有一次，我看到一只猫在湖边的石子路上散步，我感到很惊讶，因为它很少离开家这么远。即便是最温顺的猫，一旦回到森林里，也会像回到了老家一样，它鬼祟狡猾的步伐，简直比土生的森林禽兽更像土生居民。

有一次，我在森林捡浆果的时候遇到一群猫，小猫们野性未脱，跟老猫一起弯起背，向我吐口水。在我还没有搬进森林住的时候，听说在林肯附近有个叫吉利安·倍克的田庄，有只长了翅膀的猫住在那里。1842年6月，我专程来找她（我不确定它的性别，所以用了这个代表女性的代名词），我到的时候，她正好去森林里觅食了。她的女主人跟我说，她是一年前的4月来这里定居的，她的身体是深棕灰色的，咽喉部位有个白点，脚是白色的，有着像狐狸那样毛茸茸的大尾巴。她的毛在冬天生长得最旺盛，甚至会向两边垂下来，就像两条长 10 英寸到 12 英寸、宽 2.5 英寸的带子，下巴的毛也可以当暖手筒了，上面的毛蓬松松软，下面的毛像毛毡一样杂乱地纠缠着，到春天的时候，这些毛都会褪下来。

她的主人送给我一对她的翅膀，我一直保存至今。翅膀并没有膜覆盖。有人猜想说这只猫的身体里肯定有飞松鼠或者别的什么野兽的血统，当然了，这也是有可能的，博物学家说过，如果貂跟家猫交配，会生出很多这样的杂交物种。假如我要养猫，我肯定会养这样的猫，因为诗人的马能飞，我的猫当然也可以。秋天到来的时候，潜水鸟（Colymbus glaclalis）又如期光临，它们在湖里褪掉身上的毛，并且把自己清洗干净，我还没动身，它们放浪的笑声已经在森林中响起来。听到笑声后，磨坊水闸上所有的猎人都赶来了，他们三五成群，有的驱赶着马车，有的走路过来，还随身带来了猎枪、子弹和望远镜。

猎人们像秋风扫落叶一般涌来，每只潜水鸟都要面对至少 10 个猎人。他们各有分工，有的在湖这边的岸上放哨，有的在另一边的岸上站岗，因为鸟儿不可能同时出现在所有地方。如果它们从这里潜下去了，就一定会从别处游上来。10 月的风吹来，树叶唱起了歌，湖面有了微微的波纹，即使用望远镜也找不到鸟儿的踪迹了，枪声响起，水波涌上来，谁也看不到潜水鸟了，猎人们只好空手而归，继续在店铺里完成自己未竟的事业，幸好，他们的事业一般都经营得很成功。

我常常在黎明时分去湖上汲水，这种颇富王者风范的鸟儿总是待在离我不过几杆远的地方。如果我露出了想坐船跟踪它、观察它的意思，它就会一头潜进水里去不肯出来，有时候甚至会到下午才露出头来。如果它出现在水面上，我就有办法对付它。它总是趁着雨势飞去。静谧的 10 月的下午，是潜水鸟冒出水面的好时机，我划着一艘船沿着湖的北岸寻找它们。突然有一只鸟从湖岸上跳出来游向了湖心，离我只有几杆的距离，它的狂笑吸引了我的注意。我一追它，它就潜进了水里，等它露头的时候，却出现在了离我更近的地方。等它再潜进水里的时候，我想追它，却搞错了方向，等它再露头的时候，跟我的距离已经有 50 杆那么远了。它更有理由放肆地大笑了。它的行动十分灵活矫健，我始终没有办法进入离它五六杆远的地方。

它每一次出水的时候，都会观察湖水和陆地，好挑选合适的路线，以便再次出水的时候可以出现在水面最开阔，离船最远的地方。它的决策十分迅速而正确，一旦决定下来马上就会行动。它能轻松地把我引入最开阔的水域，我却不能把它赶到湖的角落里，它思考的时候，我也揣测它的想法。这是个美丽的棋局，棋盘就是平静的水面，棋手就是一个人和一只鸟。我要做的就是把棋子下在离它下次出现的地点最近的地方。有时它会从船底穿过，出现在我的对面。它能憋很长一口气，好像不知道什么是疲倦，它游到远处的时候，会潜入水中，再智慧的人都猜不到它的行踪，它能在很深的水里像鱼儿那样游泳，它有时间和精力去水底最深远的地方。

传言说，潜水鸟曾经游到过纽约湖水深 80 英尺的地方，然后被捕鳡鱼的钩子挂住了。瓦尔登湖比纽约湖还要深。水里的鱼看到这个天外来客在它们中间游来游去，一定会惊讶得不得了吧。它的水性实在是好，水下水上对它来说好像没什么区别，它在水下甚至游得更迅速。有一两次，我看到它快要浮出水面时激起的水花，可是它刚刚探了一下头，马上就又潜下去了。我猜测它可能再次出现的地点，于是停下桨来等着，谁知，它却突然在我背后发出古怪的笑声，吓我一跳，为什么它每次捉弄我之后，都要露出头来放声大笑，使自己暴露在敌人面前呢？难道它白色的胸脯还不够显眼吗？我觉得这只鸟真是愚蠢。我能根据它出水时候发出的声音，判断它的位置。这样的游戏持续了一个小时，但它丝毫没有疲惫和厌倦，甚至游的距离更远了，还总是在水下用脚蹼抚平自己胸上的羽毛。

它常常发出这种邪恶的笑声，声音跟水鸟的很像，有时，它成功躲开我，从远处钻出来的时候，会发出很长的怪叫，这种声音更像狼嚎，像是野兽啃着地面发出的哀嚎。这是潜水鸟特有的声音，这一带都没有听到过这样的声音，它震动了整个森林。我觉得它的笑声是在嘲笑我的无能，也是炫耀自己的机智。天色暗下来，湖面却很平静，我只看到它出水，却没听到它的声音。湖水和空气都很安静，这些环境对它是不利的，但是它在离我 50 杆远的地方，再次发出了这样的声音，好像在呼唤潜水鸟的神来帮助它,这时东方正好起风了,湖水荡漾起了波纹,蒙蒙细雨夹杂着雨点下了起来,让我觉得潜水鸟的呼喊真的得到了回应,它的守护神生我的气了,所以我就离开了这里,任凭它在波浪中肆意张扬。

　　秋天,我时常接连几个小时观察野鸭游泳,它始终待在远离猎人的湖心,这样的才能,是不用在路易斯安那的长沼里练习就有的。想飞的时候,它们就飞到很高的地方,像一个个黑点悬在空中。在那么高的高空,它们肯定能看到其他湖泊、沼泽和河流。当我们都以为它们飞往别处时,它们却又斜斜地落下来,大概飞了1英里的1/10后,便选择了一个不会被打扰的地方降落了。它们选择瓦尔登湖的湖心,除了安全因素,还有别的考虑吗?我无从得知,也许,我爱这片湖水的理由,也正是它们热爱这片湖水的理由吧。

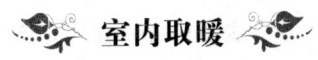
室内取暖

10月到了,我去河岸边的草地上摘葡萄,满载而归,那紫气袭人的葡萄简直就是人间美味。虽然我并没有采集酸果蔓,但它们都娇艳欲滴地发着光,像红宝石一般高高悬挂在青草叶子上,让人不胜欢欣。

农夫用耙子将这些果实收集起来,在这些美味里,他们看到了蒲式耳和美元,看到了这些草地上的猎物在波士顿、纽约被加工成果酱,看到了那里的大自然爱好者们满足的表情。但他们从不关心那些原本平整的草地,现在已经变得多么杂乱无章。

屠夫们也用手中的耙子在这片草地上到处搜罗,他们只顾着找野牛舌草,丝毫不在乎其他植物有没有被糟蹋。虽然漂亮的果实只适合用来观赏,但我却抢在旅行家们和地主之前,将它们采摘来煮食。

我储备了半蒲式耳的熟栗子以备冬天不时之需。这样的一个季节,在林肯一望无垠的栗树林里漫步实在是让人振奋——如今,这些栗树已经长眠于铁轨之下了——当时,我总在霜降之前就迫不及待地将布袋扛在肩上,手提一根棍棒去敲击那些带刺的果子。秋风瑟瑟中,我似乎听到了松鼠和樫鸟的强烈谴责。我经常偷吃它们吃剩的坚果，其中有一些还是完整无缺的。偶尔我还会爬上栗树直接摇落那些栗子。

在我的屋后也有栗树，其中一棵大的几乎将房屋都吞噬了。栗树开花时，花香四溢，就像一束巨大的鲜花。栗树上的果实几乎成了松鼠和樫鸟的专属食物。樫鸟会在清晨结伴而来，在带刺的外壳中寻觅那些尚未掉落的果子。我当然不会和它们争这一棵，而是转向森林深处栗树遍布的地方去寻找。

栗子也许不是面包的唯一替代食物，但应该是最好的了。某一天，当我寻找鱼饵之时，发现了一串串的野土豆（Apios tuberosa），这些神奇的食物应该就是原住民的土豆。我不禁怀疑，究竟是小时候挖到过、吃过它们，还是在梦中见过它们呢？我常常看到它们皱巴巴的花朵像丝绒一样柔软地支撑在别的植物上，只是不知道那就是它们。如今，拓荒开垦几乎让它们没有了立足之地。这些野土豆像极了霜冻后的土豆，略带甜味，煮熟以后比烧烤的更美味。这些块茎好像是大自然一个委婉的许诺，在这里它要用最质朴的食物哺育将来的孩子。这个时代的人们喜欢肥壮的耕牛，喜欢麦浪的涌动，却把这一度成为印第安图腾的野土豆忘得一干二净。只有在它开花的时候，那些藤蔓才唤醒他们久远的、梦一般的记忆。

让狂野的大自然重新统治这里，那些斯文却又奢靡的英国谷物可能就会消失；让乌鸦把最后一颗玉米种子送回西南方——印第安之神庇佑的玉米地去，这些几乎要灭绝的野土豆可能就会重生，生机勃勃地繁衍下去。即便是荒凉的土地，即便是严酷的环境，存活下来的野土豆都能用勃勃生机证明自己土生土长的地位，证明自己作为游牧时期人们主要食品的尊严。

野土豆一定是印第安的谷物女神或智慧女神创造后赠予人类的，如果让诗歌来统治这里，它的叶子和累累果实一定会在艺术作品中留下痕迹。

9月1日，我在三株岔开的白杨下发现了两株小枫树。它们长在湖的对面，紧靠着湖水，树叶也已经开始泛红。啊！这颜色讲述着多少美妙的故事。一个又一个星期过去了，时间把每一株枫树都雕刻成独特的面貌，而它们自己也在波澜不惊的湖水中欣赏着自己的倒影。每天早上，就像画廊中的经理会把旧画更换成新的一样,枫树也会给自己换一身打扮,让自己看起来更加色彩鲜艳,品位出众。

10月,黄蜂像是要来过冬一般,数以千计争先恐后地飞来我的住所。它们有的潜伏在窗户里,有的直接飞到头顶的墙上。有时客人来拜访,甚至会被它们阻挡在外头。每天早上,我都会把那些冻僵了的黄蜂扫到屋外,却从不刻意赶它们走。它们肯屈居在我的家里,我已经觉得荣耀之至。并且,虽然同居一室,这些懂事的小客人却从不会越雷池半步。可是,渐渐地,就连它们也消失不见了。我不知道,这么寒冷的冬季,它们还有什么地方可去。

跟黄蜂一样,到了11月,我也该准备过冬了。瓦尔登湖的东北岸不仅有太阳光的照射,还有松林和石岸对阳光的反射。这样一来,整个瓦尔登湖就成了一盆大的炉火。当你有条件去晒太阳的时候,会感觉比烤火更加惬意,更加健康。当夏天像猎人一样走掉的时候,我用它留下的余火温暖自己。

在用旧砖头制造烟囱前,我得先把它们修理干净。在此之前,我研究过泥瓦匠们的手艺,对砖头和瓦刀的特点有了相当的了解。看样子,这些砖头上面的灰色泥块已经有50多年了,而据说,泥块的年代越久,就会越牢固。虽然这只是人们的以讹传讹,但是流传时间长了,话语本身自然也就有可信度了。如今,只有用瓦刀不停敲打,才能将这些聪明先人们的话彻底击碎。

美索不达米亚的许多村落房屋都是由古巴比伦的旧砖头造的,那些久远的砖头是否真的能让这些村落变得牢固呢?而我却真的见识到了瓦刀代替钢刃的厉害之处。砌壁炉前,我尽量多捡了一些旧烟囱里的砖头备着,虽然这上面并没有尼布甲尼撒的名字。为了减少浪费,提高工作效率,我把湖岸的圆石塞在了壁炉的四围,并在那里找到了可以做灰浆的白沙。

我把这个炉灶当成房子最重要的一部分,因此花了很多时间。虽然我从大清早就开始修筑,可到了晚上还只是盖了几英寸高,可见我是多么认真仔细。晚上,我睡在地板上时,正好可以用它来做枕头。但是,这可并不是造成我的脖子僵硬的原因,很早以前我就经常落枕了。

这时,一个诗人朋友来做客,还打算住两个星期,我想办法为他腾出了些地方。

虽然我有两把刀,但他还是带来了自己的刀子。我们一起,一点点将我的炉灶变得越来越高,越来越端正,越来越结实,我们心里都高兴极了。虽然建造速度还是很慢,但是我听说,越慢质量就越有保证。从另一个层面上来说,烟囱其实是一个独立的个体。它立足于地面,穿透了房子,屹立在空中。有时候即便房子烧掉了,它还会坚强地站在那里。我开始建炉灶时接近夏末,现在都已经11月了。

北风虽然已经把湖水吹得冰凉,但想要结冰却还要再吹几个星期,因为这湖水实在太深了。虽然墙壁上还有很多缝隙,但当我第一天生火时,就有了前所未有的畅通感和舒畅感。我在这个寒冷通风的房间里度过了几个美好的夜晚。它的四周全是结疤的棕色木板,天花板上橡木的树皮也没有刮掉。后来我把它们都粉刷了一遍,因为这样住起来更加温馨。

我想,人们理想的居住地都应该是这样的:屋顶高高耸立在上,当火光投在橡木天花板上,照射出不断跳跃的影子时,能够感受到一种隐约朦胧的美。影子的这种形态比那些奢华的家具更有点缀的价值和想象的空间。

现在,我终于有了自己的房子。它可以为我遮风挡雨,为我取暖防寒。我用两个旧柴架将柴火托起来,一来便于及时清理烟囱后面的烟灰,二来方便拨弄火苗。这种权威感让我非常满足。

虽然这栋房子小到连回声都没有,但作为一个离邻居很远的大单间,它似乎又显得大了不少。一所房子里应有的一切,在这里都应有尽有。它是一个集厨房、卧室、餐厅、储藏室于一身的房间。而我,既是这栋房子的主人,也是它的仆役。卡托说,一个家庭的主人(patremfa- milias)必须在他的乡间别墅里备有 "cellam oleariam, vinariam, dolia multa, uti lubeat caritatem expectare, etrei, et virtuti, et gloriae erit",意思即 "在地窖里储备许多桶油和酒,以备不时之需,是有利于利益、德行和荣耀的行为"。我在自己的地窖里只放了一小桶土豆、两夸脱已经生虫的豌豆、一点儿米、一缸糖浆以及黑麦和印第安玉米粉各一配克。

我在梦里常常梦到一间房子,它硕大而简朴,就像神话中黄金年代的建筑。它很宽敞,因而能容下很多人;它也很简朴,既没有漂亮的天花板,也没有灰泥浆的粉刷，只有橡木和桁条支撑着头顶上的蓝天。当然，这里更不会有复古的厅堂。它虽然简朴，却很结实耐用，足以遮风挡雨，抵御寒冷。在这里，你可以看到高悬于顶的中柱和双柱架，正虔诚地接受着你的致敬。

在这样一个硕大的房间里，只有把火炬装在够长的杆子上，你才可以看到屋顶。在这里，你只需要打开房门，就可以走进房间，没有任何繁琐的仪式。在这里，有人坐在炉边，有人倚在窗口，有人背靠长椅，有人在大厅的这一端，有人却在另一端。如果人们愿意，他们甚至可以和蜘蛛一起高挂在梁间。

这绝对是你在暴风雨前最想到达的栖身之所，作为一个家，它应有尽有，而你作为一个游客却不用打理家事。在这里，疲惫的旅客可以洗澡、吃喝、聊天、休息，不再流浪。

在这里，屋中的所有财富尽收眼底，所有的物品都挂在木钉上，一览无余。

在这里，你能轻松找到自己需要的物品，不论是木桶、梯子还是橱柜，因为这是一个集厨房、客厅、餐厅、阁楼、储藏间于一体的房间。

在这里，家具和生活用品还可以成为屋子的装饰品。水壶可以帮你烧水，炉火可以为你烧饭，烤箱可以为你烘焙面包。你对它们心怀感激。

在这里，洗好的衣服没必要晾在外面；哪怕炉火经年不熄，女主人也不会生气，厨子们为了到地窖去烹饪食物，经常会让你躲开一下，所以你不用跺脚就能知道自己的脚下是虚是实。

这座像鸟巢一样的房子一目了然，就算你从前门走到后门，也不会看见一个人。作为客人，你能享受到所有的自由。这自由不是经过衡量以后的，这自由也不是局限在某个小房间里的，那样名义上是让你自得其乐，实际上却是让你孤立无援。

实际上，主人们宁愿帮你另找去处，也不愿邀请你去他家里。而他所谓的招待，就是在离家不远的花园小径旁，为你建一个火炉。这种招待方式是一门把你隔开得越远越好的艺术。我到过许多人的住宅，但我从未觉得那是一个家。我心中理想的广厦应该是，即使我衣衫褴褛，也可以自由拜访的无主之地。如果我不幸进入那些毫无家的感觉的现代宫殿里,我只祈祷自己可以迅速溜走。

如今,似乎只有野蛮人能懂得大自然的真理,可以从中找到合理的比喻。而我们使用的高雅语言已经完全丧失了它的意义,掉价成为毫无意义的空话,表现力变得牵强而刻板。如今,住宅里的客厅与厨房相隔甚远,运送菜肴也要通过升降机,就连吃饭也不过成了吃东西的一种比喻,那些住在西北边塞之地、荒凉小岛上的学者们如何能明白,厨房中像开会一样高贵典雅、审时度势的谈话方式呢?

然而还是会有一两个宾客乐于和我吃玉米糊的,可是当危机接近的时候,他们又唯恐避之不及,好像屋子的地基都要被弄坏一样。你瞧,我煮了那么多玉米糊,房子不是依旧岿然不动吗?

等到天很冷的时候,我才开始泥墙。我划着小船去对岸,那里有又细又白的泥沙,是拌灰浆的最好原料。划船让我感到欣喜,心甘情愿。这期间,我在屋子四周钉满了薄木板,技术较好的我总能一锤钉好一块板子,这让我充满了信心,决定用最短的时间把灰浆漂亮地涂到墙上。我想起了一个故事,讲的是一个衣冠楚楚之人,非常傲慢,整天对泥水匠的工作指指点点。有一天,他想用实际行动证明自己的言语,于是卷起袖子,把泥水匠用的木板涂满了灰浆,然后自信满满地看了一下头顶的板条,并迅速将灰浆糊了上去。不幸的是,那些灰浆全部掉在了他的胸口上。我因此了解了泥水匠们可能会碰到的突发情况。我开始重新审视这些灰浆,发现它是如此廉价却又如此轻易地阻挡了严寒,不仅如此,当它被均匀地涂抹开时,那种平滑也会让人心生好感。我不知道建造这个新壁炉到底用了多少桶水,因为那些砖头的吸水能力简直令人难以置信,泥浆刚抹上去就被吸干了。

去年冬天,我试着用河里的蚌壳烧制了一些石灰。我已经知道了材料的来源,如果我乐意的话,完全可以找到上乘的石灰石,自己动手烧制石灰。

那些稍浅一些或者照不到阳光的湖水中已经结了一层薄薄的冰,不过这离整个湖面被冻住还差几天甚至几个星期。湖面上的第一块冰堪称完美,它坚硬、暗淡、通透。透过它观察浅水区域,是一个不错的选择。你可以把整个身体匍匐在一英寸厚的冰面上,悠然自得地研究距你不过两三英尺的湖底。湖水安详地流淌着，看上去就像玻璃后的一幅画。

湖底的泥沙上有许多沟槽，很多生物在里面来回穿梭。那些残骸则是白石英砂砾组成的石蚕壳，其实沟槽也可能是它们的杰作，因为很多遗骸就出现在那里。

当然，冰块本身依然是最具魅力的东西，前提是你要掌握最好的观察时机。如果你在结冰的当天就去观察，会发现冰里面包含着许多的水泡。但是其实它们只是依附在冰块的下面，不断从水底向上漂浮而已。

此时的冰块相对厚实、暗淡。你可以透过它看到底下的水泡，它们的直径从 1/80 英寸到 1/8 英寸不等，全都清晰可辨、美丽迷人，以至于你能在 1 平方英寸中准确地数出三四十个气泡，也能看到自己的脸映衬在冰下气泡中的影子。有些气泡因为受冰层的挤压，变成了半英寸长的椭圆形状，还有一些则是圆锥形的，锥尖向上，非常可爱。在刚刚冻住的冰层中，气泡会变成圆形的，像珠子一样规则地排列在一起。总的来说，冰下的气泡要比镶嵌在冰层中的更引人注目。

为了测试一下冰块的厚度，我常往冰面上投掷一些石子。这时，白色的水泡又会出现在那些被砸破的冰下面。有一次，我两天后又回到了被砸开的老地方，从裂缝中清楚地看到窟窿里又结出了新的冰，但是下面的大水泡却美丽依旧。

前两天气温回升，温暖的气温让冰块坚固不再、厚度减小，变成了山水画一般暗淡的绿色，不再透明。这时，冰块的魅力正逐步消失，就连底下的气泡也不再规矩地排列，而是聚集在一起，像刚从袋子里倒出来的银币一般，变成了一层层的薄片。我意识到，此时再去研究湖底是不合时宜了。但我依然好奇，我所制造的那些水泡在刚结的冰块里处于一个什么样的地位。我挖起了一块含有中等气泡的冰块，将它翻过来，发现它被两块新旧冰块夹击着。新冰主要分布在它的四周和下方，而它则紧紧贴着上面的旧冰块，因此被挤压成了扁平的形状。它大概有 1/4 英寸厚，直径 4 英寸。

就在气泡的下面，我惊奇地发现了很规则的冰块，高约 5/8 英寸，像是一只倒置的茶托。水和气泡之间有一个不到 1/8 英寸的分界线。这些分界线中的气泡有的已经开始向下破裂了，也就是说，在最大的气泡下面已经没有冰了。我茅塞顿开，当初我看到的那些小气泡已经被冻入了冰块中，不同的气泡根据自身的大小都在像凸透镜一样侵蚀着上面的冰块，并在冰块断裂时，发出噼啪的爆裂声。

冬天最终还是到来了，我该多么庆幸，因为房子的修补工作已经完成了。狂风在屋子外面嘶吼着，仿佛是被囚禁了很久，在为自己重新获得自由呐喊着，它们仿佛不曾停息过。雪花也在这怒吼的风声中很快降临，野鸭拍动着翅膀在黑暗中成群而来，有的停留在了瓦尔登湖，有的则继续前进，从森林的上空低低掠过，准备前往墨西哥。很多次，当我从村庄回到家中，虽然已经是夜晚的十点或者是十一点，也总能听到飞鹅或者野鸭传来的声音。从声音上判断，它们应该正在我屋后水池边的林中觅食，因为它们的脚丫子踩在枯叶上的声音是那么独特。一阵喧嚣过后，我听见领队似乎在召集它们到其他地方去。

1845 年 12 月 12 日的晚上，瓦尔登湖的整个湖面第一次被完全冻住了。在十几天前，弗灵特和其他相对较浅的湖泊就已经出现了这种情况。在 1846 年的时候，瓦尔登湖是在 12 月 16 日那一天全面封冻的；等到 1849 年的时候，就推迟到了同月的 31 日夜里了；1850 年比之前一年稍稍提前了几天，是在 27 日封冻的；1852 年则发生在较迟的 1 月 5 日；1853 年与 1849 年的封冻发生在同一天。

从 11 月 25 日开始，地面上就已经有了积雪，周围全是一片冬日景象。在这个冰天雪地的季节里，我更加想躲进暖暖的被窝里。这时，我是多么希望心里和屋子里都能有一把温暖的火，帮我驱走这彻骨的寒冷。现在，我每天的工作就是去屋外拾柴火。有时候，我会把从森林中找到的枯树枝抱在怀中或扛在肩膀上，但当枯树枝太大的时候，我也只能选择将它们夹在腋下拖回家。我做的这些事情是多么有意思啊。因此我能够生火做饭，吃上热腾腾的肉和面包了。

在许多乡镇附近的森林里，都有足够多的枯树枝可以支持人们的日常使用，但是它们从未得到过很好的利用，甚至还有人认为这些枯枝妨碍了小树的生长。除此之外，湖面上也经常会有一些浮木，有一年夏天我在这里发现了一个木筏，上面的树皮还保留着，这应该是爱尔兰人在修建铁路时留下的，我把它的一部分拖上了岸。这个木筏应该在水中浸泡了两年多，因为我的缘故它们又在岸上待了半年,却丝毫不见损坏,不过想要晒干里面的水分却十分不易。这个冬天,我把木筏的剩余部分从结了冰的湖面带了回来。我家离湖面大概半英里远,木头有15英尺长,我只能将它们放在肩膀上拖着走。虽然过程很艰难,但我十分享受其中的乐趣。因为浸水的缘故,这些木头十分笨重,但也因此十分耐烧,火焰也很大。这似乎同松脂的灯芯是同样的道理,松脂在经过水的浸泡后,灯芯能燃烧的时间会变得更长。

吉尔平在他关于英格兰森林居民的记录中写道,"任何人非法侵占土地,或者在森林中建筑篱笆和房屋,都会被视为严重犯罪,按照古老的丛林法则,应该接受处罚,因为这种行为涉及 ad terrorem ferarum——ad nocumentum forestae 等。"这些行为也会危害到生活在森林里的动物和植物。和狩猎者以及伐木工人不同,我关心的是森林的保护,仿佛自己天生就是这片森林的守护者。如果有一天森林被烧掉了,我会悲痛异常,这种悲痛会比森林的主人更甚,就算这错误是我自己造成的也一样。因此,我希望当有人准备砍下这些树的时候,能体会到这种罪恶感。他们应该相信,森林是天神的所有品。后来罗马人为了减轻自己的罪恶,举行了各种祭祀活动,并衷心祈祷——无论是何方神圣,我们将森林奉献给你,希望你能赐予我们福祉,保护我们的家庭和后代子孙。

在如今的年代里,森林还是具有很高的价值的,远远超过黄金。虽然我们已经拥有了很多新发明和新发现,但是没有人能够在面对树木的时候无动于衷。总而言之,它对于我们来说非常珍贵,对当初的撒克逊和诺尔们的先祖们也一样。不同的是他们用树木制造弓箭,我们则用来制造枪支。米萧在30年前曾经说过,在纽约和费城,燃料的价格"几乎同巴黎售价最高的木材一样,有的时候甚至还要贵一些。即便是这样,巴黎每年需要的木材也达到了30多万考德,也就是说,300英尺范围内的森林将因此消失"。在我生活的这个乡镇上,木料的价格每年都在上涨,人们现在只关心每年到底涨了多少。如果机械师和商人亲自来到森林中,那么一定是为了拍卖这件事,他们往往不惜高价获得在此地拾木头的权利。很多年来,人们的燃料和制造物一直是森林提供的,不管是英格兰人、新荷兰人、巴黎人还是克尔特人,也不管是农夫还是王亲贵族,学者还是野蛮人,他们都或多或少地需要用森林里的木头做饭或者取暖,我也无法避免。

当柴火燃烧的时候,每个人都心怀喜悦。我喜欢将柴火全放在窗下,每当我看到它们越来越多的时候,就会想起我为之付出的愉快汗水。我有一把破旧的斧头,除了我没人会多看它一眼,在冬天我偶尔会使用它,特别是在阳光灿烂的时候,我就会在小屋的侧面劈那些从地里扒出来的木头。当我耕地的时候,负责扶住耕犁的人曾经说过,我将在这些木头中感受到两次温暖,一次是在劈开它们的时候,另一次则是燃烧它们的时候。或许,没有比木头更温暖的东西了。说起斧头,有人曾建议我找人修一下,但是我最终还是选择了自己动手。我从森林中找来的一根木头,作为新的斧柄安在了斧头上,使它得以重新被使用。虽然钝了点,但是至少它像个样子了。

那些富含树脂的松木也是一大宝藏,一想到还有很多被埋藏在地下,我就觉得非常可惜。前几年,我常常跑到山顶去侦察,因为那里曾经有一片松树林,我从中收获了一些松树根。虽然它们已经死去了几十年,但是树心还是充当柴火的最佳燃料。一般情况下,我会用干枯的树叶来引火。不过伐木者一般会用劈开的山核桃木来引火,我有时也会效仿他们。当村庄中炊烟升起时,我就会向生活在瓦尔登地区的精灵们宣告:我还是醒着的,这个时候,一道烟从我的烟囱里飘出——

> 长出翅膀的轻烟啊,你就是一只伊卡洛斯之鸟,
> 向上升起,你的翅膀也渐渐消褪,
> 无言的云雀,光明的信使,
> 盘旋在村庄上,对你的巢儿依依不舍,
> 又或者,午夜的回忆开始打包行李,
> 模糊了梦境,虚幻了表象,
> 清晨,你为群星蒙上面纱,而傍晚,
> 你遮住了光明,赶走了太阳,

> 去吧，我的熏香，从这火炉上升，
> 见到诸神，请他们宽恕这明亮的火光！

我刚刚烧了一些不常用的青绿树枝，它们燃烧得比其他木材都要好。冬天里，我出去散步前，会给火炉添上些柴火，等到我回来后，它们依旧在蓬勃燃烧。即便我离开了，它们也会像管家一样，替我照看房子。炉火永远是最忠贞可靠的朋友。但是，这样做还是会有隐患，当我在外面劈柴的时候，时常会惦记房里的火炉，担心它们会烧了我的房子。在我记忆里的确有过这么一次体验，有一天当我正好向房内望去的时候，发现一粒火星烧着了我的床铺，等我急忙跑进去的时候，床单已经烧去了巴掌大一块。我这才意识到，我的房屋并不是很大，阳光又很充足，又能阻挡风雨的侵袭，似乎在冬天的正午并不需要火炉，因此，从此之后，这个时间段我都会将火熄灭。

我的地窖里住着几只鼹鼠，每个冬天都要吃掉我1/3的土豆，修补泥墙剩下的毛发和牛皮纸也被它们做成了窝。动物和人类一样，都渴求温暖，正是因为它们在如此小心翼翼地保护着自己，才能战胜寒冷的冬天。动物寻求温暖的方式就是搭建一个舒适的窝，用自身的体温来取暖。人在发现了火之后，建造出一个房子，生火取暖。这间房子成为他们生活、休息的地方，在这里，他们脱下厚重的衣服，自由行走，用火光抵御冬天的寒冷，享受从屋外照进来的阳光，还能用灯火将白昼延长。

尽管狂风的长久侵袭会使人身体麻木，但只要回到那间充满春天气息的屋子，一切好感都会马上恢复，生命也因此得到了延伸。不过，那些生活在奢华房间里的人们是享受不到这一点的。

第二年冬天，考虑到森林其实并不属于我，我也没有理由再过多索取，因此我将火炉换成了一个稍小点的，但它带来的温暖与壁炉根本无法相提并论。这种情况下，做饭就变得不再诗意了，而只是食物变熟的一个过程。在使用小型火炉的时候，烤土豆变成了一种回忆。火炉不仅占据着一席之地，还会发出一股烟味，柴火也不能很好燃烧，让我总觉得是弄丢了某种东西。那些辛苦工作的人们，在晚上安静注视着炉火的时候，仿佛能让白天那些浅陋的思想得到洗涤。但是，我不能再凝望着火焰了，一位诗人经典的诗句赐予了我新的力量——

  明亮的火焰，请不要拒绝我
  你那生命的律动和温暖的呵护之情
  都曾成为我前进的勇气，而现在
  在无尽的黑暗中，我只能感受到绝望
  高高在上的你，受万生朝拜，又为什么
  不正眼看看我们的壁炉和厨房
  又或者，我们太过卑微
  而你又太捉摸不透，若有若无？
  你言语闪烁，举棋不定，是否同意
  我们的灵魂其实并无差异，这个秘密是不是太过明显？

  一切都过去了，我们都已老去，现在
  我们就坐在火炉旁，没有了当初的迷茫
  远离了笑容，辞别了绝望，只有这个
  温暖的火焰，再也没有别的念想
  那些贪婪的人们啊，烧起的是肮脏的炉火
  端坐在一方天地中，沉沉睡去
  不再害怕那些过往的悲伤，我们
  畅谈着那些古老的光芒

旧居民：冬天的访客

　　连续几场风雪让我感到由衷的快乐，夜晚也不再无趣了。屋外的风雪还在继续宣泄着，那声音将猫头鹰的凄厉叫声都湮没了。这几个星期以来，我在散步的时候几乎看不见人，偶尔出现的人也都是些伐木者，他们行动快速地将木料拖走了。然而，我还是幸运的，上次我穿过树林时，发现了一条小径。所以，我并不是只有枯燥的雪地可走，这些斑驳脚印也为我指明了一个方向，让我在黑暗中不会迷路。

　　在同这些人的交往中，我会想起那些以前居住在森林里的人们。在许多居民的记忆里，我小屋旁边的那条路曾充斥着他们的欢声笑语，路边上散落着他们的住宅，我记得和现在相比，它们都被隐藏在更深的森林里。那个时候，马车通过这条路的时候都会刮到旁边的松枝，那些只身一人通过森林的人往往会非常害怕，所以在路过这里的时候，总是一路狂奔。尽管这条路非常偏僻，或者干脆说它就是樵夫和马车的专用路，但这沿途的风景却带给人们许多乐趣。现在，村子和森林之间有一片空旷的荒野，原来它是一个枫树林的沼泽地，只有垫上树木的时候才能通过。现在有一条能从救济所——原名斯特拉登，直接开到勃立斯特山的公路，在这条路的下面，你也能发现很多树木的遗骸。

在我开垦的豆田东边有一条公路，卡托·殷格拉汉姆曾经在公路对面居住过。他是乡绅邓肯·殷格拉汉姆老爷的奴隶，邓肯先生专门给他的奴隶们建造了一所房子，并且允许他们在瓦尔登湖畔居住。这位卡托先生并不是尤蒂卡人，而是康科德人，不过也有人说他是几内亚人。一些人记得他将胡桃林中的一块空地栽满了树木，最后成为了一片森林，他想着，或许在他老了之后，能够有些用处，但后来却被一个年轻的白人买走了。不过，卡托·殷格拉汉姆在死后也只是拥有和普通人一样的墓地。那个传说中会消失的地窖口也依然存在，但是很少有人能够发现，因为一行松树完全挡住了人们的视线。那里除了一种漆树还在生长着，还有一种很原始的秋麒麟也在蓬勃生长。

我的豆田转角的地方，离乡镇很近，那里住着一个黑人妇女，名叫席尔发。她靠给镇上的人织麻布赚钱，在森林的深处也能听见她的声音，因为她的嗓门实在是太响亮了。她的生活很艰难，让人无法想象。1812年的时候，她的房子被一群假释出来的英国兵给烧毁了，当时她并不在场，连她的猫、狗和鸡都未能幸免。有一个老人还记得，当他经过席尔发的家门口时，听见她对着水壶自言自语："你们都是骨头，都是骨头啊！"

有一片橡树林就在路的这边，我曾经在那里还看见过一些砖头。沿着右手边的路走下去，住着一个名叫勃立斯特·富理曼的黑人，他也曾经是一名奴隶。在他的居住地周围，有许多苹果树，都是他亲手种植的，现在它们已经变得非常粗壮了。树上的果实尝起来依旧野味十足，还有点苹果酒的味道。不久前，我经过他所在的林肯公墓，旁边是一名军人的墓。他的墓碑上写着"斯伊比奥·勃立斯特"——"一名有色男子"，虽然他本来就是有色人种。

碑文上的信息告诉我们他是什么时候死去的，之所以这么写，我想这可能是在强调，这个人曾经活过吧。跟他安葬在一起的是他的妻子芬达，她擅长算命，算得上是一个能让人快乐的人。她很壮硕，身体圆润，皮肤黑得连夜晚都自惭形秽，从这一点上来看，真算得上是前无古人，后无来者了。

依山往下走，左手边的林中隐匿着一条古道，上面还残留着斯特拉登家族存在过的痕迹。曾几何时，他家的果园遍布整个勃立斯特山的各个坡面，繁茂极了，不过现在都已被成片的油松侵占了，只剩一些树根和树桩孤零零地留在那里，这些即将枯朽的生命依旧在发挥着自己最后的光和热，无私地将自己的最后一点养分供给那些郁郁葱葱的树木。

离乡镇再近一些，就到了勃里德的地盘。在森林的边缘，也就是路的另外一边，流传着一个妖怪的故事，正是这个故事让此地非常出名。这个妖怪在古代神话之中并没有被提及，所以人们不知道他的确切名字。不过他在新英格兰人的生活中却扮演着重要而骇人的角色，人们真应该为他的故事记上一笔，他绝对值得受到神话级人物的礼遇。这个传奇式的妖怪，最开始是靠假扮成人们的好朋友或雇工接近人们，然后开始对人们打劫，甚至还会杀掉一家老小——他就是一个新英格兰的怪人。这样的悲剧还是不要被载入历史为好，请时间将人们心头的伤抚平，并让天空为他们留出一抹蔚蓝吧。这里还流传着一些令人难以置信的传言，大致是说这里曾经有一家小客店，客店旁边还有一口供人饮水的井，这口井十分神奇，传说它会将来往旅客们的饮料稀释掉，为与他们同行的牲口解渴。

12年前，勃里德的那间草屋还在，尽管已经很久没有人居住了，那屋子其实和我的一间小屋看起来差不多。如果我没记错的话，这屋子是被几个捣蛋鬼在晚上放火烧掉的，那天正好是总统大选的日子。我那时还住在村子边上，一本德芙南特的《刚蒂倍尔特》正使我昏昏欲睡。那年冬天，我得了一种瞌睡病，这究竟是不是家族遗传我也不能确定，不过我知道我有个伯父也有这个毛病，他在刮胡须的时候都能够睡着。为了保持清醒，每周日他都得去地窖里为长芽的土豆掐芽，这样才能够以清醒的头脑信守他的安息日。我这瞌睡病也可能是因为那年我读查尔末斯编著的那本《英国诗选》，并且是一首一首极其认真地读时，读昏了头造成的。而德芙南特的这本书成功地征服了我的神经，我又开始犯困了。

就在我读得眼皮越来越沉的时候，忽然被火警的钟声惊得为之一振，我看到一辆消防车飞速驶向事发地点，周围拥簇着惊慌失措的人群，大多是男人和孩子，我也是其中之一。我选了一条捷径，较早地来到了事发地。我们最初以为火情发生的地点远在森林的南端，因为大多数人是有救火经验的，那里有商铺、住宅和库房，可能都着火了。

"是倍克田庄！"突然人群中有人喊道。"在考得曼那个方向。"有人肯定地回答道。紧接着就只能看见火星一阵阵升腾到森林上空，房顶好像要塌下来了一样，于是我们大叫着："康科德来救火了！"

车子飞奔着赶去救火，里面坐满了人，这其中应该也少不了保险公司的代理人员，不管着火地点多远他们是一定要过去的。消防车的警报铃声一阵又一阵地传来，不过却愈发稳重了。最后一批救火者，人们猜测就是他们先放了火又去报警的。那个时候我们都成了唯心主义者，跟随着我们的心前进，丝毫不受其他感官的影响，直到我们在大路上转了个弯，听到了火烧的噼啪声，并且直接感受到了墙的另一边翻涌而来的热浪，我们才开始相信原来我们就在现场。

在与火势接近之后，我们救火的热情却消减了不少，因为最初我们还想着怎样将一个池塘的水拿来浇灭这场火，但到了现场才发现我们根本就束手无策，只能任凭它去烧，因为火已经烧了很久，基本没有什么抢救的必要了。结果是大家围着消防车，互相推推搡搡，纷纷高声发表着自己对这场火灾的看法，还有人在一旁低声谈论着有史以来的世界性大火灾，像是巴斯康店铺的那次。那时我们还在偷偷地想，如果当时正好手边有水桶，并且还有一个涨满水的池塘的话，我们可能会将这场火灾变成一场灾难性的洪水。

最后，我们什么也没有做，纷纷回家睡觉了，消防车也撤走了。我则又回去继续看我的《刚蒂倍尔特》。提到这本书，我不得不说，序言之中有句话令我颇不以为然，大意是说，"智慧是灵魂的火药"，还说什么"绝大部分人不懂得智慧，就像印第安人不懂火药是何物一般"。

碰巧的是，第二天晚上我又走过了这片被火烧过的荒地，正在这时，我听到了一阵低沉的呻吟声，当我在黑暗中摸索着走近时才发现，这声音正是这个家族最后一名生还者发出的,他是这个大家族优缺点的集合体,也应该是对这场火灾最有感触的人了。我看到他就这样扑倒在地窖旁边,感受着这些灰烬仅剩的余温,口中还念念有词。他向来如此。平时他是在远处的河边草场之上工作的,只要一有闲暇时间,他就会立即跑到这里,回味这个陪伴自己度过少年美好时光的地方。他会将地窖的每个角落都看上一遍,甚至是石缝间都会仔细查看一番,就好像这里有什么宝藏似的,实际上这里除了一些废砖石和烧剩的灰烬之外别无他物。

房屋已经被烧掉了,他只是呆呆看着仅剩的一些残骸。我的出现好像给了他不少安慰,黑暗中,借着微光他指着一口井让我看。我看着这口已经被封口的井,好在它不会因为一场火灾就被烧毁;他还沿着墙摸索着,找到了他父亲亲手制造并架起的吊水架,他叫我摸摸那个吊物用的铁钩或者是锁环,这就是用来吊着沉沉的水桶的装置——此时此刻,他能抓住的也只有这些东西了——他想让我明白,这并不是一个普通的架子。我摸了摸它,后来每每散步都要来这里看看它,毕竟它上面悬有一个家族的历史。

在左边,原来是可以看到墙根下美丽的丁香花丛和水井的,现在则成为了一片空地,这里原来住着纳丁和勒·格洛斯,不过现在他们已经回林肯区了。

在最靠近瓦尔登湖的路旁,老陶器工魏曼蹲在那里,他制出陶器来供应乡镇上的人民,他的子孙们将这份事业继承了下来。他们在物质生活上很贫穷,活着的时候,他们勉强拥有这块土地的使用权,并且还总要面对镇长前来收税的压力,实际上,镇长也只能是白跑一趟,经常空手而归,或是"将一些不值钱的东西拖走",做做形式上的工作,因为他们实在是一穷二白。这是我从他的报告中发现的原话。

盛夏时节的一天,我正锄地时,有个人在我的田畔勒住了马,他带着许多陶器准备去市场,停下来是想向我打听小魏曼的近况。原来他在那里买过一个制陶用的轮盘,想知道小魏曼现在如何。我还是只在经文中读到过制陶用的陶土和转盘,甚至根本没有注意过,我们现在所用的陶器原来并不是从古代流传下来的保存完好的古代陶器,当然我很开心在自己的周围有人会这种手艺。

我所知道的林中的最后一个居民是一个爱尔兰人,叫做休·夸尔,他是借住在魏曼那儿的——人们把他称做夸尔上校。据说他曾经参加过滑铁卢之战。如果他还活着的话，我一定会请求他再展示一遍当年的雄姿。他在我们这儿干的是挖沟的活儿。拿破仑去了圣赫勒拿岛，而夸尔则来到了瓦尔登森林中，我所知道的关于他的事迹都是悲惨的。

他这个人仪表大方，举止得体，说起话来十分文雅，像是个见过世面的人。由于患上了震颤性谵妄症，即使是在仲夏时节他也穿着一件大衣，脸色潮红。我刚到林中不久，他就死在了勃立斯特山脚下的路上，所以我并不是把他当做一个邻居来记忆的。他的房子快被拆掉时，我还进去看了看，而他的朋友们却因为坚信这是一所"凶险的堡垒"而避而远之。

在他的房子里，那些又旧又皱的衣服，依然被放在高高架起的木板床上，就好像他本人还在医院一样。火炉上有他的断烟斗，一只破裂的碗被弃置在屋旁的泉水旁。那泉水并不能作为他逝世的象征，因为他曾经向我坦言，虽然他十分仰慕勃利斯特泉水之名，却没有亲自看过；地板上，脏乱的扑克散落得到处都是，有方块、黑桃，还有红心K之类。屋里还有一只黑色羽毛的小鸡，黑得像极了可怕的深夜。它静静地临屋栖息着，像哑巴一样，发不出任何咯咯声。它没有被行政官捉去，或许正等待着列那狐的抓获吧。

屋子后面有一块像园子一样的地，上面似乎播种过什么，可能是由于他手颤抖得厉害，所以一直没有打理过，而现在已经到了收获的季节了。园子里的罗马苦艾和叫化草已经长疯了，我衣服上挂满了叫化草的草籽。在屋后绷着一张土拨鼠的皮，是新近装上的，这是他最后一次参加滑铁卢战役得到的战利品，可是现在他再也不需要什么温暖的帽子或是一双保暖的手套了。

如今，只有地上的一个凹痕可以作为住过人的证明了。地窖中的石头被深深地埋着，草莓、木莓、覆盆子、榛树、漆树一起在阳光充足的草地上茂盛生长着；原本是烟囱的角落如今已经被苍松和多节的橡树占去了；在那摇曳多姿的黑杨树所在的地方，也许就是原来石砌的门槛所在的位置。原本坑坑洼洼的井口，以前泉水充足，现在却覆满了干枯的杂草，也许它被荒草盖住了——要很久以后才会有人发现——在这些荒草下有一块又扁又平的石头,这是这个家族中最后一个人离世前搬来的,他会将井用石块遮盖起来——这是多么令人难过的一件事!

这些地窖的凹陷,就像一个个已经荒废了的狐狸洞,又像是一些十分古老的窟窿。这里原来有人类居住,他们来来往往,络绎不绝,但现在已经被完全遗弃了。或许,当时他们也会用许多不同的形式和方言来讨论"命运、自由意志、绝对的预知"等话题,不过,据我所知,他们讨论的结果无外乎是:"加布和勃利斯特拉种过羊毛"这样的。

门框、门楣、门槛都已经消失一个世代了,丁香花还是充满生机地生长着,送走了一代又一代人,它们会在每年春季绽放花朵,让长期陷于沉思的旅行者去采撷。这些美丽的丁香是从小孩子稚嫩的手中长大的,他们细心地栽培和呵护这些丁香花苗,最初是在屋子前面的庭院之中,现在则长到了人迹罕至的牧场墙角边,将位置让给新生的树木了;丁香们也就成为了这个家族中的孑遗,唯一的幸存者。

那些皮肤黝黑的孩子们一定想不到,当年他们在屋前角落栽种的细枝,经过他们的栽培,已经扎根这么深,并且活得比他们还要久,甚至比这栋最初为它们遮风避雨的屋子存在的时间还要长,就连大人们精心培育的花果都没有这些丁香花活得长久。半个世纪之后,他们已经长大并且陆续离开了人世,丁香花则会静静地在此,向一个孤独的旅行者述说他们的故事——它们依旧努力地开放出最美的花朵,散发出最馥郁的芬芳,一切都与在第一个春天一样。我从中感受到了丁香花的温婉、柔和、欣然和谦逊。

正是这个小村落,它本像一株幼苗,是可以继续发展壮大,成为更大的村落的,可为什么康科德依旧在老地方,而它却逐渐消失了呢?难道是缺乏天时、地利一类的外界条件吗?——比如水利条件,没有水的滋养吗?啊,瓦尔登湖那样深奥,勃利斯特泉水又是如此清凉——这些资源是何等丰富!喝了又对健康何等有利!可是人们除了会用这上等的水源来加工他们的饮品之外,根本就没有好好利用这优质的资源!他们都是一些口渴的家伙。

为什么不在这里发展编篮子、做马棚扫帚、编席子、晒干包谷、制陶器这些业务呢？为什么不让手工活动在这里发展起来呢？这样，这片荒原或许就能重现生机，子孙后代就能继承父辈之业，生生不息。如果这样，即使土地贫瘠，也足以抵抗这逐渐退化的颓势了。真是可叹！居住在此的人类对这里的风景之美几乎毫无贡献！也许，大自然是在用我做反向的尝试，它叫我成为这里的第一个移民，让我在去年春季建造的屋子，成为这个村子中最为古老的建筑。

我不清楚在我占用着的这片土地上，是否曾经有人建造过房屋。但请不要让我住在一个建筑在更古老城市遗迹之上的城市之中，这样的城市会以废墟为建材，会用墓地做园林，请让我从这样的城市中解脱出来吧，因为这里的每一寸土地都已受到诅咒。我怀着这样的愁思与回忆，重新居住到丛林之中，希望通过睡眠得到片刻心灵的安宁。

一般到了这个季节，我这里是很少有客人拜访的。在雪积得最深的时候，经常会有一周甚至半个月没有人敢冒险来我的小屋附近，不过我却在房间里过得十分安逸，就像是草原上的老鼠一般，又像是一头悠然的牛，据说它们就算是长时间地被埋在厚厚的积雪中，没有食物供给，也依然会存活下去。我还有点像本州的萨顿城中早期移民的那一家，据说1717年大雪肆虐时，他并不在家，大雪将他建的草屋盖了个严严实实，后来还是一个印第安人在雪中发现了一个黑窟窿，认出了那是房子烟囱的口，才将他的家人全部救出来。

我可没有这样热心的印第安朋友，不过我也不需要，因为这屋子的主人现在就在家中。一场气势汹汹的暴雪！听起来是多么令人振奋啊！这时农夫再也不能带着他们的牲畜进入森林和沼泽了，他们不得不把门口那些遮蔽日光的树枝砍下来了，当积雪被冻得更坚硬的时候，他们就会来到沼泽地，将沼泽中的树木砍断一部分。到第二年春天再去看的时候，你就会发现，他们居然是在离地10英尺之高的位置砍断那些树的。

雪积得最深的时候，公路到我家那段半英里长的路就像是一条蜿蜒曲折的虚线，每两点之间都有很宽的间隔。

有一次，连续一周天气都尚算稳定，我就尝试着去外面走走，小心地跨着相同的步数和步伐，走进来又走出去，谨慎又从容地来回走在我自己留下的脚印上，像圆规一样准确——正是因为冬天我才会被局限在这样的路线之上——虽然从这些足印之中时不时地还能反映出天空的蓝色。实际上，任何天气都阻挠不了我行走的脚步，因为我常会在相当深厚的积雪之中走上8英里到10英里，为的就是与一棵山毛榉或一株黄桦，再或者林中的一个旧识见上一面，我们都是约定了见面时间的。

有时，我会在两英尺深的厚厚积雪中跋涉，到了接近山顶的位置，我每跨一步，都会把头顶上的雪摇下一大团；有几次我干脆直接手脚并用地在地上爬行，因为这时猎人都还躲在家里过冬呢。

有一天下午，我兴致勃勃地去观察一只全身布满斑纹的猫头鹰，它就正大光明地栖息在一株白松下的枯枝上，离树干很近，我离它只有不到一杆的距离，我开始向它靠近，它是可以听到我前进时发出的踩雪声音的，只不过它无法看清我。当我发出很大的声音时，它会睁大眼睛，伸长脖子，把脖子上的毛都竖起来，但很快它又会把眼皮合上，开始打瞌睡。我就这样观察了它半个小时，逐渐被它感染得瞌睡连天，它睡觉时眼睛半开半闭，像极了一只猫，我把它叫做长着翅膀的猫兄弟。

它的眼皮之间只开着一条小缝，和我保持了一种若即若离的距离感，它会从它迷离的眼中观望我，想弄清楚我究竟是一个奇怪的物体，还是一粒不小心揉进它眼中的灰尘。后来，可能是因为哪里传来了更响的声音，也可能是我离它太近使它感到不安了，它站在枯树枝上慢悠悠地转了个身，就好像有人打扰了它的美梦一般，然后飞走了，动作依旧十分淡然。当它展翅起飞时，我才发现它的两翼舒展的幅度真是出人意料的大，而且我根本听不到它发出任何声响。因此我得知，猫头鹰不是凭借眼睛飞行的，而是依靠感觉。它们敏锐的感觉器官使其能够自由地在林间飞行环绕，它的每一根羽毛仿佛都是有感觉的。在阴暗的环境之中，它又找到了一个新的枝头，并选择栖息在上面，或许会静静地待上一天，直到它眼中的黎明到来。

当我走过横跨草原的铁路时，凛冽寒风迎面袭来，在这里，风可以肆意吹刮。霜雪击打着我的左颊，我索性把右颊也伸出去，任它击打。我就像一个友好的印第安人，是要到乡镇上去的，但是位于勃立斯特山的那条马车路实在不太好走，而瓦尔登广阔无垠的田野上覆盖着层层白雪，路人走过的足迹半小时之内就会消失。

我在返回时又将遇到一场新的风雪，肆虐的寒风吹舞着雪花，在道路转弯处飘洒飞扬，田鼠、兔子的足迹都被覆盖了。但是，我看到青草和臭菘在温暖、松软的沼泽地带依然长青，还有一些抗寒的飞鸟在等着春天的到来。

我在漫天大雪中散步归来，在门口看到樵夫深深的脚印，火炉上摆着他随手削尖的木片，烟斗的气味还在屋中没有消散。有时候，我刚巧在家时，就会听到一个在雪地行走的声音，那是一个穿越了森林来聊天的长脸农夫。

他是为数不多的"农庄人物"中的一个，穿着一件工人服，并不是教授的长袍，他随口说出教会或国家的道德言论，就像是在拉一车马厩中的肥料一样轻松。我们谈到以前单纯质朴的年代，凛冽寒风中大家坐在火堆旁谈天说地，水果没了，就拣起被松鼠遗弃的坚果吃，有时坚硬的外壳里面什么东西都没有。

一个诗人，踩着厚厚的积雪，冒着风暴从最远的地方来到我家。别说一个农户、猎户、士兵或者记者，就算一个哲学家都可能害怕不敢来，但是这没能阻止一个诗人，因为他的出发点和动机是单纯的，充满了爱。他的来去有谁可以预测？

幽静沉寂已久的瓦尔登山谷因我们而活跃，欢快的笑声不时从小屋传出，我们呢呢喃喃，说着许多话语。百老汇在这声音的衬托下都显得寂静而荒凉了。我们的谈话中不时掺杂着笑声，我们喝着稀粥，谈了很多"全新的"人生哲学。可以说，稀粥不止可以飨客，对哲学的讨论也是很有帮助的。

有个客人是我在湖上度过最后一个冬天时最难以忘怀的，他曾经冒着雨雪在黑暗中行走，透过树丛看到了我的灯火，于是陪我度过了漫长的冬夜。他是最后一批哲学家之一，康涅狄格州把他献给了世界，他在推销那个州的商品后宣布推销他的思想。

他依然坚持着自己的思想，赞美上帝，贬斥世人。我觉得他是世上最自信的人，未曾被任何人参透。时光飞逝，或许是失望了，也或许是还没有准备好，他并未显现出自己的光彩。虽然现在他毫不出名，但是总有一天，他会迸发出一些让人料想不到的想法，到那时，就是他的天下了，领导者都要抢着来和他商议事情了。

"不识清澈者是何等迷惘！"

他是一个真诚的朋友，甚至可以说是人类进步的唯一朋友。说他是个老凡人，不如说是一个不朽的伟人。他为了让人们明白身上铭刻的形象，用持久不变的信念坚持着。他用最细腻温柔的才智学识，包容着孩子、乞丐、疯子和学者，还有所有的思想，增加其广度以及精度。

我想，他应该在世间的大路上，经营一间可以招待全世界哲学家的大旅馆，门口的招牌上写着："接待来人，野性难驯者除外。心境平和，有向善之心之人欢迎入内。"也许他是我所认识的人中，最单纯且毫无心机的人，一如昨日，从未改变。

记得我们曾一起散步谈天，将世界全然抛之脑后，他是如此自由自在，不受制于任何制度。不管我们在哪一个路口转弯，天地仿佛都融为一体，风景因为他而变得美丽了。他总是身着蓝衣，天空便是他最适宜的屋顶，他的清澈都映照在其中。大自然怎会舍得放弃这样一个人，我不相信他会死去。

当思想开始枯竭之时，我们便停下来休整，一边欣赏松树叶泛黄的纹路，一边整理自己的思路。我们可以在思想的河流中悠闲漫步，自由和睦地相扶相携，所以思想的鱼群没有被惊扰，也不惧怕岸边垂钓的人，来来去去的鱼儿，就像悠悠飘过天空的珍珠色云朵，发出柔和的光彩，时而聚集，时而又飘散。

我们在一起忙着校阅神话、修改寓言，建造空中楼阁，因为地上找不到有价值的根基。崇高的观察者！神奇的遇见者！跟他的闲聊就是新英格兰之夜的一大享受。隐士、哲学家，还有我曾提过的那个老移民，我们之间的谈论连屋子都难以承受似的摇晃。在这情况下惧怕的我，不知要如何分散这压力，那裂开的缝隙不知以后要塞进多少愚笨才能填满,还好我已经捡到了足够的麻根和填絮了。

此外,我还和一人度过了一段极为美好的时光,那是在村中他自己的家里,令我至今难以忘怀。他常常来探望我,但后来我们再无交往。

偶尔,我也会期望那些注定不会再出现的客人,这种臆想总是存在。《毗瑟奴往世书》中说:"作为屋主,黄昏时分在门口徘徊的时间,应等同于挤牛奶的时间,如有需要为了等候客人到来,延迟等待的时间也是可以的,只要他愿意。"我经常就像这样郑重地等候着,挤一群牛的牛奶都足够了也没看到有人从乡镇上走来。

冬天的禽兽

湖水已冻结成冰,这为我们去很多地方提供了新的道路。同时,我们还可以沿路欣赏周围熟悉的景致。以前我总在弗灵特湖划船、滑冰,这次经过时,我发现它在积雪后竟然变大了。

林肯的群山四周白雪茫茫。记忆中,我从未到过这个平原。冰面上,渔夫带着他们的狼犬向远处慢慢移动,看上去像是猎海狗的人或爱斯基摩人。

我到林肯去听演讲总是走这一条路,因为从我的木屋到演讲室之间那条道路上根本没有人家。经过麝鼠的久居之地鹅湖时,可以看到耸立在冰上的住宅,却没有麝鼠在外行走。

和其他几个几乎没有积雪的湖一样,瓦尔登湖上也很少有积雪,就算有一层浅浅地覆盖在上面,不久也会消散。所以它就像是我的庭院一样,可以无拘无束地在上面散步。在这个时候,其他地方总有将近两英尺深的积雪,把村中居民都封锁在街道里。

冬夜,绝望但曲调优雅的枭嗥会从远处传来,就像拨子弹拨大地所发出的声音。尽管我从没有看到过那只枭，但我对它已经很熟悉了。夜晚推开门，到处都是它"呜，呜，呜咕，呜"的响亮叫声，尤其前三个音听起来好像在说"你好"，有时它只会"呜，呜"地叫。

初冬的夜晚，在湖水还没完全冻住的时候，我在 9 点左右被一只飞鹅的大声鸣叫吓了一跳，走到门口，可以听到飞鹅们挥动翅膀的声音。它们经过湖飞向美港，只剩下指挥官有节奏的鸣叫。也许是我的灯光惊扰了它们。

我忽然看到一只离我很近的猫头鹰，我想我是不会弄错的，它还发出了嘶哑而颤抖的声音，这在森林中是听不到的。每隔一段时间，它就会回应那飞鹅的鸣叫，发出更为响亮的"地方土话"，侮辱来自赫德森湾的闯入者，"呜，呜"的叫声仿佛在驱赶它们远离康科德的领空。

在我的专属夜晚，你为什么惊动整个城堡？难道你以为夜里这个时候我在休息，发不出你那样的声音吗？我从没听到"呜－咕，呜－咕，呜－咕！"这样令人发颤的杂音。不过你要是有一双善于聆听的耳朵，就会发现有一种从未听过的融洽因素掺杂其中。

我还听到湖上冰块的咯吱声，这个在康科德和我关系密切的大家伙，像是忍无可忍一般辗转反侧，又或是肠胃不适造成它恶梦连连；我有时也可以听到地面因严寒而裂开的声音，就像有人赶着一队驴马在撞我的门，早上起来就发现一道长 1/4 英里阔 1/3 英寸的裂痕。

到了晚上，有时可以听到狐狸爬过积雪来寻觅鹧鸪或其他飞禽的声音，恶鬼一般的刺耳吠叫，像极了森林中的恶犬。它好像有点心急如焚，又好像想表达什么，是在不断挣扎着寻求光明，想要变成狗在街上随意奔跑吗？如果我们估计一下年代，就会发现禽兽和人类一样也是存在一种文明的，它们就像那些在洞穴中居住的原始人类，时时惊醒等待改变。有时狐狸会被灯光迷惑靠近我的窗子，吠叫似的对我发出它的诅咒后掉头就走。

凌晨时分，赤松鼠总会把我吵醒，它在屋脊上上奔下窜，爬上爬下，好像这就是它们走出森林的目的。冬天，我会在门口的雪地上撒些还没成熟的玉米穗，我对那些被诱惑而来的各种动物产生了极大的兴趣。兔子经常在黄昏或黑夜跑来大饱口福，还有赤松鼠整天来来回回，趣味横生。

有只赤松鼠先是小心翼翼地越过矮橡树丛，在雪地里时跑时停，就像风中飞舞的树叶，一会儿向这个方向以惊人的速度跑几步，一会儿又向另一个方向跑几步，快得让人难以想象。这样会让它的体力大大消耗，不过它好像做好了破釜沉舟的准备。只是每次它都只跑半杆远，然后忽然停下，做一个诙谐的表情，或者莫名其妙地翻一个跟头，就像世界上所有的眼睛都在关注它一样。

就算是在森林最悠远僻静的地方，松鼠的行动举止也会像舞女一样，时刻拿出给观众表演的态势，明明直线可以很快走完全程，可它一定要浪费很多时间，迂回着前进。

记忆中，我从没见过松鼠淡定地行走，它们总是突然之间出现在小苍松的顶上，开足发条责骂假想敌，既像是自言自语又像是在同全世界对话。不止我猜不出理由，我想就是它自己也未必能说出个所以然来。

终于，它来到玉米旁，选中了一个玉米穗，之后又按照它那奇特的三角形路线蹦跳起来。最后，它跳到我窗前堆起的木料最高处，面对着我，一坐就是几个小时。它会不时地找些新的玉米穗吃，刚开始贪吃地把余下的半个丢在一旁；后来变机灵了，就拿着食物嬉戏，一粒粒地吃。如果前爪举起的玉米不小心掉在地上，它便用怪异的表情低头查看，一会儿看看玉米穗，一会儿听听风声。猜测那玉米穗是否有生命，迟疑着是要拣起来还是另外拿一个或者直接走开。

就这样，冒昧的小家伙一个上午就浪费了好多玉米，最后它抓起最满意的一个，灵敏地背走了，那样子就像老虎背水牛。它曲曲折折地走走停停，那玉米穗对它来说显然太大，但它誓要拿到目的地去——就是这样一个轻狂罕见而且左顾右盼的家伙，最终把玉米穗背到了自己的住处，位于四五十杆之外的一棵松树顶上。之后，在森林各处都可以看见乱扔的玉米芯。

最后樫鸟也来了，我早就听到过它们杂乱的声音。在1/8英里以外，它们就变得小心翼翼了，从一棵树上鬼鬼祟祟地飞到另一棵树上，慢慢地接近，挑拣着松鼠掉落的玉米粒，之后飞快地停驻在苍松的枝头想吞下那粒玉米，无奈玉米粒太大梗在喉头让它无法呼吸。费尽力气吐出来后，它依然不甘心地用嘴去啄，想要将米粒啄破。这显然是一群让人无法尊敬的窃贼，反倒是那些松鼠，虽然刚开始有些害羞，但后来就像在拿自己的东西一样毫不客气。

成群的山雀也在这时竞相到来，叼起松鼠遗忘的碎粒，飞到最近的树枝上，用爪子固定住食物，就开始啄食，好像是在吃树皮上的虫子一样。它们通常会把玉米粒啄得细碎，好让自己的喉咙顺利吞下去。有一小群这样的山雀经常跑到我这里来寻觅食物，有时候在草垛上，或者干脆啄食我门口的残屑，嘴里发出含糊的叫声，像极了草间冰柱的撞击声，有时候则发出"代，代，代"的清脆叫声。特别是在春天，它们会从草丛间发出"菲——比"这样的声音，让四周充满了夏天的气息。

它们对我没有任何惧意，有一只山雀还曾经落在我正在搬运的木柴上，炫耀般地在上面啄食。还有一次，它们趁我劳作的时候落在了我的肩膀上，但很快就飞走了，我顿时觉得无比荣耀，这是任何肩章都比不了的。再后来松鼠也变得如此了，为了抄近路偶尔还会踩到我的鞋子。

当雪花还不足以覆盖大地，或者南边山坡和草垛上的的积雪已经融化的时候，不论早晚，鹧鸪都会飞到林中来寻找食物，似乎并不惧怕冬天。不管你走到了森林的哪个地方，总会看见有鹧鸪突然飞起，树枝上的积雪因为强烈的震动而落下，飘零的残雪在阳光中闪闪发光。有时它们会把自己埋在雪中，据说，它们可以在里面呆两天之久。我常常会把跑到野苹果地里摧残苹果幼芽的它们惊走。每天晚上它们都会飞到固定的林中休息，摸清了这一点的猎人们就在那里等着它们自投罗网，每当这种时候，林子旁边的果园就会有不小的损失。不管怎样，我都为鹧鸪能找到食物而欣慰不已，它们以蓓蕾和水为生，受尽了大自然的宠爱。

冬天，天还没亮的时候，或者在短暂的午后，我偶尔会听见猎狗的群吠声，它们穿梭在林间，完全无法抑制追捕的躁动，有时候号角也会响起，因为猎人紧跟在它们后面。每到这个时候，森林就会沸腾起来。我们在晚上看到的或许就是它们，猎人的雪橇上面还隐约有一根狐狸的尾巴。在准备找地方休息之前，他们对我说，如果狐狸不出来活动，肯定就不会失去生命，如果它们跑直线也可以摆脱猎狗的追赶。但是狐狸将对手甩开一段距离之后，就会习惯性地停下来，直到重新探听出对手追上来的时候再逃命，兜了一圈之后，它不知不觉地又会回到原来的洞穴，而猎人已经在此恭候多时了。有时候，它们会从墙上纵身一跃，跳到旁边有水的地方，看来它已经发现了水能隔断它们气味的这个秘密。

有一个猎人告诉我，他曾看到过一只狐狸在走投无路的情况下跳上了瓦尔登湖的冰面，冰上还有一点积水，它往前走了一段距离之后，又悄悄地回到了岸边，等到猎狗追过来的时候，已经闻不到它的气味了。猎狗也会为自己捕食，有一次，它们来到我的门前，绕着我的屋子转起了圈。它们简直无视我的存在，十分猖狂，好像也没什么能让它们停止躁动，聪明的猎犬在捕食中总会忘乎所以。

有一天，来自列克星敦的一个人来到我的屋前向我打听他的猎狗，他是顺着那条擅自行动的猎犬留下的足迹寻来的。但是我觉得，即使我提供给他一些消息，他也不见得能够明白，因为每次我想回答他的时候，他总会打断我并问："你在这里干什么呢？"他忘记了自己的狗，却对我产生了兴趣。

有一位讲话索然无味的老猎人，每年只来一次瓦尔登湖，用最温暖的湖水洗过澡后，就会来看我。他告诉我，在几年前的一个下午，他带着猎枪在瓦尔登森林里巡逻，当他走在威兰路上时，听到了猎犬狂吠的声音，接着，一只狐狸飞跃过墙壁，跳到了路上。来不及思考，它又飞越了另一堵墙，跑出了马路。虽然他的子弹号称迅雷不及，却没能伤到狐狸的一丝毛发。在距离甚远的地方，还有一只老猎犬和它的三个孩子在用尽全力追赶着。它们行动迅速，步调一致。随即也消失在了森林里。

晚上，当猎人在瓦尔登南面茂密的树林中休息时，听到那场追逐大戏还未散场，它们从美港的方向不断迫近，叫声震荡着整个树林。它们到了威尔草地，现在是贝克田庄。他神闲气定的站在那里，听着这场追逐战里的音乐声，对于猎人而言，这种追逐的声音是那么美妙亲切。许久，那只狐狸又来到了他的眼前。它迈着轻盈的脚步,穿过了树林间的小路,就连树叶似乎也在怜悯它的境况,不停地发出声响,把它的脚步声掩盖下去。它敏捷而又从容地借助地势绕着圈子,让后面不停追赶的猎犬望尘莫及。

这时,狐狸跳上了一块岩石,笔挺地坐下来,仔细聆听猎犬的动静,却没有发现,自己的后背正对着猎人的枪。少顷,悲天悯人的猎人不知该如何下手了,但那种犹豫只停留了一瞬,他的枪最终还是瞄准了狐狸——砰,狐狸从岩石上跌落下来,死在了地上。

猎人依旧站在那里,聆听猎犬的狂吼,它们还没有放弃,叫声顺着森林中所有的小路开始向这边汇拢。那条老猎犬率先飞奔而至,它痴迷地嗅着地面,周围的空气都沉溺在它的狂吠之中。最后,它跑到了岩石那里,看到了狐狸的尸体,骤然停止了吼叫,像是被吓到了,又像彻底信服了,在事实面前它无法争辩,默不作声地围着狐狸的尸体转圈。它的孩子们随后赶到,跟它们的母亲一样,也被眼前的景象惊呆了。

猎人走到了它们中间,揭开了这个谜团。

猎狗们安静地看着猎人把狐狸皮剥了下来,离开的时候,它们跟着狐狸尾巴走了好一阵,最后没入了无边的森林中。当晚,有一位魏世登的绅士来到了猎人位于康科德的小屋,他是来寻找丢失的猎犬的。他说自己的猎犬从魏世登的森林一路奔跑而来,已经有一个星期了。猎人把自己的所见所闻告诉了他,并把狐狸皮拿出来赠予对方。绅士婉拒了他的美意后离开了。第二天,绅士打听到它的猎犬在一个农夫家里过了一夜,畅饮了一顿美食后,一大早就起身回家了,现在已经过了河。

猎人还认识一个叫山姆·纳丁的人,他常在美港的山上捕熊,然后到康科德的村子里用熊皮换朗姆酒喝。纳丁有一只名叫布尔戈因的名贵猎狐犬,却总被猎人叫成布经,猎人经常向他借这条狗去打猎。山姆·纳丁说,他曾看见过一只麋鹿。

镇上有一个年长的生意人,之前做过队长、市镇会计和代表。我在他的"日记账簿"中看到过以下记录：1742—1743年，1月18日。"贷方：约翰·梅尔文，一只灰色的狐狸，0.32美元。"在他的总账中还记录着："1743年2月7日，赫齐吉阿·斯特拉登贷款半张猫皮，0.145美元。"这肯定是山猫皮，因为斯特拉登在法兰西之战中当过军官，他是不会拿比山猫皮还拙劣的东西来贷款的。那时候鹿皮也可以用来贷款，而且每天都供不应求。

有人保存着最后一次狩猎时得到的鹿角，还有人跟我讲过他的伯父参与狩猎的场景。以前，猎人在这里是一个庞大而活跃的群体。我至今仍记得一个叫宁的猎人，他骨瘦如柴，能用路边的叶子吹奏出动听的旋律。在我听来，那种声音比任何号角都婉转悦耳。

在月光皎洁的子夜时分，我总会路遇很多猎犬。它们正在树林中不停地窜来窜去。不过当我要过去的时候，它们又好像很害怕我一样，静静地躲进灌木丛中，等我走过之后再出来。

松鼠和野鼠因为我储藏的坚果而产生了冲突。我的小屋周围有二三十棵苍松，它们的直径从1英寸到4英寸不等，这些树在上个冬天全都被老鼠啃过。因为积雪很深，持续的时间也比较长，迫使它们啃起树皮来。不过这些树还是活得好好的，到了夏天依旧长得十分茂盛，有许多树甚至还长高了一英尺，虽然它们的树皮被啃去了一圈。但是，第二年冬天，它们却无一例外地全都死去了。令人感到不可思议的是，这些小小的老鼠竟然会将一棵棵好好的油松当成裹腹的食物，并且它们不是由上至下地啃食，而是转着圈地吃。不过这反倒是一件好事，因为森林总是越长越密，还是让它稀疏一点好。

我时常会看到野兔的身影，整个冬天，它就生活在我屋子下面的洞穴之中，我们之间只隔了一层地板。每天清晨，当我准备起床的时候，它都会惊慌失措，将我惊醒，它的头会撞到我的地板上，发出砰、砰、砰的声音。

它们经常在傍晚时分来到我的门前，等着吃我扔掉的土豆皮，它们的体色与土地的颜色非常接近，所以当它们静止不动的时候，你几乎分辨不出来。到了黄昏，呆在我窗下的野兔们看起来若隐若现。我要是在这时把门推开，它们就会吱吱乱叫，蹦跳着跑开。近距离观察它们，我会觉得它们十分可怜。

一天晚上，有一只野兔子蹲坐在我的房屋门口，它离我只有两步远，虽然因为恐惧浑身发抖，但又迟迟不愿离去，这可怜的小家伙，瘦得只剩皮包骨头了，它双耳残破，鼻子尖细，尾巴光秃，脚爪孱弱。我忽然觉得大自然再没有比它更高贵的物种了。它的一双大眼睛显得十分年轻，但却并不健康，就像是得了水肿病一样。我上前一步，它马上迅速跑开了，在雪地上一跃而起，灵活而富有弹性，身体和四肢伸展成了一道优雅的弧线，很快跑到了森林的另一端，这野性又自由的一团肌肉向我们展示了大自然的力量与尊严。

没有了兔子和鹧鸪，这田野又算得上什么呢？它们是最纯粹质朴的生灵，是土生土长的动物，它们最生动地体现了大自然的本质，与树叶和土地有着最为亲密的关系，彼此之间更是亲密无间。它们既像飞禽那样依赖翅膀，也像走兽那样依赖足部。

当你看到兔子和鹧鸪四散跑开的时候，你不会觉得它们是禽兽一类的动物，它们是属于大自然的一部分，就好像摩挲的树叶一般。纵使世事变幻，它们也一定能够永存，与土生土长的人毫无两样。就算森林被砍光，新生的嫩芽和继续腾起的树丛也可以为它们留一片藏身之地，让它们繁殖得更加兴旺。如果连一只兔子的生存都无法保证，那么这片田野也实在够贫瘠了。而在我们的瓦尔登森林之中，到处都能看到兔子和鹧鸪，几乎在每一个沼泽旁都有它们的身影，小牧童们最喜欢在这里布下由枝条和马鬃设置成的陷阱，这是他们最大的乐趣。

冬天的湖

　　我安稳地睡过了一个宁静的冬夜,当我醒来时,脑海中仿佛留下了什么问题,睡梦之中的我曾竭尽全力想要解答,却无能为力——什么——如何——何时——何地?可现在是黎明中的大自然,所有的生命都在此之间,她透过我的窗口向内望进来,面容祥和,安分知足。她的嘴唇没有表露出任何疑问。我苏醒后见到了大自然和天光,开始明白,这就是问题的答案。厚厚的积雪覆满了大地,一棵棵幼松点缀在上面,我的小屋就在小山的斜坡上面,它们好像是在说:"向前走!"大自然不会对我们发问,有问题的只会是我们这些凡夫俗子,当然她也不会回答,因为她早就有了决断。

　　"啊,王子,我们的眼睛里透露着羡慕和沉思,它将宇宙间的奇特景象传递给了灵魂,但是其中的一部分光华又被黑夜掩藏,不过白天所呈现出来的东西,已经足够卓越,从大地一直伸展到了天空中。"

　　接着我就要开始早晨的工作了。我拿起斧头和木桶去找水,如果这一切并不是梦,那么需要一根魔杖才能在雪夜过后找到它。平静的湖水对于任何呼吸都是那么敏感，它能反射出每一道光和影。到了冬天，湖面冻结，形成了一英尺到一英尺半的冰层，再重的牲畜也可以在上面安全行走，有时候冰面上还会有一层厚厚的雪，这使得我们无法将湖面和平地分辨开来。

周围山上的土拨鼠，能够睡上3个月甚至更长久。站在积雪的平地上，好像置身于周围都是山的牧场中，我先是挖走了一英尺的雪来开路，接下来又挖了一英尺的冰，这个时候脚下就像存在一扇窗户，让我可以跪在那里喝水。透过这扇窗看去，里面全都是各种各样的鱼儿，光线就像是透过了一层磨砂玻璃照在湖面上，让水底显得十分透亮，就像夏天的光景。这里安宁静谧，每一天似乎都一样，就像是一片朦胧的天空，映照着寒冷。天空既在我们的头顶，也在我们的脚下。

每天早晨，万物冻结，人们带着钓竿和简单的午饭就过来了，他们将鱼线投放在冰洞中，等待着鱼儿上钩。这些生活在野外的人们，和城里的人并不相同，他们相信其他的力量和方式，幸亏有了来回穿梭的他们，每个镇子之间才得以连接起来。他们穿着厚厚的大衣坐在湖边吃午饭，虽然他们的知识是在大自然中直接获取的，但和城里人间接从书本上所学到的不分伯仲。他们从来没有接触过书本，但是却能做很多事情。

我认识一个可以用鲈鱼来钓梭鱼的人，他的桶里就像是夏天的池塘，让人惊叹。就像夏天原本就是被他所控制，或者他知道夏天的藏身之处一样。因为你想，除了以上理由，谁还能想到他是怎样在寒冷的冬天钓到那些鱼的？在大地也被冻住的时候，他从朽木中挖出了虫子，用来做鱼饵并钓到了这些鱼。他们的生活与大自然紧密相连，对大自然的了解比那些科学家们更深入，我在想，他自己本身就很值得研究。科学家们经常用小刀挖开树皮企图找到虫子，他们则是直接用斧头劈开树干，将树皮和苔藓震得老远。他们依靠剥树皮生活，是最有钓鱼资格的人，我喜欢在他们身上看到的大自然。鲈鱼吃虫子，梭鱼吃鲈鱼，渔夫们则将梭鱼吞入腹中，生物链条上的空缺就是这样被填满的。

有雾的天气里，我绕着湖散步，看到那些采用原始方式钓鱼的人会很开心。湖面上有许多冰眼，每个冰眼之间相距四五个鱼竿左右，旁边都放置着一些树枝，鱼线绕住树枝浮在水面上，上面还系着一片树叶。当然，鱼竿的这头也会用杆子固定住，避免滑落。当树叶被拖入湖中的时候，就意味着鱼上钩了。我绕湖走到一半时，会看到这些树枝在雾中若隐若现，但还是能看出它们是均匀分布的。

啊，瓦尔登的梭鱼！我看到它们就躺在冰面上，或者是躺在渔夫专门为它们挖掘的冰井里，湖水可以通过小洞渗透进来，这样鱼儿就不至于因缺水而死。当我看到它们在冰井里面游动的时候，觉得这一幕是那么美丽。它们透露着神秘，和平凡的生活应该没有关联，这种遥远的距离就像康科德的人们看不见阿拉伯半岛。灰色的小鳕鱼和黑线鳕在镇上名声大噪，它们的魅力各不相同。它们的颜色不是松树的绿色，也不是石头的灰色，更不是天空的蓝色，它们有着珍稀的色彩，像花，像宝石，又像珍珠，它们当真是瓦尔登湖的瑰宝，是湖水的魅力结晶。瓦尔登是动物界的一部分，而它们就代表瓦尔登。像这样有魅力的生物还有很多，在这片幽深的湖水中看到它们，着实让人惊讶。

大路上，马车和雪橇的声音还在回响，远离纷扰的瓦尔登湖中，鱼儿还在自由游动。我从没有在集市中看见过像瓦尔登湖中那样金色的鱼儿，如果有一天它们出现在那里，一定会成为整个集市的中心，吸引所有人的目光。几下轻轻的摆动，它们便离开了所在的地方，像凡人离开这个世界升上了天空般飘逸。

我总渴望能将瓦尔登湖恢复到传说中的模样，1864年初，在湖冰还没有融化之前，我就用罗盘、绞链和探测绳对湖底进行了一番探测。也许那些关于湖底的传言根本就不是真的，不过这种说法也没有太多的证据。

人们并没有对这个湖进行过什么测量，却一直相信它是无底的，这实在是很奇怪。很多人都相信，瓦尔登湖水的深度已经到达了地球的另一面。有的人曾经趴在湖面的冰层上，从朦胧的冰面上向下看，最后看得眼睛周围全是水，因担心时间久了会感冒，他们仓促得出结论：这是一个无论塞多少干草都填不满的洞。当然，如果有人准备下去尝试的话，应该就直接通往地狱了吧。

有个人从村子里带来一车的绳子和重达56磅的铁锤，但是仍没有测量出湖底的深度。因为在锤子落下的时候，他们一直在松绳子，似乎没有结束的时候。

这样贸然的测量得不出任何结果，但是我可以告诉大家，瓦尔登湖的深度一定是某个合理的数字，只不过应该相当罕见。

我曾经用绳子很轻易地测出了湖底的深度，当细绳那头的石头到达湖底的时候，深度就自然出来了。只要石头到达了湖底，我会立刻感受到，因为那时沉入湖底的石头就没有重量了。我测出的深度是102英尺，如果加上后来湖水上涨的5英尺，就是107英尺。这么小的一个湖，却有这么深，真是难以想象。不管你怎么看这个湖，它的深度是无法否认的。要是所有的湖都一样浅，那也不太现实，人们有时候应该学会接受更多的可能。我很感激瓦尔登湖代表的是纯净和深不可测。当人们相信无限的时候，总会有一些湖泊被认为是无底的。

工厂的一个人在听说我的测量结果后并不相信，根据他自己的了解，如果瓦尔登湖真有这么深的话，陡峭的湖底应该无法在浅处蓄积沙子。但是我们也不能认为面积小的湖就浅，而且，如果我们将湖水排干的话，湖床不会是一个特别明显的山谷形状，也不像是放置在两座山之间的杯子。对于瓦尔登湖来说，这样的面积却拥有这样的深度的确很不可思议，但是如果将瓦尔登湖纵向切开，它应该也跟一个浅盘子差不多。

大部分湖泊在水分都蒸干之后，留下的就是水草了，呈现出来的深度和我们经常看到的低洼差不多。威廉·吉尔平在描写风景时十分精准，对于苏格兰的法恩湖他是这样描写的："这一个咸水湾，深度是六七十英尺，宽是4英里，长度大约是50英里，周围全部都是高山。"他还说道，如果是在这个湖泊还没形成之前我们就能看到它的内部景象的话，那一定是一个令人毛骨悚然的深渊。

  高耸的山峰像是要冲上云霄，
  低处的空地则是在迅速下沉，
  宽广而幽深，是水完美的卧榻。

我们前面就已经说过，瓦尔登湖的纵切面是一个浅盘，而费因湖则比瓦尔登湖还要浅，深度只是它的 1/4。如果真的将费因湖的湖水放干，威廉·吉尔平描述的深渊只会更加让人感到恐怖。在众多山谷之中，恐怖的深渊似乎已经被玉米占据，那还是得益于其中的水已经完全不在了。要想证实这里真的存在过一个深湖，毫不知情的当地居民似乎指望不上了，只能寄希望于那些地质学家们了。

在那些较低的山间，一双充满智慧的双眼总会看到以往湖泊留下的痕迹，就算平原升起也无法掩盖它曾经存在过的事实。这种意识就像在公路上工作的人，能够很容易通过暴风雨过后的积水坑来识别坑洼不平的地方。意思就是说，如果我们的想象力不被约束，将高的地方想得更高，低的地方想得更低，不受制于大自然的实际情况，就会发现，跟同样辽阔的海面比起来，海洋的深度也不是那么恐怖。

通过我测量出的湖底深度，我大概已经可以确定湖底的形态了。因为在冰冻时测量出的结果还是比较可靠的。湖底的形状差不多是规则的，这有些让人惊讶。在湖底最深的地区，居然是一块平地，连经常耕种受打理的农田都没有这种平整的形态。我测试过湖面一处接近 30 杆的范围，发现它们的深度变化不过 1 英尺。按照这种规律，我就能够推算出湖心 100 英尺范围内湖水的深度变化。

有人习惯将湖中神秘的洞穴作为话题，认为即使瓦尔登湖看起来十分平静，它也同样具备这种话题。不过，我认为瓦尔登湖的洞穴应该会因为湖水的运动而渐渐消失。湖底的形态非常规则，与湖岸周围的地势相差无几，显得非常完美。我们也根据这种规则发现了湖对面的一处岬角，并且能够推测出它的走势。所以，湖周围的地势全貌就这样出现了，岬角与沙洲相对而立，平地与浅滩遥相呼应，溪谷的对面则是一些深沟槽和水道。

我画出了一张瓦尔登湖的地图，比例尺为 1 英寸比 10 杆，上面标有我测的每一个点的深度。通过对这些数据的分析，我惊奇地发现，那些深度最大的地方全部集中在湖底。我在纵横的方向各连接了一条线，交点处正好在湖中心。虽然湖底很平坦，但是湖岸线却正好相反。我在想，海洋或者其他湖泊的深度是不是也可以通过这种方法测量呢？这种规律是否可以运用到测量山谷上呢？将山谷看做一个倒立的湖泊，从而测出山峰的高度？但是最起码我们知道了，最窄的地方不一定就是最高的。

五个水湾中我测量过三个,它们的开口处都有一个沙洲,里面的水非常深。这让我想到,湖水的扩张不仅仅是在面积上,还有向下的扩张,盆地就是由此产生的。水湾两边的岬角刚好可以展示沙洲的走向。海岸上的港口处也有一个沙洲,水湾入口的宽度比它的长度还要大,那么沙洲中的水应该比盆地中的还要深。根据上面一系列事实,如果我们知道了水湾的长宽和沿岸的地势特点,那么就可以据此总结出一个公式了。

为了验证这些经验用在测量湖水的深度上是否准确,我画了一张怀特湖的平面图。怀特湖大概有41英亩,里面没有岛也没有出入口,和瓦尔登湖一样。从图中我们可以看出,湖面上最宽和最窄的两条线非常接近,岬角就在这个地方衔接,向陆地发展的水湾也在此遥相对望。我在最长的那根线上选了一点,离最短的线很近,并且假设这一点就是最深点。结果表明,最深的那一点离我标注的点不到100英尺,水的深度就增加了1英尺。也就是说,最深的地方是60英尺。当然,如果湖水是流动的,又或者水中有岛屿的话,问题就没有这么简单了。

有时候我们只需要明白一个方面的道理,就可以触类旁通,推测出其他方面的详细情况。但是我们现在掌握的规律太少,所以没办法得出全部结果。不过这并不是因为大自然太不规则,而是我们根本不知道要获得哪些关键点。我们对于那些规律往往只局限在某一个代表性的事情当中,而那些我们还没有发现,或者看起来根本不可能但又在情理之中的东西,才真正地让人无法想象。那些东西之所以特殊,是因为我们的视野在不停变换,就像一名游客游览群山,每移动一个位置,看到的景象都会不同。虽然山还在那里,没有移动半分,却可以变化出不同的东西,如果想要看看到底有多少种可能,似乎找不出全部答案。

我得到的规律同样适用于人,因为这是大自然的典型特征。那种用两条线确定最深点的方法,不仅可以用在对太阳系和人体的认识上,还能根据人的日常行为,画出这样的两条线,来推测他今后能发展的深度和高度。又或者,我们也可以根据他周围的环境,像山峰的走势,旁边地区的特点等,用同样的方法来探究其中隐藏的奥秘。

如果他的周围有很多山，山峰巍峨屹立，高耸入云，那么他的胸襟就会同样宽广；如果刚好相反，他周边都是一些低洼地区，我们也只能用肤浅来看待他了。在我们的身体上，突出的前额意味着思想同样突出。在我们每个人的内心深处，也都有这样的一片绿洲，或者是不平坦的斜坡，这样的地方就是我们在不同时间内寻求保护的港湾，我们困在其中，周围都是大陆。

这个斜坡并不是毫无道理就存在的，它们的形态往往由岸边的岬角决定，即以往地壳上升的轴线。如果小洲遭遇了暴风雨或者潮汐而慢慢扩大了，或者因为周围水位的下降上升了，那么最初那个只能让思想停留的斜坡，就会变成一个湖泊。它从海洋中独立出来，思想获得了解放。或许海水也会慢慢变淡，成为淡水湖，又或者会成为一片死海、沼泽。

我想说的是，每一个人来到这个世界的时候，都可以被看做是一片绿洲升上了水面。我们是不算成功的航海家，所以很多时候，我们在那些没有港口的地方迷茫、徘徊，顶多与充满诗意的水湾偶尔关联，或者进入了那些乏味的科学码头，在那里对比着现在的世界调整自己，却没有新鲜的血液注入自己的身体让其发掘自我。

除了雨雪的补给和湖水的蒸发，我并没有发现关于瓦尔登湖湖水的其他出入途径。尽管用一只温度计和一条绳子就可以找到它们。因为入水口的水在夏天最凉而在冬天最暖。在1846年至1847年之间，一些挖冰工人被派到这里工作。本来他们挖的冰要被送到岸上，但有一天，买冰块的商人认为他们的冰块厚度不够，便将那些冰块堆在了湖上。工人们这才发现，有一小块区域的冰比其他地方要薄两三英寸，所以他们认为这就是湖水的入口。

另外，他们还给我看过一个被认为是"漏洞"的地方。湖水从那个洞里面流走，经过一座小山，灌溉了附近的一片草地。工人们让我待在一块冰上，要把我推过去看一下。在10英尺左右的湖水中，隐藏着一个窄小的洞穴。我确信，除非以后会有更大的洞出现，不然是没必要将它填充上的。有人建议在洞口放一些彩色的粉末或木屑，然后把过滤器放在草地的泉口，这样就可以印证是否真的有这个漏洞存在,也可以探究漏洞与草地之间的联系了。因为当水流过去的时候,碎屑就会留在过滤器上。

在我探测的时候,那些厚达 16 英寸的冰层竟然像水波一样在微风中颠簸起来。酒精水准仪不能在冰上使用,这是常识。所以我只能把它放在岸上,然后在冰上放置一根有刻度的杆子,用水准仪对准它来查看。在离湖岸不到一杆处的地方,冰层的颠簸达到了 3/4 英寸,颠簸程度最大的估计就是湖心处了。假使我们拥有更精准的仪器,说不定可以检测到地壳深处的颠簸程度呢。

我把水准仪的两只脚固定在岸上,另外一只脚放在冰块上,在冰面的那一只脚上瞄准并查看。我发现冰块上细小的颠簸可以在湖对岸的一棵树上被放大到好几英尺。我开始挖洞测量水深,在厚厚的积雪下面,我发现冰层上竟有三四英寸的水。无疑,是积雪使冰块下沉了。

水流把周围的冰块慢慢融化了,湖面开始变得清爽起来。这可能不是最关键的要素,却是重要的原因之一。因为当水往下流的时候,冰块就会相应地往上漂浮。这个情境就好似在船底掘开一个洞一样。当这个洞又被冰块冻住时,天上下的雨又会带来新的冰冻,整个湖上就会覆盖上一层平滑崭新的冰面。冰块的内部则会形成一种光怪陆离的蜘蛛网状。你也可以称它为玫瑰花一样的冰球。那是不同方向的水流向中心汇拢时形成的。当冰块上有浅浅的积水时,我能在上面发现自己两个相互重叠的倒影。

1 月依旧是寒冷的,冰雪也依旧厚如磐石,坚不可摧。那些精于算计的老爷们在这时从村子里出来,开始着手准备夏天冰冻饮料需要的冰块了。尚在严寒中却已考虑到了 7 月的炽热和干渴,如此深谋远虑的人总是让人难忘又堪怜。不知道他今生有没有积攒些珍贵的东西,以备他来生冷却饮料呢。他身着厚大衣,手戴皮手套,卖力地挥动工具击碎那些坚实的冰块,把鱼儿的屋顶无情地拆掉,然后用链条把冰块和它散发的寒气一同捆起来,就像捆木料一样。

在寒冷的环境配合下,它们很顺利地被运到了地窖中。在地窖里面,它们要经过漫长的等待,才能等到酷暑的来临。

挖冰的人们总是充满了欢乐、诙谐滑稽、幽默风趣。他们经常恳求我跟他们一起拉动那些大钜，我站在下面，他们站在上面，一上一下，配合默契。

上百名北极人的后裔在1846年至1847年间的冬季聚集在了瓦尔登。跟他们一起来的还有几车粗重的农具，包括雪橇、耙子、铲子、铁锹、播种机。他们每人手里还配备一柄两股叉。这种工具哪怕是《新英格兰农业杂志》或《农事杂志》都没有报道过。

我不清楚他们到这里来是为了播种黑麦还是其他冰岛上刚推荐过来的种子，但是我并没有看到任何肥料，再加上这片土地闲置已久，土质良好，所以我断定他们和我一样，要在这片土地上浮光掠影一番。他们告诉我，雇他们的人是一个有钱的农民，他想让自己的钱财增加一倍，不可胜数。据我了解，这个乡绅已经有大约50万美元的财富了，但为了让每一个钱币上再多一个钱币，在这样一个严酷的冬季，他剥去了瓦尔登湖仅存的一件外衣，甚至那就是它的皮肉。

工人们迅速投入了工作中，有条不紊地耕地、耙地、运输、犁地，似乎要把这里变成农场的一个表率。但是当我急不可待地想要看一看他们到底种什么的时候，身旁的那些工人们却开始勾取那些可怜的土壤了。迅猛的拉拽之下，土壤被一直勾到了沙地里，有些甚至掉进了水中。这里的土地一向疏松——瓦尔登的土地大抵都是如此——之后雪橇把它们拉走了。那时候我就猜测，他们肯定是在沼泽地里挖泥炭呢。

每一天，他们都这样来来回回地工作，伴着火车呜呜的尖叫，在北极区的一些地方循环穿梭，就像一群北冰洋中的雪鸦。但是，瓦尔登这个印第安女子也是会复仇的。有个走在队伍最后面的雇工不小心跌入了地上的一条裂缝中，跌入了通往冥界的路，先前英勇无比的他现在几乎没了体温。他很幸运，得以在我的木屋中躲避灾难，也终于认可了火炉的品德。有时，还未消冻的土地能把犁头的铁块折断；有时，整个耕犁都会陷入土沟中，要把冰砸破才能取出来。

事实上，这是一个北方佬监工带着100个爱尔兰人在这里挖冰。他们每天从剑桥赶过来，把冰切成方块，切冰的方法众所周知。这些冰块被放在雪橇上拉到岸边，并很快被拉上了冰站。冰站备好了钢缆、滑轮、铁索，用马匹将这些冰块运到一个台上，像码面粉一样，将冰块叠放在一起。一块挨一块，一排叠一排。似乎他们要策划一个直冲云霄的尖塔底座。

他们告诉我，如果认真工作，每天可以挖一千吨冰块出来。这一千吨冰块要在一英亩的地面上才能凑齐。冰面上显现出清晰的车辙印和摇晃的支架碰出的窟窿。那是雪橇循环往复的走动在地面上留下的印记。那些马匹悠然地在每个窟窿中吃着麦子，那些窟窿则是按照桶的样式故意挖出来的。就这样，他们把冰块堆成了一个高35英尺，有六七杆见方的冰垛。他们在外面铺上了干草，隔绝空气。因为寒风还是会肆虐到冰块中间，把冰块吹出一个大洞来。而过多的吞噬会让冰块中间缺少支撑，最终塌陷。

刚开始，我觉得这块硕大的冰就像一座蓝色的堡垒，一个伐尔哈拉殿堂。但是当冰块里面塞满了干草的时候，它立刻成了一个破败不堪、长满苔藓的残垣断壁，上面布满了寒霜和冰柱。这是蓝色大理石组合而成的冬神的家，这位我们曾在历史书中见过的老人——他的寒舍。似乎他下定决心要与我们一起共度夏季了。

据他们推测，仅有25%的冰块可以顺利到达目的地，其中一小部分还会在车中融化。不管怎么样，这些冰块最终的命运都是一样的。其中大部分冰块可能因为空气太多得不到很好的保存，还有的根本送不到市场上。这个重达一万吨的冰块是在1846年至1847年间垒起来的，然后就用干草和木板围了起来。直到第二年的7月，才有人来开箱取走一部分。剩下的那些继续在阳光底下曝晒。历经冬夏，直到1848年的9月，这块大冰才全部融化，瓦尔登湖得以收回它的一大部分。

瓦尔登的冰近看呈绿色，远观又变成了美丽的蓝色，像他的湖水一样湛蓝。因此，你可以轻易地判断出哪些是河上的白冰，哪些是1英尺外湖上翠绿的冰，哪些是瓦尔登湖的冰。很多过路人都会把挖冰人雪车上掉下来的冰块当成是一块大翡翠。我察觉到，从某一个角度看过去，瓦尔登的湖水是绿色的，但是等它结冰以后你再从相同的角度观望，它又变成了蓝色。

冬天，在湖边地势较低的地方会出现一股绿色的水，但到第二天再去看时，它们已经结成了蓝色的冰。湖水与冰块之所以会呈现蓝色，或许是因为它们所含的光和空气造成的。冰一直是耐人寻味的一种东西。有人告诉我，他们在富莱喜湖的冰窖里放了一些冰，至今已经5年了，但冰块仍然完好如初。为什么冰块可以一如既往地保持那份纯净和美好，而桶里面的水却会变质呢？这应该就是人们常说的情感与理智的差别吧。

16天以来，我看到那100个人在我的窗口前，带着他们包罗万象的工具和牲口，像农夫一样秩序井然地劳作着。这样的画面让我想到了历书上的内容：每次从窗口向外望去，总会让人想起云雀与收割者的寓言。或者那些播种者们的告诫，诸如此类。

如今，他们都已经回去了。也许再过30天，从我的窗口望出去，你会发现那片翠绿的湖水，那片倒映着白云与大树的湖水，那片沉寂的、不断把水蒸气送往天空的湖水又回来了。你丝毫看不出曾经有人站在它的冰面上。你只能听到那些孤寂的鸟儿钻入水底，梳理羽毛，放声大笑的声音。也许我还可以看到一个同样孤寂的渔夫正驾着一叶扁舟，影子落寞地挥洒在水面上。虽然不久前，有100个人曾在这里尽情地忙碌。

黎明时分，我沉浸在《对话录》宏伟的哲学述说中，跟随着宇宙的演化过程将我的智慧重新梳理了一遍。从这部史诗完成到现在，神仙们的生活变得更加久远了。相较之下，近代世界的文学显得何其鄙陋和渺小。我甚至怀疑，这种哲学的合理性是否只局限在我们之前的时代。因为它的庄重与肃穆离我们是那么遥远。

我放下书本，到我的井里取水喝。在那里我碰到了婆罗门教的仆人，他依旧坐在恒河边的神庙里诵读他们的吠陀经典，或者拿着碎面包和碗，坐在树下，等待他的弟子为他汲水归来。我们的水桶在同一口井内发生了碰撞。这是否意味着瓦尔登纯净的水已经与恒河里神圣的水混为一体了呢？微风轻柔地吹拂着水流，这些水曾到过阿特兰蒂斯和海斯贝里底斯等传说中的岛屿，到过特尔纳特，到过蒂达尔和波斯湾的入口。在那里它们融汇在印度洋的热带风暴中，最后停在了只有亚历山大才听过的那些港湾。

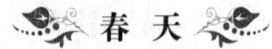 春 天

采冰人的大量挖掘使湖泊中的冰块更容易解冻了，因为就算是再严酷的气候，在风的吹拂下，那些已经化开的水也会吞噬掉它周围的冰块。但是，当年的瓦尔登湖却没有出现这番景象，因为有一层厚重的新冰迅速替代了原来的那一层。瓦尔登湖里的冰本来就不像其他湖里的冰化得那么早，不仅因为它的幽深，还因为它湖底的冰块不会遭受泉水的消磨。我从没有听说过它在冬天提前解冻，除了1852年至1853年的冬天。那是对所有湖泊的严峻考验。

气温的变化对瓦尔登湖的影响是微不足道的，所以它总能科学反映气候的变化以及季节的交替。瓦尔登湖会在每年的4月份开始解冻，比弗灵特湖或美港晚一星期或10天左右。每次解冻都是从北岸一些较浅的区域开始，当然，结冰也是从那里开始。

即便3月份又持续了几天的严寒，即便其他湖泊的解冻日程又被延后，但瓦尔登的温度却不受丝毫影响地一路高升。1847年3月6日，我用温度计在瓦尔登湖的湖心测得的温度是0℃，已经接近了冰点，而在岸边测得的温度则是0.5℃。

当天，在弗灵特湖心，我测得温度为 0.27℃。而在离岸边 12 杆的浅水区，1 英尺厚的冰块下，温度却高达 2.2℃。由此可以看出，弗灵特湖浅水区与深水区温度的差异很小。实际上，这片湖水基本上都是浅水区。这样，弗灵特湖比瓦尔登湖解冻早的原因就一目了然了。浅水区域的冰要比湖心的冰薄好几英寸，但是在最严寒的时刻，反倒是湖心的温度最高，冰块最薄。

趟过水的人都知道，在夏季，离岸边越近的地方水温就越高，而在深水区域，水面的温度则要比水底高得多。到了春天，阳光不仅会通过空气让大地春暖花开，万物复苏，它的热量还能透过 1 英尺厚的冰层，在浅水区域反射到上面，融化冰层的底部，使整个湖面变得温暖。上面的阳光则可以直接融化那些冰块。冰块在阳光的照射下变得厚薄不均，冰层里面的气泡也开始从上下两个方向冒出，最后形成了满是小孔的蜂窝状。随着一阵春雨的洗礼，它们都消失得无影无踪了。

与树木一样，冰块也是有纹理的。一块冰一旦开始融化，不管它身处什么位置，里面的气泡都会与水面呈直角相连。如果水下的岩石或漂浮的木头不断接近水面，它们上方的冰块肯定会薄很多，甚至在阳光的反射下直接消融了。

剑桥曾做过这样一个实验：让一个浅的木制水槽结冰，因为冷空气在它的下方流通，所以木槽的上下两面都会受到影响。但是，水底反射的太阳光所产生的热量依然能战胜这种影响。如果寒冷的冬天可以下一场温暖的雨，而瓦尔登湖上的冰块都能被融化，只在湖中留下一层晶莹剔透的冰块时，那么，湖底反射的热量就会在此时形成。与此同时，如同我前面说的那样，冰里面的气泡就会像凸透镜那样从下面侵蚀冰块。

湖面上一年四季都在发生着小规模的变化。通常来讲，每到早晨，浅水都会比深水更容易升温。但这种升温并不会带来多少温暖。而到了黄昏时分，浅水部分也是降温最迅速的，而且它会一直保持降温状态，直到黑夜结束。一天就是一年的缩影。夜晚是寒冷的冬季，清晨和傍晚是微冷的秋季，中午时分则是生机盎然的夏季。湖中冰块的破裂声可以反映出温度的变化。1850 年 2 月 24 日，在一个极寒之夜后的清晨，我准备去弗灵特湖消遣美好的一天。无意中，我用斧头敲打了一下冰面，发现这声音就像敲锣的声音一样，可以传到好几杆远的地方，或者也可以说我就像在敲打紧绷的鼓面一般。

在太阳升起之后的一个小时左右，湖面开始有了动静，由于吸收了周边山上折射下来的阳光，它开始隆隆作响。湖面就像是一个刚刚睡醒的人，开始伸懒腰，打呵欠了，紧接着声音越来越响，就这样持续了三四个小时之久。

正午是人们睡午觉的时候，它也会在这时停止声响。到了傍晚，隆隆声才会再次响起，它是在为太阳收敛光芒而歌唱。每天，湖面都会准时发射它的黄昏礼炮。而到中午时，由于裂痕过多，加上空气的弹性不够，它又会鸣金收兵，偃旗息鼓。

渔夫们说，"湖中的雷鸣"会把鱼吓得连鱼钩都不敢咬。不过这湖也不是每天晚上都会轰隆作响的，究竟什么时候能听到我也不能准确地说出。虽然我不能敏感地预知天气的变化，但是这湖却可以。谁能想得到又冷又厚的家伙会有这么敏锐的感觉呢？它像长满敏锐触角的生物，也像是温度计中小小的水银柱。

诱使我到森林中居住的一个重要原因，就是在这里我有闲暇和机会迎接春天的到来。湖中的冰变得像蜂巢一样了，一走上去，脚后跟都会陷入其中。弥漫的雾气、绵绵的春雨和暖洋洋的日光将积雪逐渐消融，你会明显感觉到白天变长了许多，我发现已经不需要再增添燃料了，因为剩下的已经足够过冬，况且现在也已经没有必要在室内升起大火来取暖了。

我关注着春天的每一个信号，倾听着鸟儿们每一声偶然的鸣叫，还有那身披条纹的松鼠时不时发出的唧啾之声，也许它为过冬储藏的食物快要耗尽了吧。我还想看土拨鼠是怎么结束冬眠，离开它的越冬宝地的。

3月13日，我已经可以听到青鸟、篱雀和红翼鸫的啼叫声了，但此时湖面上的冰还有一英尺那么厚。天气开始变得越来越暖了，可现在的水对冰层还没有多大的融解力，河水中的冰块也还没有开始漂浮。尽管湖边已经有半杆宽的地方消融了，可是湖心处还是像个蜂房一样，里面积满了水。当冰层还有 6 英寸厚的时候，甚至可以用脚穿透过去。

或许是因为下了一场温暖的雨，还有紧随其后的一阵漫天大雾，到了第二天晚上,所有的冰块就像被这场大雾诱拐了一般,迅速又神秘地消失了。有一年,在我于湖心散步后的第5天,这些冰块就全部消失了。

1845年,瓦尔登湖在4月1日全面解冻;1846年,3月25日;1847年是4月8日;1851年,3月28日;1852年,4月18日;1853年,3月21日;直到1854年,约在4月7日。

对于我们这些生活在极端气候中的人而言,只要是与河湖解冻,或者是春天即将来临等这些小事有关的,都是趣味十足的。当天气开始回暖时,沿河居住的人们在晚上就会听到巨大的冰块碎裂的声音,那声音就像是一声大炮,像是怪兽在嘶吼,又像是冰块在奋力挣破锁链的束缚。只需几天时间,这些冰块就会消失不见,像是一只巨大的鳄鱼从地底钻出,就连世界都为之一振。

有位老人,对任何自然现象都有着极为细致的观察,他有足够的智慧去关注自然的变化。现在的他虽然已经半身入土了,但是就算他能够活到马氏萨拉那样的岁数,大自然也不会再有什么新的知识供他汲取了。当他在讲述那些对大自然奇妙变化的各种感触时,我内心充满好奇,我觉得他与大自然真是亲密无间。他对我说,那是一个春季的夜晚,他背上猎枪,划着小船,正打算去打几只野鸭。

那时候的草地上还结着小冰凌,但河中的冰已经完全消融了,于是他非常顺利地漂过了他住的萨德伯里,向美港湖前进。到了那儿之后,他发现这里的冰大都还十分坚实,这一天算是比较暖和了,所以,湖中残留的这些体积硕大的冰块,着实让他吃了一惊。

由于他没有发现野鸭,所以他先把船藏在了美港湖北部的一个小岛后面,然后自己就埋伏在南岸的灌木丛中,等着野鸭们现身。在距离岸边三四杆的地方,冰块已经开始消融,这里的湖水平静而温暖,湖底却十分泥泞,这正是鸭子们喜爱的环境,他暗自思忖,不久一定会有野鸭飞来。

他躺卧在那里,一动也不动,过了大约一个小时,从远处传来了一种很深沉的声音,那声音非常大,他一辈子也不会忘记那种感觉,就好像是从宇宙中传来的回声,冗长而深沉,令人印象深刻。他以为这是一大群鸟儿要降落在这里,于是警觉地握紧了手中的猎枪，兴奋地跳了起来。不过，他随后惊讶地发现，这不是鸟儿，而是一块很大的冰。这块冰在他还躺卧伏击的时候，就已经开始移动了，他听到的那种震人心魄的声音，正是这冰块的边缘与湖岸摩擦发出的。这块冰在碰触到湖岸的时候很和缓，但后来整个大冰块就像沸腾了一般，整个被扬到了湖岸上，冰花也随之飞溅，而后一切又都平静了下来。

不久，阳光照射下来，温暖和煦的春风驱散了大雾和阴雨，也消融了湖岸上的积雪。大雾散去之后，太阳向大地慷慨地播洒柔和的光芒，剩下丝丝雾气像香烟一般在上空缭绕。旅行家们在一个个岛屿间探索着、发掘着，被这一条条潺潺的溪水和清涧所奏出的美妙音乐迷住了，在它们的血管之中，冬天的血液已经开始流向远方。

我在去村子的路上要经过一条铁道，这里的冰雪因为天气回暖而开始消融，泥沙沿着铁道两旁的深沟不断流下，再也没有什么比能够观察到这种现象更让我快乐了。它的规模如此之大生平少见，从铁路开始兴建以来，很多最新完工的路基都是用的这种材料，它是用各种粗细、颜色不同的细沙混合着少量的黏土制成的。

当霜冻离开春天的森林时，或者在开始解冻的冬日，这些沙子就会像熔岩一样迫不及待地流下陡坡，有时甚至在积雪上奔涌，它们会在以前没有沙子的地方泛滥。无数条这样的小细流交叉融合着，成为了一种混合物，一半遵循着流水的规律，另一半服从着植物的原则。它在向下流动的时候，像极了包含汁液的叶片的藤蔓植物，如同果肉一般四处飞溅，如果从上往下望去，则像极了各种形状的苔藓植物，有锯齿状的、有条裂状的，还有裂片状的，也许你会因此联想到珊瑚、豹掌、鸟爪，还会想到脑髓、肠胃和两片肺叶等人体器官。

这简直就是种奇特的植物，它的外形和颜色被各种青铜制品所模仿，又如同一种建筑上的纹饰，这种纹饰就好比菊苣、莨苕叶、常青藤或其他更为古典的叶片。眼前发生的这一幕，一定会让将来的地质学家头疼不已。

这就像一个被暴露在光天化日之下的岩洞，其中布满了形态各异的钟乳石，这情景给我留下了深刻的印象。这里的每一颗沙粒，似乎都有属于自己的颜色，看上去美丽极了，这些沙子中含有铁色、棕色、灰色、黄色和红色。

当流动的混合物都被困在路基脚下的排水沟里时，它就会平摊开来。它们再也不是原本的半圆柱形了，它们逐渐变得平坦而广阔起来，要是能够再湿润一点的话，它们就会混合得更为紧密，直到它们形成一个近乎平坦的沙地。它们此时依旧会呈现出千变万化的美丽色调，你仍然可以从中看出它们原来的形态。最后，当它们流入水中后，就会变成一座沙堤，如同江河湖海的入口处。它们原来的植物形态，全都消失在一道道波痕之中了。

整个铁路的路基有 20 英尺到 40 英尺高，有时会被一簇簇花和叶片覆盖住，或者也可以说是被沙粒的裂痕所覆盖，而这就是某一个春日的作品。这些覆盖着的沙泥或者花叶之所以让人神奇，完全是因为它们都是在片刻之间奔涌而成的。当我看到背阴的那一侧路基时（由于没有被太阳照射，所以这一侧还未解冻），看到的是一个死气沉沉的斜面；而在饱受阳光滋润的这一面，我则看到了华丽又茂盛的枝叶，这仅仅是一个小时的创作，而我却被深深地触动了。从某种特别的意义来说，我站立在一个创造了整个世界和自己的艺术家的画室中，我到了他正在工作的地方，他在这个沙堤上尽情游乐嬉戏，用他不竭的精力四处画下最新颖的创作。我感觉自己离地球的内脏越来越近了，因为这呈叶子状的流沙，正如动物的心肺器官一样。

在这沙堤之中，你也许会期待能够找到些许植物的叶片，这也难怪大地的外化世界是以叶子的形态来表现了，因为在它们的内部，也会怀着这个意念进行运作。

此时，高挂在树枝上的叶子已经看到了它们的原形。从内部来讲，不论是地球，还是动物身体内部，都有一个温润而厚实的叶（lobe），这个字十分适用于肝、肺和脂肪叶。自外而言，这是一个又干又薄的叶子，就像 f 和 v 的发音就如同被榨干了水分的 b 音一般。叶片（lobe）这个字的辅音是 lb，柔和的 b 音是由流音 l 推送着发出的。而地球（globe）这个词中，根音为 glb，喉音 g 则为这个词赋予了一层更为厚重的意味。

鸟类的羽毛和翅膀都是叶形，不过变得更干、更薄。你还可以在见到泥土中肥笨的幼虫之后,又看到由它们演化而成的风姿绰约的蝴蝶。我们的地球每天都在变化,它在不断超越自己,它也在属于自己的轨道上不断闪动着双翅。就连冰最初也是呈精致的晶体叶子状的,好像它曾经流成了一个模型,而这模型其实是印在湖面上的水草印罢了。就算是一棵高耸的大树,其实质也不过是一片叶子,河流则算是更大的一片叶子,大地就是河流叶脉之间的叶质,而乡镇和城市则是在叶腋间生长的虫卵。

日薄西山的时候,沙子停止了流动,但是,只要朝阳升起,这条沙河就会分成亿万道支流再次流动起来。在此地,也许你能了解到血管是怎么形成的。仔细观察的话不难发现,那些流动的沙土之中会分流出一道细软的沙流,顶端状如水滴,也像是我们浑圆的指肚,它缓慢而盲目地向下方摸索着探路。随着太阳越升越高,它也就吸收了更多的热气和水分,所以,无论是流淌最快的那部分,还是流淌最慢的那部分,都要遵循它的轨迹,在这沙土之中开辟出一条曲折蜿蜒的渠道,或者说是血管。从这之中你会看到一个银色的川流,它就像闪电一般耀眼,从泥沙形成的这段枝叶中又闪到另一端去,时不时地还会被周围的细沙吞没。

最为神奇的是,这些不停流动的沙流,既有着极快的速度,同时又能够将自己组织得十分有序,它利用其中最好的部分,构成供它们流动的渠道外沿,这也表现了河流的源远流长。它的骨骼系统是由水分和硅组成的,与我们的肌肉纤维和肌肉细胞类似的,则是它那极为精细的土壤和有机物质。

人除了是一团不断消融着的泥土还能是什么?我们的手指和脚趾的指肚,无非只是凝结着的一滴而已,而手指和脚趾则从这些消融着的物质中向外流出,一直到流出它们的极限为止。

谁会知道,在一个生机勃勃的环境之中,人体究竟能够扩张和延展到何种程度?难道手掌不能像一片张开的棕榈叶一般布满叶脉吗?我们的双耳,可以想象成是一种苔藓,就像是两片下垂的叶子一样挂在头部两侧。我们的双唇,悬垂在口腔的上下。而鼻子则很明显地像是一个积聚已久的水滴,或者说是一枚钟乳石。下巴也是水滴状,不过是更大的一滴,整个面部的水滴都在此处汇合。面颊则是一个斜坡，从额头开始向下滑落，被高耸的颧骨一分为二。

植物的每一片叶片都是一滴流速缓慢的小水滴，叶片就是这片叶子上的手指，叶片的数量说明了它想要向多少个方向流动，若是它被提供了更多的热量，它就会流得更远了。

如此看来，仅仅这一面小斜坡，就已经能够形象地解释大自然所有运行活动的规律和原则了，地球的创造者无非是创造了一片叶子的形式而已。有哪位商博良（法国历史学家，是世上第一位破解埃及象形文字的学者）可以为我们解释一下眼前的这些象形文字是什么意思，从而让人类得以翻开新篇章呢？

这个发现带给我的快乐，要远比看到葡萄园生长繁盛还令我振奋。但实际上，它的特点多少也有点排泄物的意味，比如肝脏、肺脏和肠道这些器官，堆积起来多得没有个底，就好像是大地另一个无比肮脏的面被翻出来了一样。但是这好歹也说明了我们的大自然也是有肠道的，而这正是人类的根源所在。

我知道世界上再也没有什么事物能够使冬天的雾霭和这消化不良般的情况消失殆尽了。我始终坚信，大地还是处在襁褓之中的婴孩，好奇地到处伸着他的小手指，那光秃秃的小脑瓜上生长着柔嫩的毛发，一切都充满了生机。路基的图案就像是叶簇一般，又像是火炉中烧尽的残渣，这说明大自然正在从内部"竭尽所能"地运行着。大地并不是只剩下零碎片段的斑驳历史，而变成了一页一页连篇累牍的枯燥文章，供给日后的地质学家们去研究发掘，我们的大地就是一篇活生生的诗歌，就像一棵树的树叶一般，它昭示着鲜花和果实，同时也昭示着我们的地球充满了生机。

与这颗伟大的星球相比，所有的生物都只不过是寄生于此的过客罢了。每一次大地的抖动，都会将我们墓穴中的残骸震颤得暴露无遗。你可以将金属熔化，然后将其铸造成你喜欢的形体，但这都无法与我们正在泛滥，正在消融的大地相比，因为只有它才会使我振奋不已。不仅如此，所有衍生在地球之上的制度，都像制陶工人手中的一块柔软黏土，充满了可塑性。

没过多久，不止是湖边，就连小山、平原和山洞中都有雾气冒出，就像处于冬眠期的动物突然清醒，寻觅着喧嚣的大海。悄无声息的消融，比雷神所持锤子的威力更加强大，一个是慢慢融化，而另一个则是完全破碎。

大地上覆盖的白雪有的已经融化，裸露的地面在阳光的照耀下渐渐干爽。用年初的新绿与严冬时的植物相比较，会使人感到心旷神怡，此时的长生草，黄色紫苑，针刺草还有各种野草远比夏日更加引人注目，仿佛只有经过冬天，它们的成熟之美才能显现出来。还有一些根茎强壮的植物，像棉花草、猫尾草、毛蕊花、狗尾草、绣线草、草原细草，都是初春时候鸟类的食物，而且，它们还装饰了大自然的冬天。

我的视线被羊毛草拱起的顶端所吸引，它让我们在冬季充满夏天的回忆，这正是艺术家所追求的。同时，在植物世界，它与深入人心的天文学图案一样，都是上古风格，早于希腊和埃及。冬天发生的好多现象，都反映了一种难以诉说的柔软和脆弱的精细。人们常把冬天称为一个狂暴易怒的暴君，其实不然，它满怀情人般的柔情，在为夏日的清凉做准备。

春天来临了，成群结队的红松鼠出现在我的屋子下面。在我静心读书或写作时，它们就在我脚下竭力鸣叫着，那是一种我从未听过的奇怪声音。我如果跺几下脚，就会听到越来越大的声音，它们任性的嬉闹好像忘了害怕，挑战着人类的极限。不要再发出声音了，小松鼠！无论我如何怒斥劝说，它们都无动于衷，它们依然如以前一样喧嚣聒噪，我拿它们毫无办法。

春天飞来的第一只麻雀！为今年带来了前所未有的曙光。荒芜湿润的田野上，隐隐约约听到叽叽喳喳的鸟叫声，那是青鸟、篱雀还有红翼鸫在歌唱，就像是冬天最后一片雪花飘落时发出的叮当声！那些历史学、编年学、神话传说以及那些给人启示的文字，在此刻根本不值一提！溪水在给春天颂诗唱曲，沼泽处的老鹰在草地上来回徘徊，寻找着开始苏醒的孱弱生物。

积雪融化的声音在山谷间飘荡，湖上集结的冰也在快速消融。小草仿佛变成一团在山上跳跃的火苗——"et primitus oritur herba imbribus primoribus evo- cata"——为了迎接太阳的回归，大地释放着炙热的能量，那火焰竟然是绿色而不是黄色——草叶仿佛是一条绿色的缎带，象征着永恒的青春，自觉地飘向夏天。无情的霜雪没有挡住它前进的脚步,去年干枯的根茎下又冒出新的生命,就像是溪水源源不断从地下溢出。它们是何其相似,相辅相成,6月时溪流干涸,草叶流满小溪,多年来牛羊在上面畅饮,割草的人也在此时收集着青草,以备过冬所需。因此,我们人类的生命除非从根本上灭绝,不然也会像小草一样,春风吹又生。

瓦尔登湖的冰在迅速消融,西侧和北侧都出现了一条两杆宽的水道。随后,东侧也出现了一条水道,比西侧和北侧的要更宽一些。接着,主冰块上裂开了一条缝,有一块冰从主冰上掉进了水道里。这时,我听到一只山雀在林中歌唱——欧利,欧利,欧利——吉,吉,吉,吉呀——吉,维斯,维斯,维斯,它似乎也在为冰块的破裂加油。一块冰的边缘从我眼前经过,它们在水中是这么的美丽,冰块的形状和湖岸非常接近,但是更加规则一些。冰块在寒冷的天气中显得坚硬无比,上面刻画着波纹,像是宫殿里的地板。东风突然扫过湖面,波光闪闪,美丽极了。

湖面上荡漾着快乐和青春,像是在昭示鱼儿们这时的愉悦,还有湖岸上细沙的欢怡。湖面上反射的水光像鳞片一样,从远处看来,瓦尔登湖就像是一条闪闪发亮的鱼,冬天和春天的差别在这里尽显,瓦尔登湖就像是死而复生一样。就像上述所说的那样,冻结的瓦尔登湖在春天的降临中,消融得更快。

暴风雪的冬天已经过去,春风和煦的季节已经来临,这是万物进行转变的好时机,它们似乎是在一瞬间就换了另一个模样。在我的屋子里,阳光遍布,但是冬天的云还停留在这里。黑夜马上就要降临了,屋檐下不停地滴落融化的雪水。我从窗口看过去,原本灰暗的地方,如今已经变成了透亮的湖水,静谧而安详,充满了生机。夏天的时候,月光照在湖面上,湖水映射着天空,似乎瓦尔登湖已经获得了来自上天的讯息。

我听到远处传来知更鸟的叫声,这种声音似乎已有几千年没有听过了。但是我会把它铭记在心——它是一如既往的甜美而有力。啊,这就是夏天的知更鸟,在这个新英格兰夏天的黄昏,希望它们能找到栖息的树枝。屋子周围的苍松和矮橡树一蹶不振了很久，现在它们似乎又恢复了生气，比以前更加的翠绿了，似乎是在春雨的滋润下，一下子找到了全新的自己，但是我知道雨是不会再下了。你看看那些枝桠，再看看你储备的那些燃料，你就知道冬天到底过去了没有。

天慢慢变黑了，大雁的声音把我惊醒。我看见它们飞过树林，如同一个不知疲倦的旅行家，从南方辛苦地赶来，到了湖边的时候才能停下来互相安慰。我站在门口，听着它们挥动翅膀的声音。它们在经过我屋子的时候，由于屋子里的灯光而停下来鸣叫了几声，然后又向湖边飞去。我也向屋子里走去，关上门，度过了第一个春天的夜晚。

翌日清晨，我推开门看着那些雾中的大雁，它们在湖心游荡着，高调地鸣叫着，瓦尔登湖似乎是它们天然的游乐场。但是，当我站到岸边的时候，它们的领头雁就会发出信号，全体成员立刻飞起，排成一队，在我头顶的上空盘旋了一会后，向加拿大飞去了。领头雁发出规律的鸣叫，它们应该是打算在沼泽中吃顿早饭吧。一群野鸭子这个时候也飞了起来，如同它们的"表兄"那样，嘶叫着朝北方飞去。

有一个星期，我听到一只落单的野雁不时发出凄厉的叫声，它经常在黎明的时候盘旋，它在努力寻找自己的伴侣，但是它不知道该飞向何处，不过它仍然留在了林子里，终日鸣叫着。四月份的时候，成群的鸽子又出现在天空上，不久燕子也如期而至，它们在我所处的树林中叽叽喳喳。有时候，我在想，它们一定是极其古老的物种，在白人还没有来到这块土地的时候，它们就已经在树洞中居住了。无论是什么地方，乌龟和青蛙都是春天最早的使者。鸟儿们伴着歌声，在空着飞翔，羽毛闪着耀眼的光芒；而植物也重新焕发出活力，花朵也争相开放。当春风吹来的时候，它们随季节调整着自己的作息，极力维护这一切的平衡。

每一个季节的到来，对于我们都是一场恩赐。因此，春天的到来就像是在混沌的宇宙中开辟出了一条道路，欢迎着黄金时代的再度归来——

"Eurus ad Auroram Nabathaeaque regna recessit,

PersIdaque, et radiis juga subdita matutinis."

东风隐退到了曙光和拿巴沙王国,

但是还有波斯、山峰沐浴在清晨的阳光中,

……

人诞生了,不再理睬造物主,

为了美好世界的崛起,是否要赐予他神圣的种子

亦或是大地,现在和将来都将被太空容纳着,依然保留了同样的种子。

  雨过之后,草儿变得更绿了,我们的前景也将会这样,因为受到了卓越思想的熏陶,所以变得更加耀眼。如果我们能一直生活在当下,就要学会利用上天赋予我们的一切东西,就像是叶子那样,即便是一滴露水的滋润。我们可千万别在叹息中失去机会,把时间浪费在抱怨和自我谴责中,放下这些东西,祝福就会降临到我们身上。春天来了,我们却还没有从冬天中回过神来。

  在春天的早晨,一切罪恶都将得到原谅。这是一个罪恶都将被遗弃的日子,在阳光温暖的时候,坏人也会迷途知返。当我们恢复纯洁的时候,看到的一切也将是美丽的。或许昨日你眼中的邻居,还是一个小偷,一个醉鬼或者一个好色之徒,你对他只有可怜和鄙视,对这个世界充满了绝望;但是,当阳光普照的时候,世界的一切又被重新改造,你看到他在安静地工作,他昔日血管里的放纵,充斥着快乐和满足,像一个孩子一样在感受着春天的气息,一霎那间,忘记了他所有的过错。

  他的周围不仅充满着善良,还有一种圣洁的气息向外散发着,尽管这股气息并没有确切的方向,依然懵懂,但是只有片刻的功夫,南边的山麓也不再为庸俗言论而发笑了。你将会看到,嫩芽从树上挤出,想要尝试新鲜的生活,它们像是完全进入了上帝的欢乐里。狱卒为什么不能打开牢门?法官为什么不能撤销官司?牧师为什么不能取消祷告?那是因为他们没有接到上帝传递的宽容。

  "牛山之木尝美矣,以其郊于大国也。斧斤伐之,可以为美乎?是其日夜之所息,雨露之所润,非无萌蘖之生焉。牛羊之从而牧之,是以若彼之濯濯也。人见其濯濯也,以为未尝有材焉,此岂山之性也哉。虽存乎人者,岂无仁义之心哉。

春天 **221**

其所以放其良心者，亦犹斧斤之于木也。旦旦而伐之，可以为美乎？其日夜之所息，平旦之气，其好恶与人相近也者几希？则其旦昼之所为，有梏亡之矣。梏之反复，则其夜气不足以存，夜气不足以存，则其违禽兽不远矣。人见其禽兽也，而以为未尝有才焉者，是岂人之情也哉。"

  黄金时代开创的时候，从来没有仇恨
  没有法律，人们依旧能够遵循忠义。
  没有了威胁的文字，也没有残酷的惩罚
  高悬的铜板和脚下的众人都不需要恐惧
  世间将是一副安乐的景象，没有被仇恨蒙蔽的人。
  也没有被砍倒在地的树木
  从这里，你就可以看到全新的世界
  除了自己，别人不知道哪里会是尽头。
  ……
  那里春日永驻，暖风阵阵
  抚摸着没有种子依然开放的花朵。

  4月29日，我来到九亩角附近钓鱼，站在飘扬的柳枝下面，那里刚好是麝鼠的洞穴。突然一阵奇怪的声音传来，有点像孩子们把玩小木棍的声音。但当我抬头的时候，却看见天空中飞着一只娇小美丽的鹰，长得很像夜鹰。它一会儿盘旋着上升，一会儿又突然落下，反反复复，这让我看见了它翅膀的内侧，阳光照在上面异常夺目，既像一条缎带，又像蚌壳的内壁。这不由得让我想起了驯鹰的方式和与之相关的崇高之感，充满了诗情画意。

  这应该叫做鸧隼吧？它叫什么对我来说倒是无关紧要。这是我所看到过的最迅捷的飞翔，它不像蝴蝶那样不停摆动翅膀，也不像巨鹰那样扶摇直上，它只是凭借自己的自信和技术在自由飞翔。与此同时，它还会发出咯咯的声音，在不断地上升之后，它就开始滑翔，如同翱翔在天际的风筝，就像是从未在大地上降落过一样。天空中，它看起来是那么的独一无二——除了清晨和天空，它似乎并不需要伙伴。相比之下，大地要显得孤独多了。

它到底是由谁孵化而来呢？天空中未曾见到它的父母。那么它的先祖是谁呢？它是天空的子民，只在刚孵出的时候寄居在峭壁之中，而后与大地再无瓜葛。它将家安置在了太空的云朵上面，用彩虹和晚霞当做材料。夏天的雾气为它平添朦胧的色彩，这个时候，它的巢穴像是在云朵上。

另外，我意外捕获了一堆杯形鱼。它们金光闪闪地串在一起，像是会发光的宝石。啊！我把多少黎明献给了这早春的草地，从一座山翻越到另一座，从一棵柳树漫步到另一棵。再狂野的河谷与森林也会被这绚烂、纯情的光芒所笼罩。这光芒足以让那些在坟墓中睡着的人们再次惊醒，如果死亡真的如人们所想的那样。事实胜于雄辩，它的永恒毋庸置疑。万事万物都沐浴在这光芒之下。啊，死亡，你的毒针将在何处泛滥猖獗？啊，坟墓，你的荣耀又在哪里绽放光彩呢？

乡野生活如果没有那些原始森林和神秘草原围绕，该是多么百无聊赖。我们需要大自然来提供乐趣——偶尔在沼泽地跋涉，在鹭鸶和鸟儿的藏匿之地倾听鹌声；偶尔去草原感受一下菅草的十里飘香，那里有一群寂寥的鸟儿筑起了它们孤独的巢。

貂鼠的肚皮贴着地，匍匐着过来了。当我们饶有兴致地去发现和学习时，我们期冀所有的事物最好都是神秘飘渺地笼罩在未知的下面。我们希望环境可以永久荒蛮下去，因为无法探测，所以永远不用勘探，永远不用探究，这样我们就可以对自然保持永恒的憧憬，断然不会审美疲劳。

那些无尽的活力，那些伟岸的形象，那些沉舟漫布的海岸，那些生气勃发的原野及原野上的枯木，还有那已经驻足了三周的乌云、雷电、滂沱大雨，哪怕它已经带来了水灾，我们可以在这所有的事物中汲取活力，光彩四射。我们需要了解自己的极限，在我们从未到达过的牧场随性的生活。如果发现鸷鹰吃掉了那些腐烂恶心的尸体，我们应该高兴，因为这尸体可以给它们带来生命的延续。

一匹马的尸体阻挡了我回家的路，它迫使我绕路前行。它那腐朽的气味让我佩服大自然健硕的胃口和不容藐视的健康，特别是晚上空气流通不好的时候。但我也因此得到了很好的补偿。我喜欢观赏大自然中各式各样的生物，包括它们互相残害的斗争，许多生灵都成了牺牲品。天性和善的，就像泥浆一样很轻易就被吞噬了——蝌蚪被苍鹭一口吞下，乌龟与虾轻易就被卷在车轮底下，有时，血肉会像雨滴一样扑面而来！既然悲剧会这样频繁地发生，我们对此就不必介怀。

在智者的心中，天地间所有的事物都是无为无谓的。毒药本没有毒性，伤害本不会致命。同情心是很靠不住的一种感情，它只是昙花一现，连表现出来的方式也不会是墨守成规的。

刚进5月，橡树、山核桃树、枫树等就从沿湖的松树林中开枝散叶，给周围的风景增添了一抹太阳的光芒。尤其是在乌云满布的时候，阳光就像在云雾缭绕中脱颖而出一般，给山间点缀上斑驳的光影。

5月3日或4日，我在湖中发现了一只潜水鸟。5月的第一个星期里，夜鹰、棕色的鸫鸟、画眉、小鹩、雀子等飞禽也开始了它们的啼奏。画眉的叫声很早就开始了。鹩鸟也不停地在我的门窗前徘徊，想探测一下我的屋里有没有它的容身之地。在它更进一步观察我的房间时，它迅疾地拍打了几下翅膀，而后在空中停留几秒，爪子缩在一起，就像是空气把它托举起来一样。

苍松的硫磺色花粉很快就占领了湖面以及沿湖那些已经腐朽的树木。那就是人们常说的"硫磺雨"，你可以很轻松收集到满满一桶。我们在迦梨陀娑的剧本《沙恭达罗》中曾经读到过："莲花的金蕊把小河染黄了。"随着季节更替，夏天悄然来临。然后你发现自己已经身处郁郁葱葱的草地中了。

我在林中第一年的生活就这样结束了，来年的境遇也基本一致。最终，在1847年的9月6日，我离开了瓦尔登。

结束语

　　当你生病的时候,医生总会理智地建议你换一下环境,呼吸一下新鲜的空气。感谢上苍,世界并不只局限在瓦尔登这里。英格兰没有七叶树,也很少听到模仿鸟的叫声。那些野鹅的生活比人类还要国际化,它们在加拿大吃早饭,午饭就游到了俄亥俄州,到了晚上,它们还能去南方的河里梳理自己的羽毛。就算是野牛,也懂得根据时令调整生活,它会在科罗拉多牧场吃草,一直到黄石公园鲜嫩的草儿长出来。人类总是觉得用石墙代替篱笆才能更加清晰地划定自己的领域,生活才更稳定。假使你被选定为市镇的办事员,今年夏天你就不能到火地岛旅行了,甚至你只能承受地狱之火。我们看到的地方比起整个宇宙来简直微不足道。

　　也许我们应该像个旅行家一样,躲在船尾浏览沿途的风景,而不是一路撕着麻絮,像个愚笨的水手。地球的另一面只不过是跟我们对应的人家;我们的旅行,只不过是绕了一个大圈;医生给病人的药方,只能治些简单的疾病。有些人匆忙赶往非洲抓捕长颈鹿,然而那并非是他应该抓捕的动物。一个人能有多长时间去抓长颈鹿呢!即便是猎鹬鸟,也不会经常去抓土拨鼠的呀。把自己作为探险的对象,应该才是更高尚的运动——

"把你的注意力聚焦到内心,
你会发现心中尚有千万处领地未曾发掘。
那就去旅行吧,
那不止能让你成为一名地理学家。"

非洲是哪里?西方又是一个什么样的概念?我们心里的那张地图,不应该是片空白吗?倘若它被发现,不也会像海岸线一样密密麻麻吗?我们要去探究的难道只是尼罗河、尼日尔河,或者密西西比河的发源地吗?还是美洲大陆的西北航道呢?难道这就是我们最应该感兴趣的话题?难道只有弗兰克林爵士的太太焦急地寻觅家人的踪迹?难道失踪的北极探险家只有弗兰克林爵士一个人吗?难道格林奈尔先生知道自己身处何方?

让自己成为波涛汹涌的河流里、一泻千里的大海中英勇的门戈·派克、刘易士、克拉克和弗罗比秀之辈吧。去探究一下自己究竟能到一个什么样的高度——可以的话,别忘了在船上备好肉罐头,它不仅能维持你的体能,还能在必要的时候堆起跟天一样高的标识。肉罐头的出现并不只是为了储存肉类,就像开辟新的航道不只是为了做生意一样。为了思想的碰撞交汇,你要做自己的哥伦布,寻觅属于自己的新大陆,找寻属于自己的新世界。

每一个人都掌控着自己的命运,与之相比,沙皇帝国也只是方寸之地,只是屹立在冰天雪地中的一个小土坡而已。但是有的人连自己都不爱惜,却大言不惭地侈谈爱国,并为了少数人的利益,要大多数人去陪葬。他们对给予自己活力的精神视而不见,却唯独钟爱那片终将埋葬他们的土地。爱国,只是他们脑中的一种臆想。南海舰队那盛大的排场,巨额的投资又有什么意义呢?这倒是反映出了一个事实:精神世界中不乏海洋与陆地,而每一个人都是其中的一个或半个岛屿。

只不过，没有人想去冒险。相对于独自一人在大西洋和太平洋之间穿梭，坐着政府给的大船，享受着 500 名船员和下人的服侍，穿行在寒冷的风暴之间，越过那些食人族的领地就变得轻而易举了。

> Erret, et extremos alter scrutetur Iberos。
> Plus habet hic vitae, plus habet ille viae。
> 任由他们去漂流，探查澳大利亚的土著，
> 我有上帝赐予的路，他们只能绕更多的弯。

在周游世界的过程中，去桑给巴尔清点老虎是没有必要的。但是，在你发现更好的乐趣之前，那样做也是无妨的。或许你能够发现"薛美斯的洞"，进而从那里进入自己的内心。英国、法国、西班牙、葡萄牙、黄金海岸、奴隶海岸都面对着那片深邃的大海。却没有哪个国家派遣船只向那里起航。尽管那里就是印度无疑。就算你掌握了所有的语言，就算你习惯了所有的风俗，就算你的旅行经验比那些旅行家还要丰富，就算你能消化所有的气候和水土，就算斯芬克斯也因为你撞死在石头上，你也要试着遵循古人的经验之谈，"探究你内心的世界"。

这种探究需要更大的勇气和谋略。只有失败和妄图逃避的人才会来到这个战场，只有怯懦的人才会来这里应征。马上出发吧，向着那遥远的西方。不要以为在密西西比或者太平洋就可以停下，也不要驶向陈旧的中国或者日本，你最好勇往直前，顺着大地那条切线，不论昼夜交替、斗转星移、季节变幻，都要当做灵魂的历险，直到地球消失不见。

据说，米波拉曾经在路上做过一次拦路抢劫的实验，"这样能够测验出触犯法律的人们到底需要下多大的决心"。之后他认为，"那些拦路抢劫的人，甚至比战场上士兵的勇气还要大一倍"。他还认为，"荣誉和宗教也不能阻挡一个慎重又刚毅的信念"。米拉波的这些话可以显示出他的男子汉气概，但是如果没有

处在落寞的境遇,这些话也就显得没有意义了。

一个成熟稳重的人,总能发现自己为了遵从心底的声音,经常"正式违抗"那些所谓"神圣的法纪"。即便他不是故意为之,也足以印证他的决心。实际上,他也没有必要用这样的态度去对待社会,如果有幸处于一个刚正的政府统治下,就算他保持自己的态度,服从自己的内心,也不会同正义相违背。

我离开森林就与我进入森林一样,都有着合理的原因。我发现我的人生还有很多种不同的选择,所以我没有必要将所有的时间都倾注到这一种生活方式上。不可思议的是,我们经常会盲目地固定于一种轨迹之上,长此以往地过着同样的生活。住了还不到一个星期,我就将门口到湖滨踏出了一条小径,随着时间的流逝,不知不觉地已经过去五六年,可这条小径还是静静地躺在那里。

我想,恐怕除了我之外,其他人也是走过这条小径的,这才能使它直到现在还保存得好好的。大地表面是松软可塑的,人的足迹很容易就印刻在上面。与此相同的是,我们思想的旅程也是如此。我们在思索,那人世间的道路如何被践踏得满是坑洼、浮尘漫天,而那传统的习俗又是从何时开始给予人们的影响如此深刻!我不想整日挤坐在拥挤的船舱之中,我宁愿站到世界的桅杆前亦或在甲板上,因为只有在那里,我才能够将隐匿在群山之中的皓月看得一清二楚。而现在,我再也不想走下甲板了。

至少我从实验中了解到:如果一个人能够信心满满地朝着自己梦的方向前进,努力地去将他所期冀的生活构建,那么他所收获的成功一定会比他原本想要的还要多。他会使自己跨过一条无形的界限,他会将一些事物抛在脑后;一些更新、更为广大、更加自由的秩序会围绕着他形成,以一种更加自由的方式来获得对他有利的新解释,从此,他会获得一张在更高秩序的世界中生活的通行证。他的生活是如此简单纯粹,在他的世界里,寂寞不能被称为寂寞,贫困也不算是贫困,软弱也不能说是软弱。如果你将楼阁建在了空中,那么你并没有白忙一场,楼阁本就该是建造在空中的,现在你只需要打好那里的基础即可。

英国人和美国人提出的要求真是荒唐,他们要求你说出的话一定要能够被他们理解才行。他们以为自己提出的要求有多重要似的，就好像没有了他们，世界上就不会再有人理解你了一样；似乎自然只会赞许一种理解方式。它能够将四条腿的动物养活，却不能养活鸟雀，能够将走兽养活却养不活飞禽。好像那些轻声、嘘声和喝止的声音才是最好的英文一样，就连勃莱特也能懂得。好像只有愚蠢到家才能保证永远安全！相反的是，我还担心我的表达形式不够泼辣过火呢，我还怕我的表达与我日常生活的狭隘经验还不够远呢，因为只有这样，才能使我将我所认同的真理详尽地说明。过火？它在于你处在何种定位上。

那些居无定所的漂泊水牛与家养的奶牛有所不同，它不会在哺乳期时将奶桶踢翻，跳过牛栏，发疯一般地跑到小牛崽身边去。我渴望能够在某个没有束缚的地方，发表出自己的看法，以一个清醒者的身份对其他清醒者说话，我还没有过火到给真切的表达奠定基础的程度。但凡是听过音乐的人，有谁会顾及自己话说得太多，太过呢？

为了未来或者为了可能发生的事，我们应该将心态放平，生活得轻松一些，不要将情绪显露在外，就像是面对着太阳时我们的身影一样，因为我们不自觉地排汗，而使其显得轮廓模糊起来。语言的真实性是很容易被蒸发的，一旦失去了真实性，仅剩的语言就会变得支离破碎。语言的真实性会随着时间而改变，但其文字形式依旧存留至今。将我们虔诚的信仰表达出来的文字形式多变，但对于拥有卓越心灵的人们来说，它们却是意味深远的，好似时刻散发着母乳的馨香一般。

为何人们经常将自己的智力降低到蠢笨至极的程度，然后又将其推崇为常识之列呢？睡眠是人们再普通不过的一种行为了，在人们的鼾声和呓语中，表达着最为平常的常识。我们总是喜欢将时常犯傻的人和绝对蠢笨的人归为一类，因为我们认为他们身上只有 1/3 的聪明才智是值得我们学习的。有的人只是难得早起了一次，就开始对朝霞挑三拣四起来。我还曾听说，"他们认为卡比尔的诗中蕴含了四个不同的意义，分别是幻觉、精神、智慧和吠陀经典的通俗教义"。可是在我们的世界中，但凡有人为一个作品作了多种诠释，就会受到众人的责难。英国人努力在防治土豆腐烂，难道他们不该更加努力地去将他们腐烂的脑子治疗一番吗？这才是最致命的、广泛蔓延的病症。

我并不觉得自己的表述变得深奥起来，不过，要是我这些作品的缺陷比瓦尔登湖中冰的缺陷少一些的话，我会感到无比欣慰。南方的冰商拒绝瓦尔登湖蓝色的冰，就好像那是混沌的泥浆一样，可那恰巧就是它们纯洁的证明；他们倒是看中了剑桥之中的水，因为那是无暇的白色，但它却混着一股草的腥气。人们所钟爱的纯洁是将大地包裹着的雾气，而不是头顶上方那一片蔚蓝的天空。

有的人咕哝道，我们美国人和一般的近代时期的人们相比，与古人相比，甚至是和伊丽莎白时代的人们相比，在智力上都只能称得上是个矮子而已。这到底是什么意思呢？一只活着的狗总比一头死狮子要强。难道因为一个人是矮子就应该去上吊吗？那么为什么他不能去做矮子之中最高的一个呢？每个人都应该专注于自己的事情，全力以赴，努力成为自然的自己吧！

我们为什么都急着想要成功，不顾一切地去从事所谓的事业？如果一个人不能与他的伙伴们并驾齐驱，那也许是因为他听到了另一种鼓声。他依旧踩着自己听到的节拍前行，不管那属于哪一种节奏，也不管它是从多远的地方传来。他是否会像一棵橡树那样成熟并不重要，重要的是他究竟应不应该把自己的春天变为夏天？如果我们所需要的条件还不够成熟，那么就算我们有能力应付某些状况又能怎么样呢？我们不应该在幻想的世界中撞船沉舟。在我们的头顶上方卖力地建造一个蓝色的穹顶，尽管在完工之后，我们都会继续凝视它上方那遥远而真实的天空，并把前者当做从没有被建立过一般——我们会这样做吗？

在柯洛城有一位艺术家，他一心追求完美。有天他突然想制作一根手杖。他认为，凡是融入了时间因素的作品，就已经不再完美了，只要是完美的作品，都是超越了时间的，所以他对自己说，就算他的一生顾不上再去做其他的事情，他也要将这根手杖做得很完美。于是他即刻到森林中去寻找材料，他决定为这件艺术品选用最适宜的原料。他就这样在林中寻找着，选中了又丢掉，丢掉了又去选，就这样循环往复地搜寻着他心中的完美木材，在这段时间中，他的朋友们都逐渐离他远去，因为他们都在奔波劳碌的工作过程中渐渐衰老了，然后逝去了，可是这位艺术家却不见任何衰老的迹象。他始终保持着专注又虔诚的态度，这使得他被赋予了永久的青春，但他自己却浑然不知。他从不向时间低头，使得时间都要为他让道。他始终没有找寻到一个完全合适的材料，而此时柯洛城早已成为了一片废墟，于是他就坐在废墟之上，为一根树枝剥皮。

他还没有来得及使他的艺术品成型，坎达哈朝代就已经覆灭了。于是他用那手杖的尖端，在城的废墟沙土之上将这个民族最后一个人的名字写了下来，而后又投入工作中。当他终于完成了手杖的打磨工作时，卡尔伯已经不再是北极星了；此时他还没有为手杖镶嵌美丽的宝石和金箍，但梵天都已经几次从睡梦中苏醒过来了。

为什么我会说起这些呢？就在这根手杖即将彻底完成之际，它突然变得闪耀无比，顿时升华成了梵天的世界中众多珍宝中的佼佼者，拥有无与伦比的美丽。他在制作这柄手杖的时候，也确立起了一个全新的秩序，那是一个美妙的新世界，有着和谐的秩序和适度的比例；虽然古城已经灰飞烟灭，但新的城市已随之崛起，而且更加辉煌与繁华了。此时此刻，那些刨花依旧新鲜地堆积在他的脚下，他也因此感悟到，他和自己的作品，和那所谓的时间的流逝，都只不过是一个幻象而已，因为时间从未逝去过。正如梵天在脑中一闪而过的思想火花，立马就能将人们的心灵点亮一般。他在制作手杖时选取了最为纯粹的原料，这也使得他制作出的艺术品是那样的纯粹，结果怎么能不神奇？

我们能够赋予物质的外貌，都不能像拥有真理一样使我们获得利益，只有真理才永远都不会被蒙蔽。总体说来，我们都不存在于我们现在所在的这个地方，而是处在一个虚设的错位之上。由于我们天性脆弱，所以我们为自己假设出了一种情境，并置身其中，这也就使同一个时间中的我们会处在两个不同的场景之中，此时我们想要从中脱身就难上加难了。当我们心智清醒时，我们会只关注事实，注意实际发生的情况。我们会说所有应该说的话，至于那些不该说的，所有的真理都是比虚构的好。

汤姆·海德，那个补锅的工人，当他站在断头台上时，人们问他有没有什么遗言，他说道："告诉裁缝们，缝第一针前，别忘了在线的末端打个结。"而他的那些伙伴们的祷告却早已被世人忘却了。

不论你现在生活得多么不堪，你都应该去直面它，去生活；而不是去逃避，更不应该对生活恶语相向。因为你还没有沦落到难以为继的地步。当你最富有的时候，恰恰也是你最贫穷的时候。喜欢挑三拣四的人，就算到了天堂也还是会继续吹毛求疵的。就算是贫穷，也应当对你的生活充满热爱。就算是身处陋室，你也还有快乐、愉悦和光荣在时刻陪伴。

济贫院的窗口上折射着夕阳的余晖，这与富户人家窗户上折射的光是一样美丽的，同样，门口的积雪也都会在初春开始消融。我相信，一个怀着安宁心境的人，就算是住在这里，也会像是在宫殿里一般，满心欢喜并对生活怀有无尽的希望。

住在城镇之中的穷人们，在我看来，他们有着最为独立不羁的生活。也许是因为他们太过伟大，所以面对这一切都抱着无谓的态度。有很多人认为他们是不属于接受政府的救助的，认为自己十分了不起；可事实并非如此，他们的生活毫无体面可言，更多时候，他们都会选择采用不正当手段经营，这绝对是更加败坏声誉的方式。就像是将贫困视作园中的花草一样打理起来，像是圣人一样。

不要为了新东西而使自己劳心费神，像是新衣服和新朋友之类。把旧的找出来吧，将它们翻出来。世间万物都没有发生变化，倒是我们一直在变。你可以将你的旧衣服卖掉，但是请将你的思想留住。上帝确信你不需要进行社交活动。要是我整日都被困在阁楼的一角，像一只蜘蛛似的，那么只要我还能够驾驭住我的思想，那么世界对于我而言依旧是开阔的。

有位研究哲学的学者说过，"军队里可以没有将军，但是大丈夫却不能没有志向"。不要为了进步而焦躁不安，也不要向恶意的影响屈服，因为这就是一种失败。卑微就像暗夜中熠熠夺目的光芒。我们逃脱不了贫困和卑微，"但是你瞧，我们的视野因此扩展"。

我们应时常警惕，就算哪天我们有了克洛索斯的巨额资产，也要保持初衷，不能改变。何况，你在贫困中煎熬，连一份书本报纸的钱都付不起了，此时你就必须被迫停留在一定的空间，与含糖量高、淀粉高的东西交涉。贴近心灵的生活才能感到甜蜜和意义。那些高高在上的人的慷慨无损于卑微之人。过多的财富也只能添加些身外之物，人内心的需求是金钱无法满足的。

我在沿墙的地方居住，其中混入了少许的钟铜。午休时我经常听到外面杂乱不绝的叮当之声，那是和我同龄的人发出的声音。我的邻居给我讲述他在宴会中和政要名流的际遇，可我对此的淡漠忽视完全不亚于《每日时报》。他们总是围绕衣服和礼仪讨论，但我认为，无论怎么包装，山鸡是变不成凤凰的。

他们跟我讨论诸如加利福尼亚、德克萨斯、英国、印度，还有来自佐治亚州或是马萨诸塞州的某位大人，这都是些昙花一现的过客而已，我烦不胜烦，差点步上马穆鲁克先生的后尘——翻墙而去。我喜欢淳朴自然的生活方式，不愿意与那些衣冠楚楚的人为伍，也不愿意在光鲜亮丽的场合中现身，我倒非常愿意与世界大师并肩而行。我宁愿沉默地枯坐着喘息，也不愿意在这繁琐、纷扰、紧张和寝食难安的19世纪生活。

大家在为了什么庆贺呢？他们身为筹测谋划委员会的人员，时刻准备受到某人的训导。上帝才是时间的主宰，而韦伯斯特就是它的代表人。我喜欢分析、整理、靠近那些让我富有正直感的一切——不会挂住秤杆来减轻重量——不歪曲事实，而是实事求是地在唯一可行的道路上行走，没有什么可以阻挡我的道路。地基未打好前就开始造门，并不能使我感到满足，我们还是不要玩这种如履薄冰的危险游戏为好，做什么都要先有个稳固的基础。

我曾经读过这样一个故事，一位旅者向一个孩子询问，面前的沼泽底部是否结实。孩子给了他肯定的答复，但是当他刚走进去，就陷了下去，深达他的腹部，于是他问孩子："你不是说这个沼泽的底是结实的吗？""是啊，"孩子答道，"那是因为你还没到达一半的缘故。"社交方面的沼泽和流沙也是同样的道理，想知道详情的人只有那些阅历丰富的人。只有预想、听闻和实践统一起来,才是可取的。那种愚蠢到在涂抹了石灰的板子上钉钉子的人,是我不屑为伍的,否则我将难以安寝。

给我一把锤子,要让我实际触摸,不能只靠板子上的石灰来钉。每一只钉子都发挥了它的作用,这样,当你半夜从梦中醒来后,也会满意地回味自己的工作,即便缪斯女神看了,你也不会感到羞愧。上帝也会因为这样,对你伸出援手。保证每一个钉子都像宇宙机器中的铆钉一样各司其职,你才是完成了工作。

我不需要爱,不需要钱,不需要名誉,我只要真理。我坐在满桌的美酒佳肴前面,旁边还有谄媚的侍者,唯独缺少了真情实意,所以我宁愿选择饿着肚子离开这冷漠的餐桌。这份情谊已经足够冰冷,我想无须再加冰去冷冻桌上的食品了。他们给我介绍酒的年份还有葡萄的名称,但我却想起了一种古老而又新颖尊贵的酒,那是他们缺少但又无处可买的。对我来说,排场、房屋、地点还有招待都是不值一提的。在我拜访一位国王时,他却让我在大厅等候,这种处事方式,作为一个东道主而言,实在有失礼仪。我身边有一个人住在树洞里,他有着真正的帝王风范,我如果去拜访他,想必效果会更好。

我们坐在走廊上执行那些过时的旧俗,荒废了所有工作,究竟还要这样继续多久呢?就像有一个人,早上为了清修找人帮他种土豆,下午带着预备已久的爱心,外出履行基督徒的虔诚与仁厚。试着想一下那种中国式的自傲,还有人们停滞不前的自满。甚至还有人暗自庆幸自己是杰出世家的单传子孙,在有着悠久历史的波士顿、伦敦、巴黎、罗马,因为文学、艺术还有科学的进步而喜不自胜。在哲学学会的档案上,清楚地记着那些公开的对伟人的赞美。亚当也沉浸在他的美德中,"不错,我们完成了伟大壮举,吟唱圣歌,它们永垂不朽"。——确实,只要我们没有遗忘。

亚述帝国那些学识渊博的优秀人物,如今身在何处?我们作为哲人和实验者都太年轻了。我的读者中,还没有人体验过完整的人生,他们还生活在人类春天的那段时间。就算我们已经经历了7年之痒,但还是没有见过康科德的17年蝉,对于我们生活的世界，我们仅仅是了解了其中的一个层面而已，大多数人就连地下6英尺都没钻研过，向上同样的高度也没达到过。我们不知道自己身处何处，不仅如此，我们大半辈子都是在浑浑噩噩中度过的。但我们却又自作聪明，为地球制定规则。如此看来，我们真是潜沉至深的思想者，我们确实是满怀志气的精灵。

在森林的松针丛中，我看到一只蠕动的虫子，它想要躲起来，我不由想到，它从哪来的这么卑微的念头，藏头缩尾地躲着我。或许我可以对它施以援手，可以给它的同类带来许多惊喜，此时，我不由想起了俯视着我们人类的万能智者。

世界上早已源源不断地涌入新的事物，而我们却仍然在过去的陈腐中艰难度日。我只想说明，哪怕是文明程度极高的地方，人们仍然在虚心受教。那里不乏愉悦的言辞、悲痛的语句，但是，这些只不过是圣歌中的重叠诗句，我们用鼻子哼一哼之后，依然离不开平凡微贱。据闻，英国的武力强大，受人尊敬，美国也荣列为头号强国。每人的身后都有汹涌起伏的潮汐，如果他对这一切都一目了然的话，那么伟大的英国就会像小木片一样在海浪中沉浮，只是我们难以相信。谁能预测下一个从地下出来的17年蝉是什么类型的呢？我所生活的这个世界，政府并不像英国政府那样是在宴会中把酒言欢成立的。

我们内部的生命仿若河水，今年，它涨到史无前例的高度，漫过了干枯的高地；在我们眼里，淹没所有麝鼠的年份，对我们来说是多灾多难的。我们不可能总在干旱的土地生活，我在遥远的内陆就曾见过，在科学尚未加以记录之前，那里就已洪水横流。

在新英格兰流传着这样一个故事，我们也曾听说过：一只漂亮健硕的爬虫从农夫家干爽的果木桌中钻了出来，这是一张在厨房放置了60年的桌子，是从康涅狄格州搬到马萨诸塞州来的。根据树木的年轮，我们发现，远在果树还活着的时候，那卵就已经在里面了。当时，人们连续好几个礼拜都连续听到这桌子中传来咬噬的声音，可能桌面上碗碟的热量把它孵化了出来。

听了这个故事，谁能说他的信念没有加强，没有从苏醒中走到永恒呢？又有谁知道，在这干枯腐朽的社会中，一只如此漂亮，带有羽翼的生命，就被包裹在那层层的树木中间呢？一只虫卵被产在绿意盎然的木材里面，时日渐久，木材风变，慢慢成了它的陵墓。就在这一家人围坐在桌旁，准备举行预约的宴饮时，突如其来的咬噬声传入了他们惊慌失措的耳朵里——也许，说不上哪天，这个生命就会从这繁琐的社交场合中脱颖而出，最终圆满度过它夏日完美的生命。

我没有说像约翰还有约纳森这样的人能懂得这些，然而，这是明天的特征，仅凭飞逝的时光，是无法带来黎明的。黑暗阻挡了我们的视线，唯有在我们清醒的时候才会有黎明。这样的时光有很多，而太阳，不过是清晨升起的一颗星星而已。